쌍룡기

장담 신무협 장편소설
ORIENTAL FANTASY STORY & ADVENTURE

❷

dream books
드림북스

## 쌍룡기 2
사천행로(四川行路)

초판 1쇄 인쇄 / 2010년 2월 22일
초판 1쇄 발행 / 2010년 3월 2일

**지은이 / 장담**

발행인 / 오영배
편집장 / 김경인
펴낸 곳 / (주)삼양출판사 · 드림북스

주소 / 서울특별시 강북구 미아8동 322-10호
대표 전화 / 02-980-2112  팩스 / 02-983-0660
편집부 전화 / 02-980-2116  팩스 / 02-983-8201
블로그 / blog.naver.com/dream_books

등록번호 / 제9-00046호
등록일자 / 1999년 3월 11일

ⓒ 장담, 2010

값 8,000원

(주)삼양출판사 · 드림북스의 서면 허락 없이는 어떠한
형태나 수단으로도 이 책의 내용을 이용하지 못합니다.

ISBN 978-89-542-3681-2  04810
ISBN 978-89-542-3679-9  (세트)

* 지은이와 협의하에 인지는 생략합니다.
* 잘못된 책은 구입한 곳에서 바꾸어 드립니다.

## 목차

- 제1장  무천진인(無天眞人)  007
- 제2장  섭장천을 만나다  037
- 제3장  사부를 찾아서  077
- 제4장  소용돌이 속으로  107
- 제5장  표물을 노리는 자들  133
- 제6장  천유검(天儒劍) 제갈신운을 만나다  187
- 제7장  의문(疑問)  249
- 제8장  위지양을 만나다  271
- 제9장  사문(師門)의 옛터를 찾아서  289

제1장

무천진인(無天眞人)

## 1.

얼마나 지났는지 기억도 나지 않았다.

기억할 정신도 없었다.

얽혀든 두 기운은 임맥과 독맥을 치고 올라가더니, 승장혈과 은교혈에 도착한 후 서로를 향해 달려들었다.

그 충격이 얼마나 컸는지, 앉아 있던 사도무영의 몸이 붕 떴다.

쾅!

그 상태에서 두 기운의 마지막 충돌이 벌어졌다.

사도무영은 비명도 지르지 못하고서, 머릿속이 터져버리는 듯한 충격에 정신을 잃어버렸다.

순간이었다. 백광이 번쩍이며 머릿속이 환해졌다.

그때였다. 텅 빈 머릿속에서 누군가의 목소리가 울렸다.

「아아! 하늘은 정녕 노도(老道)의 바람을 허락지 않는 것인가? 그저 노도의 헛된 욕심일 뿐이었던가? 너같이 엉뚱한 놈이 본문의 제자가 되어, 노도의 백년 노력이 마지막에서 틀어질 줄이야!」

처음 듣는 목소리였다. 아니 언젠가 들어본 목소리 같기도 했는데, 아무리 생각해도 알 수가 없었다.

사도무영의 의념이 그 말에 반응해 대꾸했다.

「본문의 제자라고요? 호, 혹시 조사님이신 무천진인님이 아니십니까?」

「그러하느니라. 내가 바로 무천(無天)이니라!」

맙소사!

본문의 제자. 백 년의 노력. 회천수혼의 기이한 능력.

그것을 떠올리고 반신반의하며 물어봤건만, 설마하니 진짜 회천도문의 초대조사인 무천진인일 줄이야!

그나마 의념의 세계인 것이 다행이었다. 육신의 세계였다면 떨려서 말도 제대로 못했을 텐데, 의념의 세계는 의외로 격동이 빨리 안정되었다.

마음을 안정시킨 사도무영의 의념이 의아한 투로 물었다.

「뭐가 틀어졌다는 것인지요?」

「혼돈이 도래하면 노도가 깨어나 세상을 평화롭게 만들고자 했느니라. 하나 기괴한 어둠의 능력이 노도의 뜻을 막아 너의 정신에 합일을 하지 못하도록 했으니, 이 어찌 개탄스런 일이 아니랴.」

회천수혼의 기운이 머리로 올라가려고 하면 현천수호령의 기운이 막았다. 어떻게 보면 서로 간의 영역싸움이랄 수도 있었다.

한데 그로 인해서 무천진인이 고심하며 세운 계획이 틀어진 것 같다.

미안했다. 자신이 엉뚱한 짓만 하지 않았어도…….

한데 문득 이상한 느낌이 들었다. 무천진인의 말 중에 의미가 묘한 말이 들어있는 것이다.

사도무영의 의념이 조심스럽게 물었다.

「저의 정신과 합일을 하려 했다는 게 무슨 말씀인지요? 혹시 제 정신을 누르고, 제 몸을 조사님 의지대로 움직이려했다는 말씀이신가요?」

「맞다. 그리 하려 했음은 방법이 그것밖에 없기 때문이니라.」

「왜 제가 희생되어야 하는 거죠?」

「네 한 몸 희생으로 세상을 구할 수 있다면, 그것이야말로 영광된 일이 아니겠느냐?」

영광?

언뜻 들으면 그럴 듯했다.

협의를 생각하는 사람이라면, 자신의 목숨을 바쳐 세상을 구하는 일에 자발적으로 나서는 걸 영광으로 생각할 것이었다.

하지만 사도무영은 자신의 목숨을 바치고 싶은 생각도 없었고, 무천진인의 뜻이 옳다는 생각도 들지 않았다.

「그럼 그 일을 제가 하면 되잖아요? 꼭 조사님이 하지 않아도 되는 일 아닙니까?」

무천진인의 호통이 떨어졌다.

「어리석은 아이로고! 세상을 혼돈으로 몰아넣는 자들은 극마(極魔)의 능력을 지닌 자들이다. 너는 그들을 막을 수 없느니라!」

「저는 막을 수 없고, 조사님은 막을 수 있단 말이죠?」

「바로 그 말이니라. 한데 네가 엉뚱한 일을 하는 바람에…….」

「하하하, 어이가 없군요. 왜 제가 할 수 없다고 생각하는 거죠? 이제야 알겠네요, 하늘이 왜 조사님의 뜻을 막았는지.」

「뭐라? 네가 무엇을 안단 말이냐?」

「조사님은 오직 당신만이 제일이라고 생각하고 있습니다. '내가 아니면 안 된다!' 하면서, 다른 사람은 일체 믿지를 않지요. 믿음이 없는 그런 마음으로는 절대 적을 막을 수 없을 겁니다. 아마 하늘도 그걸 알고 당신의 뜻을 막은 것 아닐까요?」

「네가 감히…….」

「조사님은 잘 알고 있을 겁니다. 제가 어떤 고통을 겪으며 지내왔는지. 조사님이 제 입장이라면, 참고 견딜 수 있을 거라 생각하십니까?」

「노도는 이미 하늘의 능력을 지녔느니라. 그러니 그런 고통을 겪을 이유가 없다.」

돌려서 한 대답일 뿐 직접적인 대답이 아니다. 뭔가 걸리는 게 있다는 말.

사도무영의 의념이 집요하게 물고 늘어졌다.

「그런 경우가 닥친다면 어떻게 하겠느냐고 묻는 겁니다. 단지 약속을 지키기 위해 그러한 고통을 참아낼 수 있겠습니까?」

의념의 세계에선 거짓을 말할 수 없었다. 의념이란 그 사람이 가진 기본적인 마음가짐이기 때문이었다.

무천진인은 바로 대답하지 못했다.

「나는……」

「있겠습니까?」

「지금으로선…… 모르겠다.」

「저는 견뎌냈지요. 조사님이 할 수 있을지 어떨지 모르는 일을 저는 해냈습니다. 그런데 왜 제가 조사님보다 능력이 떨어질 거라고 미리 단정하는 것입니까?」

「그것과는 또 다른 문제…….」

「조사님이 하고자 하는 일, 제가 하면 됩니다. 최선을 다하다 보면, 하늘도 외면하지 않을 겁니다.」

무천진인(無天眞人) 13

발끈한 무천진인이 비웃듯이 말했다.

「네가 회천수혼의 기운을 흡수했다 해도, 그것을 온전히 네 것으로 만들어 회천선기(回天仙氣)를 완성하려면 삼십 년은 걸릴 터. 그 시간이면 세상은 암흑천지가 되어 있을 것이다.」

「조사님은 어떻게 생각하실지 몰라도, 자질이 괜찮다는 소리 듣고 자란 접니다. 삼십 년까지는 걸리지 않을 것입니다.」

「회천수혼은 노도가 백 년 동안 혼신을 기울여 천하의 기운을 응집한 것이니라. 네 자질이 아무리 뛰어나도 그 모든 것을 받아들이려면 이십 년은 걸릴 거다.」

무천진인은 조금 물러섰다. 회천수혼의 기운을 흡수한 것만으로도 사도무영의 자질이 범상치 않음은 확실했던 것이다.

하지만 사도무영의 의념은 거기서 물러서지 않았다.

「태천삼령성에 신안을 지녀야만 회천수혼의 기운을 흡수할 수 있다고 들었습니다. 그럼 평범한 사람과는 아무래도 체질이 다르다는 말인데, 그 기간의 반이면 충분할 것 같습니다만.」

「아무리 그래도…… 십 년은 걸릴 거다. 결코 적은 시간은 아니지.」

「거기다 죽어라 노력한다면 어떨까요?」

노력이라면 할 말이 없다. 그 고통을 다 참아내고 회천수혼의 기운을 흡수하지 않았는가.

「그, 그래봐야 줄일 수 있는 기간은 일이 년 정도…….」

「그럼 팔 년 정도군요.」

「팔 년이면 세상이 피로 뒤덮이고도 남을 시간이지.」
「까짓 거, 한 삼 년 더 줄여보죠 뭐. 조사님께서 도와주신다면 가능할 것 같은데요.」
무천진인은 한동안 말을 하지 않았다.
도와주지 못한다고 할 수도 없고, 불가능하다고 말할 수도 없는 상황이었다.
사도무영의 의념이 그런 무천진인을 몰아붙였다.
「어차피 조사님이 제 몸을 차지한다고 해도 그 정도 시간은 걸려야 모든 힘을 되찾을 수 있을 겁니다. 그럼 제가 하나 조사님이 하나, 별 차이가 없다는 말이죠. 안 그렇습니까? 그래도 조사님만이 모든 것을 해결할 수 있다고 보십니까?」
무천진인은 여전히 아무런 대꾸도 하지 않고 침묵했다.
사도무영의 의념이 말했다.
「어찌 되었든, 일은 이미 벌어졌습니다. 하늘이 조사님 대신 저를 택했단 말이지요. 거기에는 반드시 그래야만 하는 이유가 있을 겁니다.」
언뜻, 의념의 세계 저편에서 가느다란 떨림이 느껴졌다.
여전히 무천진인의 목소리는 들리지 않았다.
그렇게 얼마나 지났을까, 나직한 웃음소리가 머릿속에서 왱왱 울렸다.
「허, 허, 허허허……」
뒤이어 한탄스런 목소리가 아득한 저편에서 메아리치듯이

흘러나왔다.
「하늘이 나 대신 너를 택했다? 그래야만 할 이유가 있을 것이다? 정녕 그런 뜻인가? 정녕…….」
목소리가 안개처럼 스러지는 듯하더니 곧 조용해졌다.
사도무영의 의념은 더 이상 무천진인의 목소리가 들리지 않자 조심스럽게 불러보았다.
「조사님?」
하지만 아무런 대답도 없었다.
「조사님! 어디 계세요?」
잠시 기다려 봤지만 묵묵부답이다.
「설마 그냥 가신 건 아니죠? 그냥 가시면 어떡합니까? 저를 도와주셔야지요!」
다급한 마음에 계속 불러봤지만, 무천진인의 목소리는 두 번 다시 울리지 않았다.
「도와주기 싫어서 도망가신 거 아냐?」
어디 너 혼자 실컷 해봐라! 그런 마음일지도 몰랐다.
아니, 도와주면 좀 좋아? 심술을 부리는 거야 뭐야?
뾰루퉁해진 사도무영의 의념이 아득한 저편을 향해 소리쳤다.
「그런 마음으로는 절대 등선 못 하신다구요!」
그때였다.
쾅! 소리와 함께 천지가 흔들렸다.

"악!"

사도무영은 단말마를 내지르며 눈을 번쩍 떴다.

"뭐, 뭐야? 뭐가 내 머리를 때린 거지? 조사님께 뭐라고 했다고 벌 받은 건가?"

도관 안은 어느새 어둠으로 물든 상태였다. 잠깐이었던 것 같은데, 밤이 된 걸 보니 적어도 세 시진 이상은 지난 것 같았다.

정신을 차린 그는 주위를 살펴보았다.

넉 자 앞에 둥근 뭔가가 놓여 있었다. 처음 보는 물건이었는데, 손목에 차는 수투(水套)처럼 보이기도 하고, 팔찌 같기도 했다.

넓이는 세 치가 조금 넘고, 표면은 먹물처럼 검었다.

아마도 저 물건이 천장이나 들보 위에서 떨어지며 자신의 머리를 때린 것 같다.

사도무영은 손을 뻗어 그 물건을 집어 들었다.

검은 표면에는 세밀한 그림이 음각되어 있었는데, 생각보다 무거웠다.

"뭐, 뭐야? 쇳덩인가? 설마 이게 내 머리를 때렸단 말……?"

그는 급히 머리를 만져보았다. 하지만 터진 곳도 없고 혹이 난 곳도 없어서, 정확히 어디를 맞았는지 알 수가 없었다.

"분명 어디를 맞긴 맞은 것 같은데……."

쇳덩이처럼 무거운 물건에 맞았는데도 아무렇지도 않다니.

왠지 찜찜했다. 꼭 쇠대가리가 된 기분이었다.

자신의 손에 있어야 할 것이 없다는 걸 느낀 것은 바로 그때였다.

"서, 성공한 건가?"

그토록 지겹던 회천수혼이 보이지 않았다. 대신 그의 양팔 안쪽에, 회천수혼에 있던 문양만이 보일 듯 말듯 희미하게 남아 있었다.

"으, 으, 으하하하하하하하하! 드디어! 끝났구나!"

벌떡 몸을 일으킨 그는 자신도 모르게 밖을 향해 소리쳤다.

"사부님! 끝났……!"

하지만 곧 말을 흐리고 멍하니 방문만 바라보았다.

너무 기뻐 깜박 잊었다. 사부는 도관에 없는데.

그런데 이상하다.

왜 저 구석에서 몰래 바라보고 있는 것처럼 느껴지는 걸까?

금방 환하게 웃으며 문을 벌컥 열고 나타날 것 같은 마음일까?

왜…… 왜 이렇게 보고 싶은 걸까?

"사부님……."

## 2.

사도무영은 매일 아침 명상을 하면서 의념의 세계에 들어가 조사를 불렀다.

 하지만 조사는 그날 이후 대답을 하지 않았다.

 완전히 사라진 것이 아닐까?

 진짜로 등선해서 저세상으로 가신 것 아냐?

 한 달이 지나도록 대답이 없자 그런 생각이 들었다.

 그런데…… 그건 아닌 것 같았다.

 「조사님, 정말 그러실 겁니까? 그렇게 주기가 아까우세요? 그럼 왜 제자들을 키운 겁니까? 본래부터 그렇게 욕심이 많은 분이셨어요?」

 가끔 심하게 몰아붙이면 뒷골의 한쪽 구석이 띵해지며 열이 났다. 머리에 이상이 있어서 아픈 것은 분명 아니었다.

 자신이 잘못 생각하고 있는 게 아니라면, 조사는 아직도 자신의 정신 속, 의념의 세계에 남아 있었다.

 그걸 아는 이상 포기란 있을 수 없었다.

 어떻게 하든 조사가 알고 있는 것을 얻어야 했다.

 죽을 고생을 몇 달이나 했는데! 앞으로도 두 번 더 죽을지 모르는데! 달랑 회천수혼의 기운을 조금 얻은 것으로 만족한단 말인가!

 「누가 이기나 보자고요! 내 반드시 회천선기인지 뭐지, 오 년 안에 반드시 완성시키고 말 테니까!」

# 3.

 찬바람이 부는가 싶더니 가을이 가고, 겨울이 깊어졌다.
 회천수혼의 기운 회천선기는 단전에, 현천수호령의 기운은 심장에 완전히 자리를 잡았다.
 임독 양맥이 타통되어서 그런지, 보이지 않는 경계를 이룬 두 기운은 서로의 세계를 침범하지 않았다.
 한쪽 기운을 끌어올려도 더 이상 관여하지 않게 된 것이다.
 그동안 사도무영은 회혼지의 완성도를 육성까지 끌어 올렸다.
 회혼지는 사부가 자랑해도 될 만큼 뛰어난 지법이었다.
 정신을 집중해서 회천도기를 일으킨 후 회혼지의 구결에 따라 발출하면, 손가락 끝에서 번개가 튀어나가는 것만 같았다.
 처음에는 삼 장 거리에 있는 한 치 두께의 나무판에 흔적만 남는 정도였는데, 시간이 지나면서 나무판이 뚫리고, 석 달 열흘이 지난 지금은 한 치 두께의 석판에 구멍이 뻥 뚫릴 정도였다.
 물론 흡수한 회천수혼의 기운이 서서히 자신의 것으로 화(化)하면서 내공이 늘어난 게 주된 이유였지만, 회혼지 자체의 뛰어남도 인정하지 않을 수 없었다.
 강하고, 빠르고!
 지금이라면, 전에 만났던 죽마와 쌍혈 정도는 회혼지만으로도 혼쭐을 내줄 수 있을 것 같았다. 현유는 상대할 수 없을지 몰라도.

 다만 문제는, 육성의 경지로는 전력을 다한 공격을 세 번 연속 펼칠 수가 없다는 것이었다.

 회혼지는 강한 만큼 내력이 많이 소모되었다.

 사도무영은 자신이 회혼지를 익히고 나서야, 전날 사부님께서 죽마와 쌍혈마를 상대할 때 왜 회혼지를 함부로 펼치지 않았는지 이해할 수 있었다.

 사부님은 팔성의 경지에 올라 있었다. 최대한 펼친다 해도 다섯 번이 한계였다.

 결국 오 초 이내에 세 사람 모두 쓰러뜨려야한다는 말인데, 그러기가 쉽지 않은 상대였던 것이다.

 그럼 회혼지가 단점이 있는 반쪽짜리 무공이냐 하면 그것은 아니었다.

 십성에 이르면 상황이 달라진다. 내력에 구애받지 않고 의념만으로 회혼지를 펼칠 수 있게 되는 경지가 바로 십성의 경지인 것이다.

 초수의 한계가 없는 지고(至高)의 경지!

 그렇기에 사도무영은 어떻게든 십성의 경지에 오를 작정이었다. 십성의 경지에만 오르면, 현유를 상대하고 조화설을 구할 수 있을 것이었다.

 그러기 위해선 한 사람이 도와주어야만 했다.

 사도무영은 눈을 감고 의념을 일으킨 후 조사를 불렀다.

「조사님! 오늘도 말씀하지 않으실 건가요?」

무천진인은 오늘도 대답하지 않았다.

「혹시 가르쳐 주실 만한 게 없어서 그런 거 아닙니까?」

「……」

사도무영은 결국 마지막 수단을 쓰기로 했다.

「후우, 정 그러시면 저도 어쩔 수 없군요. 반쪽짜리 무공 같은 것 익혀봐야 구천신교를 상대할 수 없을 텐데, 차라리 이 기회에 현천수호령을 본격적으로 익혀봐야겠습니다. 혹시 압니까? 본문의 공부보다 현천교의 무공이 더 뛰어날지.」

머릿속 한쪽 구석에서 화끈한 열기가 솟구쳤다.

사도무영은 모른 척하고는 마저 말을 이었다.

「제가 그런 생각을 했다고 뭐라 하지 마십시오. 지금으로선 본문의 다른 무공을 얻을 방법도 없고, 별수 있습니까? 최선이 안 되면 차선책이라도 찾아서 혼돈에 빠질 세상을 구해야죠.」

후끈한 열기가 더욱 강해진다. 뒤통수가 뚫리고 불길이 솟구치지 않을까 걱정될 정도다.

사도무영은 더 이상 말하지 않고 현천수호령의 기운을 끌어올렸다.

순간 열기가 솟구치던 구석에서 웅얼거리는 목소리가 흘러나왔다.

「흥, 그깟 걸로 뭘 하겠다고…….」

무려 백 일 만에 무천진인이 반응을 보였다.

그러나 사도무영은 신경 쓸 거 없다는 투로 말했다.

「조사님은 신경 쓰지 말고 쉬시죠. 제가 알아서 할 테니까요.」

「뭘 알아서 하겠다는 게냐?」

「적의 힘으로 적을 치는 게 병법 중 상책(上策) 아닙니까? 현천수호령으로 구천신교를 상대하면 되죠 뭐.」

「흥! 그놈들이 그리 만만한 줄 아느냐? 그걸로 상대할 수 있는 사람은 교주뿐, 다른 사람은 상대할 수 없다. 더구나 세상에 혼란을 일으킬 자들이 어디 그들뿐인 줄 아느냐?」

「그럼 구천신교 말고 또 있단 말입니까?」

「그렇게 단순한 일이었으면 내가 왜 백 년간 고생해서 회천수혼을 만들었겠느냐? 세상은 너 같은 어린애가 날뛸 수 있을 만큼 만만한 곳이 아니니라. 그러니 다시 한 번 생각해 봐라. 아무리 생각해 봐도, 너의 능력으로는 그들을 막기에 역부족이라는 생각이 드는구나. 지금이라도 현천수호령을 버리고 나를 받아들이면 가능성이 전혀 없는 것도 아니니……」

무천진인은 마지막 희망의 끈을 놓지 않고 설득조로 말했다.

사도무영은 그의 말에 넘어가고 싶은 생각이 눈곱만큼도 없었다.

「조사님만 도와주시면 된다니까요?」

「정말 그리 생각하느냐?」

무천진인은 간신히 노기를 억누르고 반문했다.

사도무영은 한숨을 쉴 것 같은 말투로 말했다.

「회천수혼의 기운만 제 것으로 만들면 뭐합니까? 그 기운으로 펼쳐낼 무공이 달랑 회혼지와 선풍류뿐인데. 설마 그 두 가지로 적을 상대할 수 있다고 생각하시는 건 아니겠지요?」

「회혼지와 선풍류가 뛰어난 무공이긴 해도 완벽하지 못하다는 단점이 있다. 약점이 있는 그딴 것으로는 저들을 상대할 수 없느니라.」

「그러니 사조님이 도와주셔야 한다는 겁니다. 사조님은 본문의 위대한 무공을 만드신 분이 아닙니까?」

「내가 가르쳐 준다고 해도 네가 그걸 익히려면 십 년은 걸릴 것이다. 그럼 너무 늦어. 아암, 늦고말고……」

「그거야 두고 볼 일이죠. 제 생각으로는 삼 년이면 될 거 같은데요.」

「삼 년? 정말 네가 그 기간 안에 익힐 수 있다 그 말이지?」

「그렇다니까요!」

「좋다. 그럼 이렇게 하자. 내가 두 가지 무공을 알려주겠다. 네가 일 년 안에 그 두 가지를 육성 이상 익혀내면 내 너의 능력을 인정해 주마. 하나 만약 그러지 못한다면, 내 뜻에 따라야 할 것이다.」

「조사님이 제 몸을 차지하시겠다는 조건이라면 거절하겠습니다.」

당연히 할 이유가 없었다. 뭐가 아쉬워 자신을 빼앗긴단 말인가?

「누가 뭐라 했느냐? 너는 그저 네가 졌을 경우, 내가 하고자 하는 대로 따라 주기만 하면 되느니라.」

조금은 신경질적인 말투다.

자신의 뜻대로 되지 않아 심통이 났나?

사도무영은 백수십 년이나 산 노인이, 그것도 의념만 남은 분이 그러니 왠지 웃음이 나왔다.

「그렇다면 좋습니다. 그렇게 하죠. 단, 제가 조사님이 알려준 무공을 일 년 안에 육성 이상 익히면, 고집피우지 마시고 모든 일을 저에게 맡기십시오.」

졸지에 고집쟁이 영감이 되어버렸다.

무천진인은 부아가 끓었지만, 사도무영이 몸의 주인이니 참을 수밖에 없었다.

「그렇게…… 하마.」

그는 자신이 깨달은 무공 중 가장 강력한 위력을 지닌 두 가지를 알려줄 작정이었다.

무천진인이 생각할 때, 사도무영이 제아무리 회천수혼의 기운을 흡수했다 해도, 그 두 가지를 일 년 안에 육성의 경지까지 익힌다는 것은 불가능에 가까웠다.

어디 네놈의 자질이 얼마나 뛰어난가 보자!

무천진인은 그런 마음으로 자신이 알려주고자 하는 구결에 대해 말해주었다.

「풍뢰수(風雷手)와 회천무벽(回天霧壁)이라는 것이다. 딱 세 번만 불러줄 것이니, 외우고 못 외우고는 네 복이라 생각해라.」

외우는 것이라면 세 번이 아니라 두 번도 필요 없다. 한 번이면 된다.

하지만 사도무영은 방심하지 않고 정신을 집중시켰다.

무천진인의 무공은 네 가지밖에 안 되었다. 그렇다고 해서 대지진 이전에 회천도문이 보유하고 있던 무공보다 못한 걸로 생각하면 커다란 오산이었다.

회천도문의 열두 가지 무공 중 열 가지가 무천진인이 남긴 것을 구백 년 동안 쪼개고, 뒤엎어서 발전시킨 것이다. 세밀함은 현재의 것이 나을지 몰라도, 깊이는 무천진인의 네 가지 무공이 현재의 것보다 심오하다고 봐야 했다.

자칫하면 건방을 떨다가 구결을 놓칠 수도 있는 일. 사도무영은 정신을 집중하고 모든 걸 비웠다. 새로운 구결을 받아들이기 위해서.

「시작하시죠.」

## 4.

흰 눈이 바람 한 점 없는 허공에서 나풀거리고 떨어지는 겨울의 어느 날.

여량산 깊은 계곡 안에서 검기가 충천했다.

살을 에는 차가운 날씨임에도, 계곡 안에서 한 사람이 낙설(落雪)을 벗 삼아 검무(劍舞)를 추고 있는 것이다.

한데 검무를 춘 지 꽤 된 듯 그가 움직이는 반경 오 장 안에는 눈이 쌓여 있지 않았다.

사실이 그랬다. 그는 질리지도 않는지 두 시진째 같은 검무를 수백 번이나 반복해서 펼치는 중이었다.

그러나 같은 검무라고 해서 항상 똑같은 것은 아니었다.

손놀림, 발놀림이 몸을 비틀 때마다 미세한 차이가 났다. 그리고 가장 중요한 것은, 검의 기세가 달라지고 있다는 것이었다.

옆에서 보는 사람은 그 차이를 크게 못 느낄지 몰라도, 그 자신은 검세의 변화를 확연하게 느끼고 있었다.

어쩌면 검무를 멈출 수 없는 것도 자신의 검세가 끊임없이 변하고 있다는 걸 자각했기 때문이라 할 수 있었다.

고오오오! 쉬이이익!

그의 검이 춤을 출 때마다 하늘과 땅이 물결쳤다.

찌르면 구름이 뚫리고, 비틀어 베어 올리면 바람이 잘려나갔다.

어느 것 하나 끊임이 없는 부드러운 동작.

그럼에도 거기에는 천공을 뚫고 산을 단숨에 베어버릴 거력이 담겨 있었다.

"하앗!"

사도관은 힘찬 기합과 함께 검을 내지르며 마지막 동작을 마무리했다.

청광이 앞으로 쭉 뻗어나간 순간!

쩌저적! 쿠구궁!

그의 앞에 있던 만근 바위 하나가 두 쪽으로 갈라지며 무너졌다. 사도관은 검을 거두고 숨을 골랐다. 두 시진 동안의 검무로 몸은 녹초가 되다시피 했지만, 마음은 더없이 즐거웠다.

"휴우, 이제 대천화 중 하나를 익힌 건가?"

그의 입가에 환한 웃음이 맺혔다.

마침내 대천화 중 일검만화(一劍萬化)를 완벽히 구현했다.

이제 천화무변(天化無變)과 무상일화(無想一化)에 도전할 자격이 된 것이다.

'사부님이 아시면 무진장 좋아하실 텐데……'

문득, 자신이 대천화를 깨달았던 때가 떠올랐다.

그는 기존의 정형화된 모든 초식의 형을 배제하고, 처음부터 다시 시작한다는 마음으로 벽화의 의미를 깨달으려 했다.

소천화부터 시작해서 중천화, 대천화까지. 그는 보고 또 보며 깨달음의 순간이 오기만을 기다렸다.

한데 보면 볼수록 뭔가 알 수 없는 불일치가 느껴졌다.

소천화와 중천화는 별 느낌이 없었다. 문제는 대천화였다.

초식이야 애초에 몰랐으니 그것 때문은 아니었다.

그는 고민에 고민을 거듭하며 식사도 거른 채 벽화만 쳐다보았다.

그러던 어느 날이었다. 뜬금없이 엉뚱한 생각이 들었다.

'대천화가 육 초가 아니라 삼 초면 어떻게 될 것도 같은데……'

순간 그는 뒤통수를 맞은 듯한 충격에 한동안 정신을 차릴 수 없었다.

대천화가 처음부터 육식(六式)이었던가? 그런 의문이 든 것이다.

천화십팔검은 조사가 남긴 동굴의 벽화에서 얻은 깨달음을 바탕으로 만들어진 것이다. 다시 말해 처음부터 십팔식이 아니었을 수도 있다는 말이다.

모든 것을 잊고 벽화의 본질만 보자! 처음 보는 것처럼!

그는 그렇게 생각하며 대천화의 벽화를 다시 주시했다. 대천화가 육초식이라는 생각조차 머릿속에서 완벽히 지우고.

그러자 보였다. 삼초식의 대천화가, 비록 겉모습뿐이었지만.

그는 왜 조사들이 대천화를 육초식으로 만들었는지 이해할 것 같았다. 대천화의 삼초식이 너무 난해하고 익히기 힘들다 보니, 삼 초를 육 초로 나눈 듯했다.

'사조와 사부는 삼 초를 육 초로 알고 찾으려 했으니, 단절

된 초식만 찾을 수밖에……'

 물론 그 이전에, 벽화의 오의를 깨닫는 능력에서 사도관과 그의 사부인 관욱은 차이가 많이 났다. 사도관도 자질을 따지자면 천하의 누구에게 지지 않을 만큼 뛰어났던 것이다.

 강호에 나오자마자 이영영에게 붙잡혀 사는 바람에 자각하지 못한 것일 뿐.

 '나머지 두 초식을 이 년 안에 익힐 수 있을지 모르겠군.'

 삼초식을 육초식으로 나누었어야 할 만큼 난해하고 익히기 힘든 초식이다.

 완벽하게 익히는데 얼마나 걸릴지 아무도 모르는 일. 이제는 최대한 시간을 줄이는 게 관건이었다.

 마누라의 인내가 무너지기 전에 돌아가야 하니까.

 '무영이는 돌아왔는지 모르겠군. 그 아이만 돌아왔어도 걱정 없는데……'

 사도관은 문득 아들이 보고 싶었다.

 동백산에서 헤어진 지 십 개월이 지났다. 무사할 거라는 확신은 들지만 걱정되는 것 또한 사실이었다.

 지금쯤 많이 컸겠지?

 그가 허공을 바라보며 아들을 생각하는데 저 아래에서 나민의 목소리가 들렸다.

 "상공! 식사하세요!"

식사를 마친 사도관은 김이 모락모락 피어오르는 차를 한 모금 마시고 조심스럽게 입을 열었다.
"이번에 물품을 구하러 나가는 길에 서신이라도 보내야 할 것 같소."
"잘 생각하셨어요."
"괜찮겠소?"
"뭐가요?"
"당신이 싫다면 보내지 않을 생각인데……."
　나민은 조용히 웃으며 고개를 저었다.
　항상 자신을 생각해주는 사도관이 고맙기만 했다.
"진즉 보냈어야 했어요. 대부인께서 얼마나 걱정하시겠어요?"
　'별로 걱정하지 않을 거요. 욕이나 안하면 다행이지.'
"제 걱정을 해주시는 건 고맙지만, 지나치면 오히려 해가 될 수도 있어요."
　'하긴 내가 당신만 위한다는 걸 알면 머리카락을 다 잡아 뽑을지도 모르지.'
　그래도 죽이지는 않을 것이다. 이영영이 사납긴 해도 그 정도로 독한 여자는 아니었다.
"사실 제가 먼저 말씀드렸어야 하는데, 상공의 수련에 방해가 될까봐 말을 아꼈다가 까맣게 잊었어요. 이번에 나가면 표국에 들러서 보낼 테니 미리 써주세요."

"알겠소. 그리고 이제 당신도 본문의 무공을 배워보시구려."

"제가 배울 자격이 있을까요?"

"자격이라니, 그게 무슨 소리요? 명색이 문주의 부인인데!"

나민의 얼굴에 홍조가 돌았다.

"그럼 상공이 하라는 대로 할게요."

"정말이오?"

"예, 상공."

나민이 순순히 대답하자, 사도관은 슬며시 나민의 손을 잡았다.

"그럼…… 일단 내공부터 열심히 증진시켜 봅시다."

나민은 못 말리겠다는 표정을 지으며 눈을 흘겼다.

그녀가 왜 모를까.

사도관이 염불보다 잿밥에 더 관심 있다는 걸.

내공을 증진시키는 일.

환락환희섭정공을 응용한 음양공을 펼치면 서로 간의 내공 증진에 어느 정도 도움이 되었다. 마음이 철저히 맞지 않으면 역효과도 날 수도 있지만.

물론 그녀도 싫지는 않았다. 그러나 지금 당장은 그의 뜻을 받아 줄 수 없었다.

그녀가 손을 빼며 놀리듯 말했다.

"며칠간은 안 돼요."

사도관은 그녀의 말뜻을 알아듣고 얼굴이 구겨졌다.
"버, 벌써 그날이 왔단 말이오?"
쳇, 실컷 분위기를 만들었는데 하늘이 방해하는군!


## 5.

우르르릉.
손을 떨치자 뇌음이 일고 회오리바람이 뻗어나갔다.
쐐기처럼 뻗어나간 회오리바람은 이 장 떨어진 곳에 있던 한 치 두께의 석판을 모래처럼 잘게 부수고는, 급격하게 방향을 틀더니 천정에 틀어박혔다.
우수수수…….
천장에서 부서진 돌가루가 쏟아져 바닥에 수북이 쌓였다.
떨어지던 돌가루가 멈출 즈음, 나직한 목소리가 동굴 안에 메아리쳤다.
"어느 정도 성취라고 생각하십니까?"
「으으음…….」
나직한 침음성이 머릿속에서 울렸다.
무천진인은 믿을 수 없다는 듯 허탈한 목소리로 말했다.
「그 정도면…… 풍뢰수를 족히 칠성은 이룬 것 같구나. 허어, 어찌 이런 일이…….」

「모두가 조사님께서 남겨주신 회천수혼 덕분이지요. 그게 아니었다면 제가 어찌 혼자서 이런 결과를 얻을 수 있었겠습니까? 안 그렇습니까?」

나름 겸손을 떤 말이었지만, 말투는 겸손과 거리가 멀었다.

"이래도 고집 피우실 겁니까? 그만 포기하시죠."

꼭 그렇게 강압하는 듯했다.

무천진인은 인정하지 않을 수 없었다.

천이백 년 만에 만난 사문의 제자는 엉뚱한 면도 있지만, 엉뚱한 면 이상의 뛰어난 자질을 보유하고 있었다.

풍뢰수만 칠성의 경지에 오른 것이 아니었다.

사흘 전, 천지를 뒤집어버릴 것처럼 거센 폭풍우가 몰아쳤다. 바위틈에 수백 년간 뿌리를 박고 살아온 나무들이 폭풍에 뽑혀나가고, 백장절벽이 흉포한 비바람에 비명을 질러댔다.

그날 도관 앞마당에 서서 회천무벽을 시험해 보았다.

바람 한 줄기, 비 한 방울, 그가 펼친 일 장 반경의 방어막을 뚫지 못하고 옆으로 흘렀다. 족히 육성의 경지.

또한 회천수혼의 기운도 하루가 다르게 융화되어서 이미 반 정도는 녹아든 상태였다.

결국 내기에서 자신이 패했다는 말.

그는 기운이 쭉 빠진 목소리로 자신의 패배를 인정했다.

「네가……. 이겼다.」

사도무영은 여세를 몰아 무천진인을 압박했다.

「이왕지사 인정하셨으니 나머지 무공도 알려주시면 어떻겠습니까?」

무천진인은 거절하지 않고, 사도무영의 요구에 순순히 응했다.

매도 일찍 맞는 게 낫다 했던가?

빼앗기기 전에 넘겨주는 게 속이 편할 것 같았다. 버텨봐야 자신만 추레해질 뿐이었다. 포기할 놈이 아니니까.

「회륜천강권(回輪天强拳)과 건곤무영인(乾坤無影印)이라 하는 건데……」

그런데 참으로 이상했다.

모든 걸 포기하니 왜 이리 마음이 편한 건지…….

도(道)에 이르는 길은 따로 있는 게 아니었다. 버리고 비우니 거기에 도가 있었다.

한데 그때였다. 사도무영이 넌지시 물었다.

「그것 말고 더 없습니까?」

꼭 숨기고 있는 것 없냐는 투로.

순간 모든 것을 포기했다 싶었던 무천진인의 미음 한구석에 찌꺼기가 엉겨 붙었다.

괘씸한 놈. 예쁘게 봐주려고 했더니!

「정말 없는 거죠?」

있어도 안 가르쳐 줄 거다. 네놈이 손발이 닳을 때까지 싹싹 빌기 전에는.

「조사님, 왜 대답이 없으십니까?」

무천진인은 거짓말을 할 수가 없으니, 대신 입을 다물었다.

하지만 사도무영은 포기하지 않고 끈질기게 무천진인의 속을 긁었다.

「혹시 제자에게 주기 아까워서 그러시는 거 아닙니까?」

오냐, 아까워서 그런다!

「설마 정말 그런 마음은 아니시겠죠? 줄 때 화끈하게 주셔야 제자도 힘을 더 내지요.」

싫다, 이놈아!

제2장
**섭장천을 만나다**

## 1.

사도무영은 고개를 들어 하늘을 쳐다보았다.
고요히 가라앉은 그의 두 눈에 푸른 번갯불이 번쩍였다.
번쩍!
콰르르릉!
쏴아아아아아아!
번개를 동반한 폭우가 구화산을 쓸어버릴 것처럼 쏟아진다.
 한여름 동안 잠잠하더니 그동안 고인 빗물이 무게를 이기지 못하고 하늘에 구멍을 내버린 것 같다.
 아니면 시뻘건 구화산의 단풍들이 하늘의 눈에는 산불이라도 난 것처럼 보인 걸까?

'사부님은 어떻게 된 거지?'

조사님과 내기를 해서 이긴 지 일 년이 지났다.

길어야 육 개월이면 돌아오실 줄 알았던 사부가 이 년이 넘도록 돌아오지 않는다.

아무래도 도관을 떠나야만 할 것 같다.

아쉬움이라면, 무천진인에게 얻은 것을 완벽히 자신의 것으로 만들지 못했다는 점이었다.

회천선기 또한 육성에서 더 진전이 없었다.

워낙 거대하고 괴이한 힘인 만큼, 무천진인이 말한 대로 정말 팔 년이 걸려야 완성될지도 몰랐다.

물론 상황에 따라 더 걸릴 수도 있고, 덜 걸릴 수도 있었다.

문제는, 오 년이든, 팔 년이든, 십 년이든, 하염없이 이곳에 머물러 있을 수만은 없다는 것이다.

그러기에는 할 일이 너무 많았다.

현유에게 끌려간 조화설을 되찾고, 청성에 간 사부도 찾아봐야 한다. 물론 아버지도 무사한지 알아봐야 하고. 어머니가 가만 놔두지 않았을 테니까.

'가슴에 고랑이 파였을지도 몰라. 얼굴은 표 나니까 손대지 않았겠지?'

어머니가 이성을 잃고 손을 심하게 썼다면, 내상을 입었을지도 몰랐다. 아들을 잃어버렸으니, 어머니의 성격으로 봐서 충분히 가능한 일이었다.

그래도 아버지는 상황이라도 유추할 수 있지만, 조화설과 사부는 모든 게 오리무중이었다.

 '사부님, 화설 누이······.'

 이 년 몇 개월이 쏜살같이 지나갔다.

 솔직히 말해서, 혼돈에 빠진 세상을 구하는 일은 그에게 그리 중요하지 않았다. 그가 죽음과 싸우며 수련한 주목적은 조화설을 구할 수 있는 능력을 갖추기 위해서였다.

 그렇게 해서 어느 정도 능력을 갖추긴 했는데 생각보다 많은 시간이 흘렀다.

 화설 누이는 별일 없겠지?

 사부님은 대체 청성에 가서 뭐하는 거야? 설마 그곳에 눌러앉은 것은 아니겠지?

 안 좋은 상황이 발생했을 수도 있었다. 하지만 불길한 생각은 하지 않기로 했다. 그러면 마음만 더 아프니까.

 '다 괜찮을 거야. 다······.'

 마음을 다스린 그는 벌거벗은 채 마당으로 나가서 온몸으로 비를 맞았다.

 마른 듯 보이지만, 군살 하나 없는 탄탄한 근육은 뛰어난 석공이 심혈을 기울여 제작한 조각품 같았다.

 엉덩이까지 내려온 긴 머리, 미끈하게 쭉 뻗은 쇠기둥 같은 두 다리를 타고 빗물이 주르륵 흘러내린다.

 젖살이 완전히 빠진 얼굴에 박힌, 유난히 깊어 보이는 두 눈. 은은한 청광이 어려 있는 눈동자는 번개가 내려치는 데도 움직임이 없다.

그 위에 먹으로 죽 그어놓은 것 같은 눈썹은 비에 젖어 더욱 검게 보이고, 꽉 다물린 입술은 벼락에 맞아도 열릴 것 같지가 않다.

번갯불이 번쩍이는 날.

벌거벗은 채 백장절벽 한가운데 버티고 서서 비를 맞고 있는 그의 모습은, 도관의 처마 밑에서 비를 피하고 있던 까마귀조차 탄성을 내지를 만큼 멋졌다.

까아악! 깍, 깍!

쏴아아아아!

빗소리가 점점 거세진다.

사도무영은 벌거벗고 한참을 빗속에 서 있었다.

딱히 비를 좋아한다든가, 아니면 낭만을 즐기는 성격이어서 빗속에 서 있는 것이 아니었다.

잘못하면 눈먼 벼락을 맞을지도 모르는데, 목적이 없다면 벌거벗고 빗속에 서 있을 이유가 없었다.

비가 오는 날은 목욕하는 날이었다. 더구나 오늘은 도관을 떠나기로 작정한 날이 아닌가.

"때맞춰서 시원하게 쏟아지는군."

두 달만의 비였다. 더구나 때를 맞춰 내리니 반갑지 않을 수 없었다.

사도무영은 반쯤 뜬 눈으로 비에 잠긴 구화산을 응시하며 천천히 손을 놀렸다. 잠시 후, 처마 밑으로 들어간 그는 몸을 가볍게 털고, 삼매진화를 일으켜 몸을 말렸다.

몸무게가 조금은 줄어든 느낌. 시원했다.

그는 몸이 다 마르자, 목걸이를 목에 걸고 천천히 옷을 걸쳤다. 그러고는 한쪽에 놓인 시커먼 팔찌를 들어 왼손에 끼고, 한 바퀴 돌려주었다.

끼리링.

팔찌가 줄어들며 팔목에 찰싹 달라붙었다.

팔목과 완전히 하나가 된 팔찌를 본 그가 씩 웃었다.

이 년 전, 그의 머리통을 때린 바로 그 팔찌였다.

그가 짐작하기로는, 팔찌를 들보에 올려놓은 사람은 사조였다. 그것이 떨어져서 사손의 머리를 때릴 거라는 걸 사조가 짐작이나 했을까.

아마 사도무영이 고통에 몸부림치며 도관을 흔들지 않았다면, 아직도 들보 위에 있었을지 몰랐다. 몇 달 일찍 떨어졌다면, 머리가 터졌을 것이고.

사도무영이 팔찌와 사조 사이의 관계를 알게 된 것은, 망혼진인의 방에 있는 책을 읽다 우연히 찾은 귀원진인의 일기 덕분이었다.

> 서장에 갔다가 기이한 팔찌를 하나 얻었는데, 그 표면
> 의 그림이 너무나 마음에 들어서, 그 그림을 바탕으로 도

관의 천장을 그렸다.


 그 다음에는 어디에도 팔찌에 대한 언급이 없었다.
 팔찌의 표면에 새겨진 그림을 보고 천장의 그림을 그렸는데, 깜박 잊고 팔찌를 들보에 그대로 둔 채 내려온 것 같았다. 아니면 어차피 놔둘만한 곳이 마땅치 않아서 그냥 놔둔 것일 수도 있고.
 사도무영의 진정한 의문은, 사조께서 과연 팔찌의 진정한 가치를 알고 있었을까, 하는 것이었다.
 모를 가능성이 컸다.
 팔찌의 가치를 제대로 알았다면, 들보에 놓고 내려오지 않았을 것이다. 설령 잊고 내려왔어도 다시 찾아보려는 노력이라도 했을 게 분명했다.
 팔찌는 그만한 가치가 있었다. 그 역시 팔찌를 만지작거리며 갖고 논 지 석 달 열흘 만에 알게 되었지만.
 "대체 어떤 인간이 이런 걸 만들었는지……. 아마 그 사람, 분명히 지옥에 갔을 거야."


 한 시진을 줄기차게 내리던 장대비가 서서히 가늘어진다.
 사도무영은 봇짐을 질끈 동여매고 도관을 둘러보았다.
 경공에 뛰어난 고수들도 쉽게 오갈 수 없는 곳이라지만, 마음만 먹으면 오갈 방법이 전혀 없는 것은 아니었다.

위에서 밧줄을 타고 내려올 수도 있고, 경공이 뛰어난 사람이라면 절벽 중간 중간 박혀 있는 쇠말뚝을 밟고 올라올 수도 있다.

이제 떠나면 언제 올지 모르는 일.

사도무영은 사부가 남긴 비급과 다섯 권으로 된 사조의 일기를 본당 아래쪽 은밀한 곳에 숨겼다.

도관을 완전히 다 들어내도 찾기가 쉽지 않은 곳이었다. 더구나 어찌어찌 찾는다 해도, 회천도결을 모르면 그림에 떡인 만큼 비급에 대한 걱정은 하지 않았다.

남은 것은 질그릇 몇 개. 오곡단이 들었던 항아리, 이런저런 잡다한 생활물품 정도.

은자는 한 푼도 없었다.

은자가 될 만한 것이라고는 도가경전뿐인데, 그나마도 나중에 사부가 찾을지 몰랐다. 팔아봐야 몇 푼 받지도 못할 것 같고.

왠지 한심한 생각이 들었다.

"그러고 보니 진짜 가난한 문파네."

거지들의 단체라는 개방도 회천도문보다는 나을 것이다.

천하에서 제일 가난한 문파.

자신이 바로 그 문파의 단 하나 있는 제자라는 생각을 하자 한숨이 절로 나왔다.

"어휴, 당장 돈부터 벌어야겠군."

사실 돈 될 물건이 하나도 없는 것은 아니었다. 조화설에게 받은 주머니가 있었으니까.

 그러나 그것은 조화설과 유모를 황산까지 데려다주기로 하고 대가로 받은 물건이 아닌가.

 아버지와 자신은 약속을 지키지 못했으니 그 주머니는 조화설에게 돌려줘야 했다.

 더구나 당시 유모의 표정으로 봐선 그녀에게 매우 중요한 물건인 듯했다. 아무리 돈이 급해도 팔지 않을 작정이었다.

 '반드시 찾아서 돌려줄게요, 화설 누이.'


## 2.


 도관 아래쪽 절벽에는 쇠말뚝이 사오 장 간격으로 한 뼘 가량 튀어나와 있었다.

 본래 그곳에는 줄사다리가 달려 있어서 사람들이 오르내리는데 쓰였다고 한다.

 그러나 귀원진인은 외부인을 받아들일 생각이 없었기에 줄사다리를 모두 떼어내고 쇠말뚝만 남겨 놓았다.

 선풍류가 어느 정도 경지에 이르면 그것만 있어도 도관을 오르내리는데 충분했던 것이다.

 사도무영은 징검다리를 건너듯 쇠말뚝을 밟고 도관에서 내려왔다.

 절벽 아래 계곡은 먼지만 풀풀 날리던 어제와 많이 달라져 있었다.

 바짝 말라가던 초목들은 비에 흠뻑 젖어 초록빛 싱그러움을 되찾아가고, 진주처럼 반짝이는 물방울들이 나뭇잎에 매달려 있다가 바람이 불면 후두둑 떨어졌다.

 콧속을 파고드는 알싸한 초목의 향기.

 사도무영은 숨을 크게 들이쉬고 걸음을 옮겼다.

 계곡을 빠져나가는 길은 따로 있지 않았다. 그가 걸음을 옮기면 그곳이 곧 길이었다.

 그는 촉촉이 젖은 풀을 발끝으로 가볍게 찍으며 물 흐르듯 나아갔다.

 그렇게 십 리가 넘는 계곡을 빠져나가자, 그제야 길다운 길이 나타났다.

 구화산에는 수십 개의 사찰이 산재해 있어서 오가는 길이 그물처럼 나 있는데, 그가 들어선 길은 화성사(化城寺)에서 우운사(雨云寺)로 가는 길이었다.

 사도무영은 길이 나오자 걸음을 늦추었다.

 사람들이 드문드문 오가고 있었다. 행색도 좋지 않은데, 눈에 띄는 행동까지 해서 시선을 받을 필요는 없었다.

 한데 화성사가 가까워졌을 때였다. 저만치 앞에서 몇 사람이 구비를 돌아오는 게 보였다.

모두 네 사람이었다. 스님 하나와 무사 셋.
 사도무영은 그들과의 거리가 가까워지자 보일 듯 말듯 표정이 굳어졌다.
 무사들 중 둘은 사십 대의 중년인이었고, 한 사람만 삼십 대 초반으로 보였다.
 사도무영의 표정이 굳어진 것은 바로 삼십 대 장한 때문이었다.
 갈색 장포를 걸친 그는 가무잡잡한 얼굴에 키가 사도무영만큼이나 컸다. 허리에는 검을 차고 있었는데, 키가 큰 만큼이나 검도 길어서 석 자 다섯 치는 되어 보였다.
 성큼성큼, 그가 호랑이처럼 여유롭게 걸음을 옮길 때마다 바람이 옆으로 밀리는 것처럼 느껴진다.
 두 중년인도 강한 자들이지만, 그에게 비할 바는 아니었다.
 '누굴까?'
 사도무영이 궁금해 하는 사이 거리가 더욱 좁혀졌다.
 오 장의 거리.
 삼십 대 장한의 눈에 이채가 떠오른 것은 그즈음이었다.
 그는 갑자기 우뚝 걸음을 멈추고 사도무영을 주시했다.
 뒤따르던 두 중년인과 스님은 두 걸음을 더 나아간 다음, 의아한 표정을 지으며 멈춰 섰다.
 사도무영은 태연한 걸음걸이로 그들에게 다가갔다.
 오 장의 거리는 순식간에 줄어들었다.

장한이 코앞까지 다가오자, 그는 별반 표정 없이 장한을 비켜서 지나가려 했다.

그때 장한이 사도무영을 불러 세웠다.

"잠깐만 멈춰보게."

사도무영은 그 말을 기다리기라도 한 것처럼, 장한의 목소리가 끝남과 동시에 걸음을 멈췄다.

"무슨 일입니까, 소방주. 아는 자입니까?"

우측의 중년인이 장한을 향해 물었다.

장한은 고개를 젓고 사도무영에게 물었다.

"어디에서 오는 길인가?"

처음 보면서 대뜸 하대를 한다.

몸에 밴 듯 자연스러운 말투. 반감은 그다지 느껴지지 않았다.

사도무영은 고개만 돌려 장한을 쳐다보았다.

한 걸음 크게 내딛고, 손을 쭉 뻗으면 닿을 거리. 그 거리에 고요한 호수 같은 눈이 머물러 있다.

강자의 여유가 느껴지는 눈빛.

사도무영은 눈앞의 장한이 자신의 짐작보다 더 강할지 모른다는 생각을 하며 단순하게 답했다.

"산 위에서 내려오는 길입니다."

그걸 누가 모르나?

우측의 중년인이 눈살을 찌푸리며 말했다.

"바쁜 와중에 묻는 말씀이시다. 농으로 답하지 마라."

사도무영은 그를 상대하지 않고, 여전히 장한을 바라본 채 담담히 답했다.

"사실대로 말했을 뿐입니다. 한데 그걸 묻기 위해 세운 것입니까?"

무시당했다 생각했는지 중년인이 발끈했다.

"네가 그래도……!"

"소 형."

장한이 손을 들어서 중년인을 말렸다. 그러고는 희미한 미소를 지으며 사도무영에게 다시 물었다.

"소형제의 말을 믿지. 한데 이름이 어떻게 되는가?"

"상대의 이름을 물을 때는 자신의 이름을 먼저 밝히는 게 예의라 압니다만."

장한의 미소가 짙어졌다. 가무잡잡한 얼굴에 하얀 이가 드러나니 그 웃음도 그럭저럭 괜찮게 보였다.

"나는 섭장천이라 하네."

섭장천이라는 이름은 결코 가벼운 이름이 아니었다. 그러나 사도무영은 아직 그 이름이 뜻하는 바를 알지 못했다.

"사도무영입니다."

섭장천은 사도무영의 이름을 되뇌며 제법 날카로운 질문을 던졌다.

"사도무영이라……. 그래, 자네는 산 위에서 내려오는 길이라 했는데, 어느 절에 있었는가?"

"절에 있지 않았습니다."

"음? 이상하군. 이 위쪽에 민가가 있다는 말은 듣지 못했는데 말이야."

"제가 어디에 있었든, 귀하가 왜 그리 궁금해 하는지 모르겠군요."

"하하하, 이렇게 좋은 날, 괜찮은 사람을 만난 것 같아서 물어본 거네. 기분이 상했다면 미안하군."

"기분이 상할 것까지는 없습니다. 더 할 말이 없다면 이만 가보겠습니다."

"아, 한 가지만 더. 자네의 사문을 알려줄 수 있겠는가?"

"엄명이 있어서 말해줄 수 없으니 양해해 주시지요."

꼭 그런 것은 아니었다. 회천도문이라는 이름 때문에 귀찮은 일이 생길지 몰라 그리 말한 것일 뿐.

다행히 섭장천은 집요하게 캐묻지 않았다. 강호에서는 비일비재한 일이었으니까.

"사문의 명이 있다면 어쩔 수 없지. 어쨌든 반갑군. 나중에 다시 만날 수 있으면 좋겠는데 말이야."

"인연이 있다면 다시 만날 수 있겠지요. 기왕이면 좋은 일로 만나길 바라겠습니다."

"나 역시 같은 생각이네."

"그럼……."

사도무영은 손을 들어 가볍게 포권을 취하고 몸을 돌렸다.

섭장천은 사도무영의 뒷모습을 한참 동안 바라보았다.

소 형이라 불린 중년인이 의아한 표정으로 물었다.

"아직 어린 친구 같던데, 왜 그리 신경을 쓰십니까, 소방주?"

고개를 돌린 섭장천은 매처럼 날카로운 눈으로 사도무영이 지나온 길을 바라보았다.

"그 친구가 지나온 길을 보시오. 그럼 내가 왜 신경을 쓸 수밖에 없는지 알 수 있을 거요."

두 중년인과 중년승이 동시에 위쪽을 바라보았다.

소 형이라 불린 중년인과 중년승은 의아한 표정을 지었다. 하지만 좌측의 중년인은 곧 표정이 굳어진 채 침음성을 흘렸다.

"으음······."

소 형이라 불린 중년인, 소호당이 답답한 표정으로 물었다.

"곽 가야, 뭘 봤는데 그러는 거냐?"

곽 가, 곽운적이 손을 들어 앞을 가리켰다.

"잘 보게. 우리를 본 시점 이전의 발자국이 보이지 않아. 한마디로, 그 전까지는 발자국을 남기지 않고 걸었다는 말이 아니겠나?"

비가 온 뒤여서 길이 흠뻑 젖어 있는 상태. 사도무영이 내려온 길에 깊은 발자국이 파여 있었다.

한데 발자국은 십여 장만 나 있을 뿐, 그 위쪽으로는 보이지 않는 것이다. 위나 아래나 똑같이 젖은 흙으로 된 길인데도.

설마 날아오지는 않았을 터. 눈 위에 흔적을 남기지 않고 걷는다는 답설무흔(踏雪無痕)이나, 풀 위를 밟고 날아간다는 초상비(草上飛)의 절정신법을 펼쳤다는 말이었다.

그것도 자연스럽게!

그가 신법을 펼치기 위해 공력을 끌어올렸다면, 자신들이 몰랐을 리가 없었다.

소호당은 그 사실을 깨닫고 얼굴이 벌게졌다.

그도 초상비를 펼칠 수는 있었다. 하지만 기운의 발출을 숨기면서까지 자연스럽게 펼칠 자신은 없었다.

최소한 신법에 관해선 자신보다 고수라는 말.

그런데 그것도 모르고 하수 다루듯 했으니, 어린놈이 얼마나 속으로 비웃었을까?

그 생각을 하니 낯이 붉어지지 않을 수 없었다.

'제길, 신법만 뛰어난 것일지도 모르지.'


'섭장천이라 했지? 그 정도 사람이 소방주라면 결코 작은 세력은 아닐 것 같군.'

사도무영은 조금 전에 만난 섭장천을 떠올리며 계곡을 빠져나왔다.

계곡을 나오자마자 길이 두 갈래로 갈라졌다.

좌측으로 뻗은 길은 지장보살의 도량인 화성사 내부로 이어져 있었고, 또 다른 길은 담장을 따라 곧장 산 아래로 뻗어 있었다.

그는 화성사 안으로 들어가지 않고 담장을 따라 내려갔다.

화성사의 담장 반대편은 깊게 파인 골짜기였다.

골짜기는 깊이가 사오 장 정도 되었는데, 오전에 내린 비로 인해 누런 황톳물이 굉음을 일으키며 흘렀다.

길을 따라 내려가던 사도무영이 걸음을 멈춘 것은 담장이 거의 끝나갈 즈음이었다.

걸음을 멈춘 그는 격류가 흐르는 골짜기의 건너편을 바라보며 눈을 가늘게 좁혔다.

'응?'

골짜기 반대편 숲속에서 인기척이 느껴졌다.

나뭇잎 스치는 소리. 나뭇잎에 맺혔던 물방울이 떨어지는 소리. 마른 나뭇가지가 부러지는 소리. 짐승들이 도망치는 소리.

청력을 집중해야 겨우 들릴 정도로 극히 미미했지만, 분명 자연적인 소리는 아니었다.

바라보는 사이, 우거진 나무 사이로 옅은 갈색 옷을 입은 자들이 언뜻언뜻 보였다.

대충 봐도 십여 명은 될 듯했다.

빠르고 은밀한 움직임.

숲이 우거져서 전진하기가 쉽지 않을 텐데도, 숲속에서 움직이는 자들은 동물처럼 민첩하게 나아가더니 순식간에 멀어졌다.

'어떤 자들이지?'

자신과 상관없는 자들이어서 처음에는 그냥 가려 했다. 그런데 그들에게서 느껴지는 음침한 살기가 자꾸만 발걸음을 붙잡았다.

'저들은 누굴 노리는 걸까?'

구화산에 강호문파가 없다고 해서 강호와 연관된 자마저 없는 것은 아닐 것이었다.

강호와 연관된 자?

문득 섭장천이 떠올랐다.

섭장천은 왜 우운사에 가는 것일까? 아니 우운사에 가는 게 맞긴 맞는 걸까?

사도무영은 고개를 돌려 산 위쪽을 바라보았다.

허리에 구름을 두른 산봉우리들이 첩첩이 겹친 모습은 그대로 한 폭의 산수화였다.

'숲속의 갈의인들 목표가 그일까?'

느낌이 그럴 것 같았다. 일행이든, 적이든.

아니라면 우연이 겹쳤다는 말인데, 그것은 필연보다도 더 가능성이 희박해 보였다.

사도무영은 잠시 서서 생각을 정리했다.

청성으로 가는 것도 중요했지만, 어차피 적잖은 시간이 걸릴 일이다. 잠깐 시간을 지체해도 그만큼 서두르면 된다.

그리고 무엇보다 구화산에서 음습한 자들이 설치는 게 싫었다. 비록 허름한 도관에 불과하지만, 어쨌든 그의 사문이 있는 산이니까.

결정을 내린 그는 발길을 돌려 산 위로 향했다.


사도무영은 서두르지 않고 갈의인들의 행적을 뒤쫓았다.

별다른 흔적은 보이지 않았지만 뒤를 쫓는 건 그리 어렵지 않았다. 그자들의 음습한 기운이 느껴지고 있었으니까.

섭장천을 만났던 곳을 지나쳐 삼 리 정도 올라가자 산 너머에서 강렬한 기운이 느껴졌다.

그리고 뒤이어 묵직한 충돌음이 들렸다.

퍼벅! 쩌정!

두 무리가 맞부딪친 듯했다.

사도무영은 격전이 벌어지고 있는 곳으로 접근했다.

스윽, 걸음을 내딛을 때마다 사오 장씩 죽죽 미끄러지는 그의 신형은 바람 그 자체였다.

단숨에 능선을 넘은 그는 나무 위로 올라가 전방을 바라보았다.

사찰의 기와지붕이 우거진 나무 사이로 보였다. 대충 봐도 예닐곱 채는 될 듯했다.

격전이 벌어지는 곳은 사찰에서 조금 떨어진 공터였다.

넓이는 이백여 평 정도. 그곳에서 십여 명의 갈의인이 섭장천 일행을 포위한 채 공격하고, 섭장천 일행은 삼재의 방위를 지키며 적의 공격을 막아내고 있었다.
 개개인으로 따지면 섭장천 일행이 훨씬 강했다. 특히 섭장천의 위세는 격전장을 압도했다. 그가 작심하고 적을 공격하면 싸움이 오래갈 것 같지 않았다.
 그러나 싸움의 형세는 어느 한쪽으로도 기울지 않고 팽팽하게 흘렀다.
 섭장천은 한 여인을 보호하고 있었는데, 그로 인해서 움직임에 제약을 받을 수밖에 없었던 것이다.
 '저 여자 때문에 구화산에 온 건가?'
 갈의인들이 노리는 목표도 여인인 듯했다.
 한쪽은 지키려 하고, 한쪽은 죽이려 한다.
 문득 동백산에서의 일이 떠올랐다. 잔잔한 가슴에서 분노가 스멀거리며 피어나고, 눈빛이 싸늘히 식었다.
 '여자 하나를 죽이기 위해 떼로 몰려왔단 말이지?'

 한편, 섭장천은 적의 공세를 여유 있게 막아내며 상황을 살폈다.
 적을 먼저 발견했기에 망정이지, 하마터면 큰일 날 뻔했다. 완벽히 매복한 상태에서 공격 받았다면 여인을 지키기가 쉽지 않았을 것이었다.
 '이놈들이 어떻게 알고 왔지?'
 오늘 일에 대해 아는 사람은 방에서도 몇 되지 않았다. 자신들 역시 구화산까지 오면서 철저히 조심해서 움직였다. 한데 도착한 지 반각 만에 적의 공격을 받다니.

비밀이 새어나갔다는 말.

'누구든 비밀을 누설한 자는 용서치 않을 것이다!'

그는 차가운 눈빛을 번뜩이며 검을 휘둘렀다.

그의 커다란 검이 대기를 가를 때마다 시퍼런 검기가 번개처럼 뻗어나갔다.

갈의인들은 감히 그의 검을 맞받지 못하고 검기가 밀려들 때마다 물러나기에 바빴다.

섭장천은 물러서는 적을 쫓지 않았다.

그는 어떠한 일이 있어도 자신의 뒤에 서 있는 여인을 보호해야만 했다. 적을 모두 죽인다 해도 지켜야 할 사람을 지키지 못하면 오늘 구화산까지 온 의의가 없었다.

"내가 있는 한 네놈들은 뜻을 이루지 못할 것이다!"

일갈을 내지른 그는 한쪽을 노려보았다.

그가 바라보는 곳에는 얼굴이 길쭉한 사십 대의 흑의중년인이 서 있었다. 그는 처음부터 지켜만 보고 있었는데, 섭장천은 열한 명의 갈의인들보다 그를 더 위험하게 생각했다.

"후후후, 섭장천, 너는 절대 그 계집을 데려가지 못해."

"그러면 내가 직접 여기까지 온 보람이 없지. 잔소리 말고 덤벼라! 수하들을 모두 죽인 다음에 덤빌 것이냐?"

섭장천은 검을 사선으로 늘어뜨린 채 조소를 지었다.

흑의중년인은 차가운 눈으로 섭장천을 노려보고는 코웃음을 쳤다.

"흥! 남천(南天)의 검이 아무리 강해도 혼자서는 그 계집을 지킬 수 없을 것이다. 모두 쳐라!"

그의 명이 떨어짐과 동시, 다섯 명의 갈의인이 섭장천을 향해 달려들었다.

섭장천은 이전과 다르게 앞으로 나아가며 적을 맞이했다. 그래봐야 서너 걸음에 불과했지만.

그러나 그 서너 걸음의 차이가 생사를 갈랐다.

쩡!

검명이 귀청을 울리고, 정면에서 달려들던 갈의인 하나가 피를 토하며 꺼꾸러졌다. 검을 통해 밀려든 진력이 내부를 얼마나 강하게 뒤흔들었는지 눈알이 반쯤 밖으로 튀어나와 있었다.

섭장천은 거기서 멈추지 않고 좌우를 향해 검을 떨쳤다.

순간이었다. 좌우의 갈의인이 섭장천을 향해 달려들고, 지켜만 보던 흑의중년인이 신형을 날렸다.

흑의중년인은 몸을 날리며 초승달처럼 휘어진 도를 빼들었다.

시퍼런 도기가 번들거리며 완만하게 휘어진 도신을 따라 흘렀다.

쩌정!

거의 동시에 두 명의 갈의인을 튕겨낸 섭장천은 기다렸다는 듯 흑의중년인을 향해 검을 돌렸다.
"죽어라, 섭장천!"
이 장 허공에 떠서 날아가던 흑의중년인은 섭장천의 머리 위에 당도하자마자 도를 내리쳤다.
흑성수라도(黑星修羅刀) 안위. 그는 마도십삼파 중 하나인 흑문(黑門)의 흑성당(黑星堂) 당주다. 그렇다면 열두 명의 갈의인들은 흑문의 지옥살귀, 흑성십이살이라는 말.
섭장천은 상대를 얕보지 못하고 내력을 좀 더 끌어 올렸다.
두 사람의 도검에서 검기와 도기가 번쩍이며 찰나 간에 뒤엉켰다.
쩌저정! 떠덩!
그 틈을 이용해 두 명의 갈의인이 섭장천 뒤쪽의 여인을 공격하기 위해 달려들었다.
소호당과 곽운적은 각기 세 명의 갈의인을 상대하며 몸을 빼기 힘든 상태다. 섭장천은 상대가 흑성십이살이라는 걸 알고 두 사람의 도움을 기대하지 않았다.
그는 안위를 향해 일 검을 펼치고는, 이를 악문 안위가 밀려난 틈을 타 뒤로 주르륵 미끄러졌다.
"어림없는 짓!"
일갈을 내지른 그는 검을 홱 뒤집으며 좌우로 흔들었다.
작정하고 펼친 검이었기에 처음과는 그 위력이 판이하게 달랐다.

일순간, 수십 개의 검영이 쫙 펼쳐지며 두 갈의인을 덮쳤다.

"커헉!"

"크윽!"

하나는 목을 부여잡고, 하나는 한쪽 팔이 잘린 채 바닥을 뒹굴었다.

하지만 적의 공격은 그것으로 끝난 게 아니었다.

튕겨졌던 갈의인과 뒤로 밀려났던 안위가 순간의 기회를 놓치지 않고 빈틈을 파고들었다.

섭장천이 아무리 강하다 해도, 세 방위에서 밀려드는 공격을 혼자서 막기에는 무리였다.

"뒤로 물러나시오, 연 낭자!"

섭장천은 뒤의 여인에게 소리치고 자신도 두 걸음 물러섰다. 각도를 좁히고 거리를 확보하기 위함이었다.

"늦었다, 섭장천!"

안위는 일갈을 내지르고 전력을 다해 만도를 휘둘렀다.

섭장천은 차갑게 굳은 표정으로 검을 뻗었다.

'별수 없군!'

그는 작심한 듯 검에 내력을 쏟아 부었다.

자신의 삼 푼을 숨기고 살아가는 세상이 강호다. 그 역시 지금까지 그렇게 살아왔다. 하지만 지금은 그럴 여유가 없었다.

후웅!

그의 검첨에서 푸르스름한 기운이 한 자가량 쭉 뻗었다.

초절정의 경지에 이르러야 가능하다는 검강이었다.

섭장천이 검강을 펼치자, 안위는 두 눈을 크게 떴다. 그는 섭장천이 자신의 예상보다 더 강함을 알고 급히 만도에 전 공력을 밀어 넣었다.

"여태 강호를 속였구나!"

일순간 섭장천의 검에서 뻗은 검강이 그의 만도를 휘어 감았다.

쩌러렁!

피륙이 갈기갈기 찢기고, 손목이 으스러질 것만 같다.

거센 충격이 도신을 통해 밀려들자, 안위는 입술을 깨물고 뒤로 물러났다.

바로 그때, 두 사람의 격돌로 인해 멈칫했던 갈의인이 여인을 공격하기 위해 달려들었다.

"어딜!"

휙 몸을 튼 섭장천은 갈의인을 막기 위해 검을 휘둘렀다.

그와 동시, 뒤로 물러났던 안위도 갈의인의 반대 방향으로 신형을 날리며 여인을 공격했다.

섭장천의 눈빛이 처음으로 흔들렸다.

눈앞의 적이 무서운 점은, 실력이 아니라 목숨을 돌보지 않고 목적을 달성하려는 필살의 의지였다.

한 자만 더 뻗으면 갈의인의 심장을 부술 수 있지만, 그 대신에 여인이 위험해진다. 그것은 그가 원하는 바가 아니었다.

그는 찰나의 순간에 결정을 내리고, 안위의 공세를 막기 위해 검을 돌렸다.

그의 뒤에 있는 여인은 비록 고수는 아니지만 무공을 전혀 모르지 않았다. 그는 여인이 갈의인의 공격을 한두 번만 피해 주기를 바랐다.

안위는 섭장천이 그런 결정을 내릴 줄 알았다는 듯 차가운 조소를 지으며 도를 내리쳤다.

이삼 초 정도는 막을 수 있을 터. 그 시간이면 자신의 수하가 여인을 죽일 수 있을 거였다.

쩌저정!

검과 도가 부딪치며 귀청을 울리는 굉음이 산사를 뒤흔들었다.

그 사이 섭장천을 우회한 갈의인이 여인을 향해 검을 뻗었다.

안색이 해쓱하게 질린 여인은 다급히 뒤로 물러났다.

하지만 그녀는 계속 물러설 수가 없었다. 더 물러서면 삼제의 방어망을 스스로 벗어나 적에게 목을 내미는 꼴이 될 것이었다.

워낙 순식간에 벌어진 일이어서 소호당과 곽운적은 그녀를 도울 수가 없었다.

두 사람이 상대를 밀치고 그녀를 바라봤을 때는 이미 갈의인의 검이 그녀의 지척에 이른 후였다.

갈의인은 추호의 망설임도 없이 여인의 심장을 향해 검을 뻗었다. 검을 뻗는 그의 입가에 잔혹한 냉소가 떠올랐다.

"이제 끝이다, 계집!"

여인은 반사적으로 몸을 던져 바닥을 굴렀다. 그것이 그녀가 할 수 있는 최선의 방어책이었다.

그나마 한때 무공을 배운 적이 있고, 침착하기로 따지면 누구 못지않기에 할 수 있는 행동이었다.

바닥을 한 바퀴 굴러 아슬아슬하게 위기를 모면한 그녀는 황급히 고개를 들고 자신을 공격한 자를 쳐다보았다.

순간, 부릅뜬 그녀의 두 눈에 덮쳐드는 갈의인이 보였다.

하지만 그녀는 별다른 움직임도 없이 갈의인을 멍하니 바라보기만 했다.

차가운 살기가 번뜩이던 갈의인의 눈에 초점이 없었다. 게다가 방향도 자신을 향한 것이 아니었다.

털썩.

갈의인은 검을 든 손을 뻗은 채 그녀의 석 자 옆에 꼬꾸라졌다.

여인은 정신이 반쯤 나간 표정으로 갈의인을 쳐다보았다.

언뜻 갈의인의 귀 앞 이문혈에 뭔가가 깊숙이 꽂혀 있는 게 보였다. 핏물이 번지고 있는 그것은 손바닥 절반 크기의 파란 나뭇잎이었다.

사도무영은 섭장천이 여인을 지키려는 걸 보고 묘한 기분이 들었다. 실력이 없어 조화설을 현유에게 빼앗긴 그가 아닌가.

'그때 내가 저자만큼만 강했어도 화설 누이를 빼앗기지 않았을 텐데……'

잠시 상념에 빠진 사이 흑의중년인과 갈의인들이 섭장천을 공격했다. 곧이어 섭장천의 검 아래 갈의인들이 속수무책으로 무너졌다.

삼재의 두 방위를 맡은 두 중년인도 적에게 밀리지 않는 상태.

그때까지만 해도 굳이 자신이 나설 필요가 없을 것 같았다.

하지만 상황은 그가 생각했던 것과 달리 급박하게 흘렀다. 그 이면에는 죽음을 두려워하지 않는 갈의인들의 독심이 있었다.

섭장천의 강함으로도 막을 수 없는 독한 살심!

사도무영은 안위와 갈의인이 섭장천을 우회해서 여인을 공격하는 걸 보고는, 나뭇잎을 하나 따서 검지와 중지에 끼웠다.

그러고는 즉시 손을 밀듯이 튕기며 나뭇잎을 날려 보냈다.

여인을 구해주고 싶은데, 직접 달려가서 도와주기에는 시간이 없었다. 될지 안 될지 모르지만 최선을 다해 보는 수밖에.

쉬이익!

격전이 벌어지는 곳까지 십육칠 장의 거리. 진기의 조종을 받은 나뭇잎은 빠르게 날아가더니, 갈의인의 이문혈에 틀어박혔다.

사도무영은 회혼지를 응용해서 펼친 수법이 성공하자 속으로 쾌재를 불렀다.

도관에서 날아가는 새를 잡아보기는 했지만, 사람을 상대할 수 있을지는 의문이었다. 그런데 깔끔하게 성공한 것이다.

그는 여인을 향했던 위협이 제거되자 나무에서 내려왔.

굳이 자신이 나서서 설치지 않아도, 나머지는 섭장천 일행이 해결할 수 있을 것이었다.


안위는 임무 성공 직전에 이르렀던 수하가 맥없이 쓰러지자, 와락 인상을 쓰며 뒤로 물러났다.

"빌어먹을!"

섭장천은 자신과 상부에서 예상했던 것보다 훨씬 강했다.

수하들조차 반 이상이 쓰러진 상황. 그는 섭장천과 정면대결을 벌이는 우를 범하고 싶지 않았다.

삼 장을 물러선 그는 수하들을 향해 짜증내듯이 소리쳤다.

"돌아가자!"

안위가 물러서는 걸 보면서도 섭장천은 여인 앞에서 움직이지 않았다.

겨우 위기를 모면하긴 했지만, 아직 상황이 완전하게 끝난 것은 아니었다. 또 다른 적이 있다면, 지금 저들을 쫓는 것이 치명적인 실수가 될 터였다.

안위는 섭장천이 쫓아오지 않자 곧장 숲속으로 뛰어들었다.

순간, 그는 누군가가 앞에 있다는 것을 알고 표정이 굳어졌다. 섭장천의 일행이 아닐까 생각한 것이다.

그러나 상대의 행색을 본 그는 깊게 생각할 것도 없이 노성을 내지르며 칼을 휘둘렀다.

"비켜라, 거지새끼!"

사도무영은 한 발을 내딛으며 그가 휘두르는 도영 속으로 몸을 들이 밀었다.

안위가 보기에는 미친 짓이 아닐 수 없었다.

그는 화풀이할 곳이 생겼다는 듯 사도무영의 목을 향해 사정없이 칼을 휘둘렀다.

"미친놈! 죽고 싶다면 죽여주마!"

사도무영은 그의 칼에 죽고 싶은 마음이 없었다.

환영처럼 도영 사이를 파고든 그는 안위의 가슴을 향해 주먹을 뻗었다.

뭔가가 잘못 되었다는 것을 안위가 깨달았을 때는 이미 사도무영의 주먹이 가슴을 후려친 후였다.

콰광!

"컥!"

안위의 몸뚱이가 나뭇가지를 부러뜨리며 날아갔다.

사도무영은 그가 어떻게 되었는지 보지도 않고 몸을 돌렸다. 숲속으로 들어선 갈의인들이 달려들고 있었다.

섭장천을 만나다 67

죽음을 두려워하지 않는 그들조차 눈앞에서 벌어진 상황을 이해할 수 없다는 듯 당황한 표정이었다.

사도무영은 차가운 눈으로 바라보며 그들이 다가오도록 놔두었다.

순식간에 일 장 이내에 들어선 갈의인들은 사도무영을 향해 도검을 휘둘렀다.

찰나, 사도무영의 몸을 중심으로 회오리바람이 이는가 싶더니, 눈 깜짝할 새에 갈의인들을 휘감아버렸다.

퍼버벅!

"헉!"

"크억!"

뭐가 어떻게 된 것인지 알 새도 없이 갈의인들의 몸뚱이가 사정없이 튕겨졌다.

나무에 처박히고 바위에 팽개쳐진 그들은 몸을 꿈틀거리며 일어나려 했다. 하지만 몸부림치던 그들 누구도 다시는 일어서지 못했다.

회천도문의 방어신공인 회천무벽의 회자결(回字決)과 탄자결(彈字決)로 인해 전신혈맥이 터져나간 것이다.

사도무영은 쓰러져 있는 갈의인들을 둘러보았다. 어이없는 마음에 그들을 향했던 분노조차 가라앉았다.

전에도 회천무벽을 펼쳐보긴 했지만, 기껏해야 빗물을 튕겨내며 시험해 보는 게 전부였다. 그러면서 앞으로는 비가 와도 걱정 없을 것 같다는, 무천진인이 알면 기도 차지 않을 생각만 했을 뿐이었다.

한데 그 정도가 아니었다.

단순히 방어용 무공인줄 알았던 회천무벽의 위력이 이 정도라니!

비록 만전을 기하기 위해 공력을 구성이나 끌어올렸다 해도, 이런 결과는 생각지도 못했던 터였다.

'조사님이 그렇게 자랑하더니, 적절히 사용하면 손발이 덜 고생하겠군.'

그때였다. 숲 밖에서 섭장천의 목소리가 들렸다.

"안에 계신 분은 뉘시오?"

사도무영의 입가에 쓴웃음이 떠올랐다.

갈의인들의 행동에 분노가 일긴 했어도, 섭장천의 일에 직접적으로 끼어들 마음은 없었다.

하지만 상황이 이렇게 된 이상 무슨 일인지 정도는 알고 싶었다. 이유야 어쨌든 자신의 손에 사람이 죽었지 않은가.

그는 섭장천을 만나보기로 하고 숲 밖으로 걸음을 옮겼다.

서너 걸음을 걸어가는데, 손가락으로 바닥을 파며 기어가는 안위가 보였다. 입에서 핏덩이가 쏟아지는 걸로 봐서 내부가 으스러진 듯했다.

그는 손가락을 튕겨 안위의 고통을 덜어주었다.

'남자가 되어서 힘도 없는 여자를 죽이려 하다니. 그러니까

재수 없이 나 같은 사람을 만나서 죽지.'

자신이 있는 곳으로 오지만 않았어도, 도를 휘두르지 않고 그냥 도주만 했어도 살았을 것이거늘.

사도무영은 무심한 눈으로 안위를 바라보고는, 몸을 돌려 숲을 나섰다.

"자네는?"

섭장천이 사도무영을 보고 의외라는 표정을 지었다.

떡갈나무로 가려져 있어 숲속이 보이지 않았다. 해서 어떤 고인이 자신들을 도와주었나 궁금했는데, 산을 내려가던 사도무영이라는 청년이 아닌가.

"자네일 줄은 미처 몰랐군."

"내려가는데 고약한 냄새를 풍기는 자들이 산을 오릅디다. 그래서 쫓아와 본 거요."

섭장천으로선 사도무영이 어떤 이유로 되돌아 왔든 상관없었다. 덕분에 위기에서 벗어났다는 것, 그것만이 중요할 뿐이었다.

그는 이문혈에 나뭇잎이 박힌 자를 눈짓으로 가리켰다.

"저자도 자네 솜씨인 거 같은데."

"힘없는 여자에게 검을 들이대는 놈들을 싫어하거든요."

상황에 어울리지 않는 대답이지만, 그렇다고 다른 이유가 있을 것 같지도 않다.

섭장천은 더 묻지 않고 입꼬리를 비틀며 웃었다.

"어쨌든 고맙군. 덕분에 무사했으니 말이야."

"왜 저자들이 이곳까지 와서 저 여인을 죽이려 했는지, 제가 알아도 되겠습니까?"

"우리가 저분을 본방까지 모시고 가려는 걸 원하지 않는 자들이 있다네. 흑문도 그런 곳 중 하나지."

이제 이십 대 중반 정도의 여인이다. 강호의 방파에서 왜 저 여인을 데려가려는 걸까?

게다가 흑문이라면 마도십삼파의 하나. 그런 곳에서 왜 한낱 여인을 죽이지 못해 안달이란 말인가?

사도무영이 의아한 표정을 지으며 다시 물었다.

"저분이 뉘신데……?"

섭장천이 난감한 표정으로 말했다.

"미안하군. 도움 받은 걸 생각하면 말해주어야 옳지만, 본방의 내부비밀이어서 자세한 내용은 말해줄 수가 없다네."

비밀이라는 건 많이 알아봐야 좋을 게 없다. 잘못하면 생각지도 못했던 엉뚱한 일에 휘말려들 가능성만 커질 뿐이다.

사도무영은 엉뚱한 일에 휘말리고 싶지 않았기에 답을 강요하지 않았다.

"괜찮습니다. 누구에게나 말 못할 사정은 있는 법이니까요."

"고맙군, 이해해줘서."

그때 여인이 사도무영에게 다가와 고개를 숙였다.

"구해주셔서 고맙습니다, 공자."

죽음의 위기를 겪었으니 두려움에 질려 있을 법한데도, 여인의 맑고 큰 눈에는 별다른 동요가 보이지 않았다. 아마도 감정을 빨리 가라앉히는 성격이거나, 아니면 본래가 대담한 여인인 듯했다.

"너무 신경 쓰시지 않아도 됩니다. 제가 원래, 여자에게……."

사도무영이 머쓱한 듯 말하는데, 여인이 피식 웃으며 말꼬리를 대신 이었다.

"검을 들이대는 놈들을 싫어하신다고요?"

사도무영은 어깨를 으쓱하는 것으로 대신 답했다.

조화설이나 사도교교와는 또 다른 향기를 풍기는 여인이다.

오밀조밀한 아름다움은 없지만, 대신 이목구비가 시원시원하고 말투에 거침이 없어서 대하기에 편안했다.

"상황이 너무 급박해서 손을 쓰긴 했는데, 좌우간 도움이 되어서 다행입니다."

"그런데 어떻게 나뭇잎을 날렸는데 사람의 머리에 꽂힌 거죠?"

순간 섭장천은 물론이고, 옆으로 다가오던 소호당과 곽운적도 안색이 굳어졌다.

긴장이 풀리지 않은 상태여서 미처 생각지 못했던 게 여인의 말을 듣고 나서야 떠오른 것이다.

나뭇잎을 날려 상대를 제압하는 수법을 적엽상인(摘葉傷人),

또는 비엽상인(飛葉傷人)이라 하는데, 절정고수들조차 펼치기 어려운 상승의 수법이었다.

더 중요한 것은, 십 장이 넘는 거리를 두고 일류고수를 죽였다는 점이었다.

섭장천은 사도무영을 바라보았다.

답설무흔에 이어 적엽상인까지!

도대체 사도무영의 정체가 뭐기에 그런 절정의 수법을 아무렇지도 않게 펼친단 말인가? 저러한 자가 구화산에 있다는 소리는 들어보지 못했거늘, 어디서 갑자기 나타난 걸까?

'어쨌든 적이 아닌 게 다행이군.'

적이었다면 날아드는 나뭇잎을 피하기에 바빴을지 몰랐다.

그는 내심 안도하면서도 호기심이 담긴 눈빛으로 사도무영을 쳐다보았다.

"적엽상인이라니, 구화산에 자네 같은 기인이사(奇人異士)가 있을 줄은 미처 몰랐군."

사도무영은 담담히, 사실대로 대답했다.

"기인이시는 **무슨**. 그지 제기 살던 곳에서 세를 잡이먹기 위해 익힌 재주일 뿐입니다."

섭장천은 사도무영의 말을 듣고 엉뚱한 의문이 들었다.

새를 잡기 위한 재주가 적엽상인이라면, 맹수를 잡을 때는 어떤 식으로 잡을까?

'강기를 펼쳐서 때려잡나?'

그때 곽운적이 심각한 표정으로 말했다.

"소방주, 놈들이 더 있을지 모르니 일단 이곳을 벗어나는 게 어떻겠소?"

섭장천도 시간을 지체할 수 없다는 걸 모르지 않았다. 사도무영 때문에 머뭇거리고 있는 것일 뿐.

"소형제, 우린 이곳을 떠날 생각이네만. 어떤가? 별다른 일이 없다면 같이 가지 않겠나?"

섭장천이 싫은 것도 아니고, 이들과 함께 가면 텅 빈 호주머니 걱정을 하지 않아도 될 것이다.

그러나 엉뚱한 일에 휘말려 사천으로 가는 길이 지체되는 것 또한 원치 않았다. 산을 내려가자마자 할 일이 있는데, 이들과 함께 움직이다 보면 그럴 여유도 없을 것 같고.

"저도 그러고 싶습니다만, 할 일이 있어서 동행하지는 못할 것 같군요."

"아쉽군, 좀 더 자네와 이야기를 나누어 보고 싶었는데, 할 일이 있다면 어쩔 수 없지. 지금은 헤어지지만 오늘의 도움은 절대 잊지 않겠네. 혹시라도 악양(岳陽)에 갈 일이 있거든, 전검방(戰劍幇)을 찾아와서 나를 찾게나."

'악양? 멀리서도 왔군.'

"그러지요."

"그럼 먼저 가겠네."

섭장천이 포권을 취하며 이별을 고하자, 여인도 하얀 이를 드러내며 싱긋 웃었다.

"꼭 찾아오셔서, 저에게 구명(求命)의 보답을 할 수 있는 기회를 주세요."

"아, 예."

사도무영이 마주 포권을 취하자, 섭장천과 여인은 아쉬움을 뒤로 하고 몸을 돌렸다.

사도무영은 그들이 떠나가는 것을 보며 입맛을 다셨다. '보답'이라는 말을 듣자 돈이 한 푼도 없다는 게 떠오른 것이다.

'지금 돈으로 줘도 되는데……'

그에게는 몇 달 후의 황금 백 냥보다 당장의 은자 열 냥이 더 가치 있었다.

그때 문득, 한 가지 생각이 떠오른 그는 고개를 돌려 자신이 나온 숲속을 바라보았다.

초점 없는 눈을 부릅뜬 채 자신을 바라보고 있는 안위가 보였다.

'수하들을 이끌려면 경비 정도는 있겠지?'


짐작했던 대로, 안위의 품에는 돈주머니가 들어 있었다.

돈주머니 안에는 은자와 동전이 제법 많이 들어 있었다.

'이 정도면 당분간은 돈 걱정하지 않아도 되겠는데?'

사도무영은 안위를 용서해주기로 하고 눈을 감겨 주었다.

비록 자신에게 칼을 휘두르는 죄를 짓긴 했지만, 덕분에 경비를 벌 시간을 아낄 수 있게 되지 않았는가 말이다.

'나를 원망하지 마시오. 당신이 성급해서 죽은 거니까. 그래도 죽어서 좋은 일을 했으니 그렇게 험한 지옥으로 가지는 않을 거요.'

일어나려던 그는 힐끔, 안위의 휘어진 도를 쳐다보고 주워들었다. 그리고 도집도 옆구리에서 떼어냈다.

놔둬 봐야 녹이 슬어 못 쓰게 되든지, 아니면 스님들이 주워서 팔 것이 분명했다. 그렇게 처리되기에는 도에 서린 기운이 범상치 않았다.

심혈을 기울여 만든 도가 허망하게 사라지면, 도를 만든 장인이 얼마나 아쉬워하겠는가.

'내가 적절히 사용하겠소.'

물론 값이 제법 나갈 것 같다는 것도 그가 도를 집어든 이유 중 하나이긴 했다. 자신이야 그런 마음은 일 푼밖에 안 된다고 생각했지만.

남이야 어떻게 생각하든.

제3장
사부를 찾아서

## 1.

 구화산은 봉우리마다, 계곡마다 수많은 사찰과 암자가 지어져 있었다. 그 수가 어찌나 많은지 아흔아홉 개나 되는 봉우리보다 사찰과 암자가 더 많을 거라는 말이 있을 정도였다.
 그러니 오가는 사람도 많을 수밖에 없고, 그들을 상대하기 위한 마을이 구화산 인근에 형성된 것도 어쩌면 당연한 일이었다.
 구화산 북쪽, 장강에 인접한 지주(池州)는 그런 마을 중 가장 큰 곳이었다.
 사도무영이 지주에 들어선 것은 그날 오후 무렵이었다.
 안위 덕분에 가슴이 두둑해진 사도무영은 선착장 근처에 있는 가판에서 교자(餃子; 만두)를 몇 개 샀다. 그리고 도강(渡江)하는 배가 언제 들어오는지 물어보았다.

교자를 파는 상인은 고개를 쑥 빼고 강 건너편을 바라보더니, 씩 웃으며 말했다.

"저쪽에서 출발한 거 같습니다요. 조금만 기다리십쇼."

사도무영은 교자를 들고 강변 쪽으로 다가가 툭 튀어나온 바위에 걸터앉았다.

일 년 반 동안은 오곡단만 먹었다. 그 후로는 나뭇잎과 자갈로 새를 잡거나, 계곡으로 내려가서 짐승을 잡고, 먹을 만한 과일과 나물도 채취해서 끼니를 해결한 그다.

강변 바위 위에 엉덩이를 걸치고 장강을 바라보며 먹는 교자의 맛은 천상의 음식과 비교해도 뒤지지 않을 듯했다.

그는 눈을 반쯤 감은 채 교자의 맛을 음미하며 앞으로의 계획을 생각해 보았다.

'일단 청성산으로 가자. 한 달은 걸리겠지?'

무려 오천 리 길이다. 더구나 촉산(蜀山)의 험지를 지나가야 한다.

한 달도 길게 잡은 것이 아니었다. 일반인이라면 족히 석 달은 걸릴 거리였으니까.

그가 집도 아니고, 구천신교도 아닌 청성산을 목적지로 삼은 것은 나름대로 이런저런 계산을 해 본 후 결정한 일이었다.

'가는 동안 구천신교에 대한 정보를 얻을 수 있으면 좋겠는데……'

천하 마도를 움직인다는 소문만 무성할 뿐, 구천신교에 대해 자세히 알려진 것은 거의 없었다. 총단의 위치가 어딘지, 어떤 자들이 있는지.

사부는 아는 것 같았는데, 미처 말도 못해준 채 청성으로 떠나버렸다.

'호북성 서쪽 신농정(神農頂)이나 무산(巫山), 사천성 북쪽의 민산(岷山), 그리고 사천성 서쪽 대설산(大雪山)의 험준한 산중. 책에는 그 네 곳 중 하나일 거라고 쓰여 있었지.'

네 곳 모두 깊은 지역은 일반인들이 접근할 수 없는 험지다. 그 안 어딘가에 존재한다면 수백 년간 사람들의 눈을 속이는 것도 결코 불가능한 일만은 아니었다.

강호를 공포에 떨게 하면서도 실체가 제대로 알려지지 않았다는 것.

어쩌면 그래서 구천신교가 더 신비하고 두렵게 느껴지는 것일지도 몰랐다.

'에이, 복잡하게 생각할 것 없이, 청성에 가서 사부를 만나보면 알겠지.'

설령 사부를 만나지 못한다 해도 청성산은 그 세 지역의 중심에 위치해 있다.

그곳에는 정천맹의 한 축인 청성파가 존재하고, 성도에는 당가가, 그 아래 아미산에는 아미파가 있다. 그들이라면 뭔가 알고 있는 게 있지 않을까 싶었다.

물론 다른 방법이 전혀 없는 것은 아니었다.

귀마궁주 엄호는 알지 몰랐다. 귀마궁으로 쳐들어가서 그의 팔다리 두어 개를 부러뜨려 놓은 다음 멱살을 잡고 물어보면 답을 얻을 수 있지 않을까?

문제는 그 일이 쉽지 않다는 것이었다. 게다가 그가 안다는 확실한 보장도 없고. 알고 있다면 어떻게든 강호에 소문이 났을 것이 아닌가 말이다.

'조사님은 알까?'

문득 그런 의문이 들었다.

하지만 무천진인은 회천도문의 사대무공을 알려준 후 두 번 다시 나타나지 않았다. 이제부터 혼자 걸어야 할 길이라는 말만 남긴 채.

조금 야속했다. 정말 세상이 혼돈에 빠지는 게 걱정 되면 끝까지, 열심히 도와줘야 할 것이 아닌가!

'백삼십 년이나 살았다는 분이 쫀쫀하기는……'

사도무영이 교자를 씹으며 무천진인의 속 좁음을 원망하고 있는데 도강(渡江)하는 배가 선착장으로 들어왔다.

엉덩이를 털고 일어난 그는 배가 있는 곳으로 갔다.

## 2.

장강을 건너 안경에 도착한 사도무영은 지나가는 무사 하나를 붙잡고 물어보았다.

"혹시 표국이 어디 있는지 아십니까?"

무사는 사도무영의 위아래를 훑어보았다.

선이 굵으면서도 잘생긴 얼굴, 늘씬하면서도 탄탄하게 보이는 몸, 키도 자신보다 훨씬 크다.

그는 부러움과 질시가 뒤섞인 눈으로 반문했다.

"왜 표국을 찾는 건가? 표사로 들어가려고?"

마치 '표사할 실력이나 되냐?' 그런 표정이었다.

사도무영은 고개를 저었다.

"그게 아니라, 낙양에 서신을 하나 보내려고 합니다."

그렇다면 고객이라는 말. 무사의 표정이 활짝 펴졌다.

"하하하, 그래? 제대로 물어봤군. 내가 청운표국의 표산데, 안경에선 우리 표국이 제일 크다네. 따라오게."

사도무영은 무사의 뒤를 따라갔다.

집을 떠난 지 이 년 육 개월. 그동안 자신을 걱정하며 잠을 못 이루셨을 어머니에게 서신을 보낼 생각이었다. 아마 아버지와 단학의 말을 듣고, 매일같이 식사를 모래 씹는 기분으로 하고 계실 터였다.

'사람도 풀었겠지? 어쩌면 단학 아저씨만 죽어라고 고생하

고 계시겠군.'

 거기다 천보장과 연관된 모든 곳에 자신을 찾으라는 명도 내려놓았을 게 분명했다.

 혹시 병은 나지 않았을까?

 글쎄…… 그것은 확신할 수가 없었다.

 어머니가 비록 자신을 품안에 넣고 키우긴 했지만, 평소의 성격으로 봐서 병이 나지는 않았을 것 같았다. 오히려 화를 내면 냈지. 지금쯤이면 참을 수 있는 한계를 넘었을 테니까.

 그리고 그 화풀이를 아버지가 고스란히 감당하고 있을 것이었다.

 아버지가 무슨 죄란 말인가?

 아버지를 위해서라도 자신이 건강하게 살아 있음을 알려드려야 했다. 회천수혼을 얻기 위해 죽을 뻔했다는 말은 절대 하면 안 되고.

 사실 낙양 쪽으로 돌아서 간다고 해도 시간 차이가 크게 나지 않으니 직접 찾아가도 되었다. 그럴까 하는 마음도 가졌었다.

 하지만 눈 딱 감고 마음을 돌렸다.

 집으로 갔다가는 잡혀서 나오지 못할 게 분명했으니까.

 어머니가 눈물 콧물 흘리며 붙잡을 텐데, 그 손을 어떻게 뿌리친단 말인가?

 아니, 어쩌면 붙잡기 전에 먼저 두들겨 팰지도 몰랐다. 다리

몽둥이를 부러뜨린다면서.

  그 생각을 하자, 자신 대신 어머니에게 시달리고 있을 아버지에게 미안한 마음이 들었다.

  '아버지, 죄송해요.'

  그는 생각도 못했다.

  사도관도 서신만 달랑 하나 보내놓고 아직 천보장으로 돌아가지 않았다는 걸. 그로 인해서 이영영의 이마에 뿔이 열두 개는 솟아 있다는 걸.


  청운표국은 안경에서 제일 큰 표국답게 많은 사람이 북적거렸다.

  무사는 사도무영을 곧장 서기에게 데려다 주었다.

  사도무영은 서신을 보내려 한다는 말과 함께 얼마가 드는지 물어보았다.

  "낙양으로 서신 하나만 보내면 되는데, 얼마나 듭니까?"

  "은자 한 냥이오."

  은자 한 냥이면 평민들 한 달 생활비다.

  서신 하나 보내는데 무슨 은자 한 냥이나 한단 말인가?

  사도무영은 눈살을 찌푸리며 표국의 서기를 바라보았다.

  나이는 서른대여섯쯤? 뾰족한 턱에 몇 가닥 수염이 달린 것이 꼭 새끼염소 같았는데, 자잘한 이익을 밝히는 전형적인 생김새였다.

"표행이 낙양에는 자주 갈 테고, 가는 편에 잠깐 들려서 전해주면 되는데 무슨 한 냥이나 합니까? 무게가 나가는 것도 아니거늘."

"잃어버려도 책임이 없다고, 각서에 지장만 찍어준다면 반 냥만 받겠소."

서기가 제법 세게 받아쳤다.

허름한 옷. 옆구리에는 도파(刀把)와 도초(刀稍)를 천으로 칭칭 감싼 칼이 끼워져 있는데, 삼류낭인들이 가지고 다니는 싸구려 칼처럼 보였다. 그리고 결정적으로, 나이가 자신보다 훨씬 적었다.

반면 자신은 안경 제일 청운표국의 서기. 더구나 이곳은 표국 안이 아닌가.

꿀릴 게 없었다.

'반말로 대하지 않은 것만도 대우를 해준 거지. 칼만 아니었어도……'

사도무영은 입맛을 다셨다.

돈이 아깝긴 하지만 그럴 수는 없었다. 서신이 정확히 전해져야 귀찮은 일이 벌어지지 않을 테니까.

"좋습니다. 대신 서신을 쓸 수 있게 종이와 봉투를 좀 얻읍시다. 붓도 좀 빌려주고 말이오."

서기는 순순히 붓과 종이를 내밀었다.

못 줄 것 없었다. 본래 한 냥의 대가에 그것도 들어가 있으니까. 그리고 자신이 대필을 해주는 것까지.

 '본인이 직접 썼으니, 대필비(代筆費)인 동전 오십 전은 거저 챙겼군.'

 서기가 흐뭇한 표정으로 바라보는 동안 사도무영은 서신을 완성했다. 그리고 봉투에 '아영(兒英)'이라 쓰고, 그 안에 서신을 넣은 후 풀로 붙여 봉인했다.

 "여기 있습니다. 낙양 천보장의 총관인 서풍기라는 분에게 전해주면 됩니다."

 서기는 천보장이라는 말에 힐끔 사도무영을 쳐다보았다.

 딱.

 사도무영은 한 냥짜리 은자를 책상 위에 올려놓고 넌지시 물었다.

 "낙양 천보장에 대해 잘 아십니까?"

 서기가 은자를 게 눈 감추듯 싹 잡아채고 대답했다.

 "천보장? 표국에서 일하는 사람치고 천보장을 모르는 사람이 어디 있겠소?"

 "요 근래 시끄러운 일이 생겼다고 하던데, 아시는 것 있으면 좀 말씀해 주시지요."

 "그곳 일이라면 내가 알고 있는 게 몇 가지 있긴 하오만……."

 새끼염소의 눈이 좌우로 오간다. 잘하면 몇 푼 더 생길 수 있다는 생각을 하는 것 같다.

 사도무영은 십 전짜리 동전을 몇 개 꺼내 탁자에 놓고 손가락으로 눌렀다. 동전이 단단한 나무탁자를 파고들었다.

'더 욕심 내지 말고 이걸로 만족해라. 아는 대로 말해라. 자신에 대해서 남에게 함부로 말하지 마라.' 그런 뜻이 복합된 무력시위였다.

서기는 눈치 빠르게 사도무영의 의도를 짐작하고 동전을 가자미눈으로 내려다보았다.

"험, 뭐 그런 걸. 안 줘도 되는데……"

그래도 안 주는 것보다 주는 게 훨씬 좋았다.

그는 함박웃음을 지은 채 자신이 아는 걸 말해주었다.

"첫 번째는 귀마궁과 알력이 있다는 거요. 이 년이 좀 넘었나? 어느 날 갑자기 장주인 황금선랑의 명으로 귀마궁과의 모든 거래를 끊었다고 하더구려."

단학이 귀마궁에 대해 말했다면 충분히 벌어질 만한 일이었다. 오히려 그 정도만으로 멈추었다면 다행이었다.

"그 일로 귀마궁이 열 받은 모양인데, 차마 천보장을 치지는 못하고 지금까지 속만 끓이고 있다고 하오."

'귀마궁이 천보장을 공격한다고? 흥, 그랬으면 귀마궁도 성치 못했을 걸?'

사도무영이 속으로 코웃음을 치고 있는데 서기가 말했다.

"그리고 그 집 아들이 가출을 했다는 말이 있었소. 사람들을 풀어서 찾아봤나 본데, 아직 찾았다는 말은 듣지 못했소. 어떤 놈인지 몰라도 정말 철부지 같은 놈이오. 안 그렇소? 어린놈이 배가 불렀지, 낙양제일의 부호 아들이 뭐가 모자라서 집을 나가? 그런 놈은 배를 쫄쫄 곯고 다녀봐야 집이 좋은 줄 알 거요. 내 아들 같으면 그냥 작신 패서……."

안 그래도 온갖 고생을 다 해봤다. 다 죽었다 살아나기도 하고, 회천수혼의 기운을 얻는다고 몇 달간 죽을 고통을 겪기도 했다. 오곡단만 먹으며 배를 쫄쫄 곯으며 일 년을 넘게 지내기도 했고. 서기의 말을 듣고 나니 그게 꼭 가출한 죄로 그렇게 된 것 같았다.

'집을 나갈 때는 그만한 사연이 있는 법이오!'

사도무영은 속이 끓었지만 꾹 참았다.

다행히 집에 심각한 일이 벌어진 것 같지는 않다. 그러면 되었다.

"그 이야기는 그 정도면 되었고, 한 가지만 더 물어봅시다."

까짓 거, 이야기하는데 돈 들어가는 것도 아니었다. 동전 오십 전을 덤으로 받았으니 하루 종일이라도 말해줄 수 있었다.

"물어보시구려."

"혹시 사천 성도로 가려면 어떤 길로 가야 가장 빨리 갈 수 있는지 아십니까?"

"나는 잘 모르오. 대신 사람 하나를 알려주겠소. 강후라고, 나와 친구처럼 지내는 사람인데, 그 사람이라면 자세히 알 것이오. 사천표행을 자주하는 사람이니까. 아! 마침 저기 오는군."

서기의 방에서 나온 사도무영은 정문 쪽으로 갔다. 정문 옆에서 몇 사람이 선 채로 이야기를 나누고 있었다.

사도무영은 그들 중 각진 얼굴을 한 삼십 대 장한에게 다가갔다. 그가 바로 서기가 말한 강후라는 자였다.

"강 표사님이십니까?"

강후는 처음 보는 사도무영이 아는 체를 하자 의아한 표정으로 되물었다.

"그대는 누군데 나를 아는 건가?"

"사영이라 합니다. 공 서기께서 소개해 주시더군요."

"공한성이? 무엇 때문에 그가 나를 소개해 주었단 말인가?"

"얼마 전에 사천에 다녀오셨다고 들었습니다만."

"그건 그렇네만."

"사천 성도로 가는 자세한 길을 좀 알고 싶어서 부탁했는데, 강 표사님께서 잘 아신다고 하시더군요."

"예닐곱 번 왕래 했으니, 그리 봐도 무리는 아닐 거네."

"좀 알려주실 수 있겠습니까?"

"성도에 가려는 건가?"

"그렇습니다."

최종 목적지는 성도가 아니라 청성산이지만.

"흐음, 그래?"

강후는 함께 있던 사람들을 먼저 안으로 들여보냈다.

"먼저들 들어가 있게. 내 잠시 이 사람과 이야기 좀 나누고 들어가겠네."

그러고는 사도무영을 향해 손짓을 했다.

"일단 저쪽으로 가지. 차나 한 잔 하면서 이야기하세."

친구가 자신을 소개시켜 줬는데, 모른 척할 수도 없는 일이었다. 게다가 나이답지 않게 깊은 사도무영의 눈이 인상적으로 보여서 몇 마디 이야기를 나누어 보는 것도 괜찮을 듯싶었다.

강후는 사도무영을 자신의 거처로 데려갔다. 세 사람이 한 방을 쓰는 듯했는데 마침 아무도 없었다.

비록 식긴 했지만, 차를 한 잔 따라준 강후가 넌지시 물었다.

"무공을 얼마나 익혔나?"

"어릴 때는 부모님께 배우고, 스승님을 만나 지난 이 년 동안 구화산에 머물렀습니다."

"흠, 그건 칼인 거 같은데, 도법을 배웠나?"

'도법이라……'

어릴 적 재미삼아 호위무사에게 도를 배우기는 했다. 하지만 딱히 절기라 할 만한 것을 배우지는 않았다.

더구나 회천도문은 무기를 쓰는 무공 자체가 아예 없다.

사부가 청성으로 떠나기 전날이었나? 왜 회천도문에는 무기를 쓰는 법이 없냐고 물어보았다. 그때 사부가 말했다.

"칼? 검? 손발이면 되지, 그딴 게 왜 필요해? 누구도 막을 수 없는 회혼지로 찌르고, 어떤 공격이라도 피할 수 있는 선풍류로 피하면 되는데."

"그럼 회천도문의 무공 중 나머지를 얻지 않아도 되는 겁니까?"

"이놈아, 사문의 잃어버린 무공을 되찾는 것은 제자의 도리가 아니냐? 그리고 또 혹시 아냐? 다른 놈들이 누구도 피할 수 없는 무공을 익혔을지."

"사부님, 혹시 모순(矛盾)이라는 말이 어떻게 해서 나왔는지 알아요?"

"내가 고사(古事)도 모르는 돌머리인 줄 아냐? 하지만 말이다, 강호는 가끔 상식적인 이치를 벗어나 흐르기도 한단다. 세상의 어떤 방패도 다 뚫어버릴 수 있는 창과 어떤 창도 다 막을 수 있는 방패가 실제 나타날 수도 있는 곳. 그게 강호다."

"정말 그럴 수 있을까요? 그럼 어떤 결과가 나올까요? 어느 쪽도 이길 수가 없잖아요?"

"창과 방패가 동시에 부서지면 이긴 쪽도, 진 쪽도 없게 되지. 창은 방패를 뚫었고, 방패는 창을 막았지 않느냐?"

그 말도 그럴 듯했다. 그리고 그 결과는 곧 공멸을 뜻했다.

"그럼 함께 죽는단 말입니까?"

"그럼 안 되지! 그래서 사문의 다른 무공이 필요하다는 거다. 단 하나 있는 제자가 동귀어진 하면 본문도 끝장이잖냐."

사부는 그렇게 말하고 다음 날 청성으로 떠났다. 뭔가를 찾아보겠다며.

겉으로는 사문의 유산 어쩌고저쩌고 했지만, 속마음은 온통 어린 제자 생각뿐이었다.

나중에서야 그걸 깨달았다. 사부님이 떠나간 후에야.

'좀 더 일찍 알았으면 따뜻한 말이라도 해줬을 것을······.'

사도무영은 씁쓸한 마음을 다독이며, 낡은 천에 감긴 채 자신의 옆구리에 끼어진 칼을 내려다보았다.

버리기 아까워 가지고 왔다. 급하면 팔아서 경비로 쓸 수도 있으니까.

한데 강후의 말을 듣고 보니 자신이 칼을 쓰는 것처럼 보여도 괜찮을 듯싶었다. 회천도문의 무공을 숨길 수 있을 테니까.

"그렇습니다."

"실력이 어느 정도나 되는지 모르겠군. 몸은 탄탄하게 보이는데······."

"남에게 얻어맞을 정도는 아닙니다."

어설픈 삼류무사가 멋 부리기 위해 하는 말이 아니다. 담담한 말투에 힘이 실려 있다. 자신의 눈과 정면으로 마주치고도 흔들림 없는 고요한 눈빛은 또 어떤가.

강후는 사도무영이 마음에 들었다.

큰 키, 군살 하나 없이 균형 잡힌 몸, 굵은 얼굴 선. 그리고 자신만큼이나 잘생긴 얼굴에 박힌 맑은 눈을 보니 성격도 괜찮을 것 같았다.

단점이라면 기이할 정도로 부드러워 보이는 손 정도라고나 할까? 하지만 다른 장점에 비하면 그 정도는 봐줄만 했다.

강후는 등받이에서 몸을 떼고 머리를 앞으로 내밀었다.

"호오, 그래? 그럼 이러면 어떻겠는가?"

뭔가 의미가 담긴 행동. 사도무영은 강후가 말을 할 때까지 기다렸다.

"내일 중경으로 가는 표물이 있네. 좀 전에 사람들을 만난 것도 그 일 때문이지. 괜찮다면 같이 가세. 중경까지만 가면 성도에 가는 것도 그리 어렵지 않으니 말이야."

"표사가 되라는 말씀입니까?"

"가끔 임시직을 쓸 때가 있네. 우리로선 적은 돈으로 표사를 한 사람 쓸 수 있고, 자넨 목적지에 가고. 서로가 좋은 일 아닌가?"

사도무영의 눈빛이 반짝였다.

길을 몰라 고생할 일도 없고, 돈 들이지 않고 중경까지 가고, 덤으로 경비까지 벌 수 있다. 섭장천 일행과 함께 가는 것과는 전혀 다른 상황. 마다할 이유가 조금도 없었다.

"저를 믿어주신다니 고맙습니다. 그렇게 하지요."

강후의 표정도 밝아졌다.

사천표행은 가는 길이 워낙 멀고 험한데다 상시 위험이 도사리고 있어서 표사들이 꺼렸다. 오죽했으면 자신처럼 일반

보수의 두 배를 받고 험지만 다니는 특지표사(特地鏢士)들이 있을까.

더구나 최근 일이 많아져 표사들이 부족한 터였다.

내일의 표행도 본래 열 명은 가야 하는데, 마땅한 사람이 없어 일곱 명만 가기로 한 상황이었다.

그러던 차에 괜찮은 사람을 하나 구했으니 기분이 좋을 수밖에.

"일단 옷을 먼저 갈아입어야겠군. 따라오게나. 비록 새 옷은 아니지만, 자네가 입을 만한 옷이 있을 거네."

사도무영은 허름한 옷을 벗고 청운표국의 표사복으로 갈아입었다.

소매와 바짓단도 작고, 여기저기 헤진 옷을 입고 있을 때와 짙은 감청색 무복으로 갈아입은 모습은 천양지차였다.

강후는 옷을 갈아입은 사도무영의 모습을 보고 눈을 휘둥그렇게 떴다.

"이기 그냥 놔둘 걸 그랬나?"

"보기 안 좋습니까?"

"여자들이 다 자네만 바라보면, 아무래도 표행에 방해가 될 거 같아서 말이야."

사도무영은 강후의 말을 듣고 고민하지 않을 수 없었다.

전과 많이 달라졌다지만, 누군가가 자신을 알아볼지 모르는 것이다.

"그럼 옷을 다시 갈아입죠."

사도무영이 정색하며 말하자 강후가 웃으며 손을 저었다.

"하하하, 아냐, 아냐. 그럴 필요까지는 없네."

그는 사도무영이 순진해서 자신의 말을 곧이곧대로 알아들었다 생각했다. 실제는 그 이유 때문이 아닌데.

사도무영은 사실을 밝힐 수 없으니 머쓱한 표정으로 어깨만 으쓱였다.

## 3.

밤하늘에서 유성우가 쏟아진다.

평소와는 조금 다른 유성우다. 어느 한 곳에서 쏟아지는 게 아니고, 여기저기, 푸르고 붉고 노랗고, 온갖 별들이 다 쏟아진다.

일반 사람은 보고 싶어도 볼 수 없지만, 바위 위에 비스듬히 누워 있던 노승은 눈을 반만 뜨고도 모든 것을 보았다.

노승은 유성우를 보고는 몸을 바로 세우고 하늘을 올려다보았다.

어느 순간, 하얀 눈썹이 볼까지 길게 늘어진 노승의 눈빛이 잘게 떨렸다.

"마침내 혼돈의 주인이 둥지를 벗어난 건가? 허어, 곤(鯤)이 날개를 폈으니 한바탕 파란이 일겠군."

하지만 그도 잠시, 노승은 다시 몸을 비스듬히 누이고, 눈을 반쯤 감은 채 손바닥으로 자신이 누워 있는 바위를 목탁마냥 툭툭 두드렸다.

"나무아미타불 관세음보살……. 비가 와야 하늘이 맑아지는 법. 나 같은 늙은 땡중은 여기서 염불이나 외우면서 구경이나 하는 수밖에."

그때 저 아래쪽에서 누군가가 소리쳤다.

"사조님! 거기서 뭐하십니까? 빨리 내려오십시오! 사부님께서 청하십니다!"

노승은 미간을 찌푸리며 아래를 내려다보았다.

저 아래쪽에 나이 사십쯤 되어 보이는, 얼굴이 유달리 시커먼 중년승이 고개를 쳐들고 있는 게 보였다.

조금은 짜증이 나 있는 표정이었다.

중년승의 입장에선 그럴 수밖에 없었다.

노승이 누워있는 곳은 단순한 바위가 아니었다. 높이 십 장에 달하는 바위를 깎아 만든 부처상의 머리꼭대기였다.

아마 불자들이 본다면 노망난 땡중이라고 욕할지 몰랐다.

중년승은 자신의 사조가 땡중 소리를 듣는 걸 원치 않았다. 사조는 천불사(千佛寺)의 최고 어른. 욕먹는 것 자체가 사문의 자존심이 깎이는 일이었다.

그러나 노승은 부처상의 머리 위에 누워 있다는 것에 조금도 거리낌이 없었다.

남들은 부처상이라 할지 몰라도, 자신의 마음에는 그저 시원한 바람이 불어오는 바위 위일 뿐인 것이다.

'쯔쯔쯔, 어리석기는……. 껍데기가 부처라고 모든 게 부처더냐?'

성질 같아서는 부처상을 확 부숴 버리고 싶었다. 그리고 부서진 돌을 가리키며 가르침을 내리고 싶었다.

여기 어디에 부처가 있냐고. 내 눈에는 돌만 보인다고.

물론 그 일은 생각으로만 그쳤다.

진짜로 부수면, 장문주지인 사질이 쫓아낼지 몰랐다. 성질 한 번 내고 사문에서 쫓겨나는 건 노승도 원치 않았다.

노승은 속으로, 속이 좁은 제자를 장문으로 내정한 사형을 원망하며 아래에 대고 물었다.

"무슨 일이라더냐?"

아래쪽에 있던 중년승이 대답했다.

"금불곡의 결계가 깨졌다 합니다."

그제야 노승의 얼굴이 심각해졌다.

"뭐야? 금불곡의 결계가 깨져? 그럼 광효는?"

금불곡은 천불사에서 특별한 사람을 가두기 위해 만든 금옥과도 같은 곳이다. 그곳의 결계가 깨졌다는 것은, 그 안에 있는 사람이 자유롭게 되었다는 말이었다.

현재 금불곡에 갇혀 있는 사람은 단 하나, 천불사의 장문주지인 혜양의 대제자, 광효뿐이었다.

"사형께선…… 아무래도 밖으로 나가신 것 같습니다."

천불사 최고의 기재로 꼽혔던 광효가 금불곡에 갇힌 것은, 그가 너무 강하기 때문이었다.

단순히 강하기만 했다면 쌍수를 들고 환영할 일이었다. 아마 경사 났다고 모든 제자들이 춤이라도 추었을 것이었다.

문제는, 그 강함으로 인해 불심이 마성을 누르지 못해서 광기로 변질되어 버렸다는 것이었다.

광기에 물든 광효!

그가 세상 밖으로 나갔다는 것은 미친 황소가 마을의 장터로 들어간 꼴이었다.

"이런, 이런. 아주 때를 제대로 맞추는군. 허어, 정녕 하늘의 섭리는 누구도 막을 수 없는 건가?"

노승이 부처상의 머리꼭대기에서 내려올 생각을 않고 중얼거리자, 중년승이 재촉했다.

"사조님! 어서 사부님께……"

노승은 고개를 저으며 중년승의 말을 잘랐다.

"그럴 필요 없다. 가서 네 사부에게 전하도록 해라. 모든 게 이미 정해진 이치대로 돌아가고 있으니 내가 나선다고 해서 달라질 것 없다고 말이다."

비록 부처님의 머리꼭대기에 누워있기나 해서 짜증나게 하는 사조지만, 사조는 천불사 천 년 역사 중 세 손가락 안에 들어가는 위대한 존재였다.

얼굴이 검은 중년승, 광묵은 그의 말을 거역할 배짱이 없었다. 아마 장문주지가 온다 해도 그와 마찬가지일 터였다.

하기에 광묵은 더 이상 재촉하지 않고 궁금한 점만 물었다.

"하오면 광효 사형은 어떻게 되는 것이옵니까?"

"제정신 차리면 돌아올 것이고, 그러지 못하면…… 중원에서 죽겠지."

노승은 담담히 대답하며 하늘을 바라보았다. 오대산의 하늘은 그 어느 때보다 맑았다.

'유성이 쏟아진 만큼 괴물들이 무수히 쏟아져 나오겠군. 하긴 하늘이 작정하고 혼돈을 일으키려는데 그 정도는 되어야겠지. 흘흘, 구석에 처박혀 있던 놈들이 모두 기어 나오면 볼 만 하겠는 걸?'

노승의 기다란 하얀 눈썹 사이로 기묘한 눈빛이 반짝였다. 마치 재미있는 일을 바로 앞에 둔 장난꾸러기처럼.

'이 기회에 더러움을 깨끗이 씻어내는 것도 괜찮겠지…….'


## 4.

사도무영은 손님들이 머무는 객방에서 하루를 지냈다.

그리고 다음 날 아침. 식사를 마치자마자 강후와 함께 표행을 같이할 사람들을 만났다.
 사람들은 출발준비를 마치고 강후와 사도무영을 기다리고 있었다. 표행 인원은 그와 강후까지 모두 여덟 명. 쟁자수도 없는 단출한 표행이었다.
 강후는 그들 중 나이가 제일 많아 보이는 자에게 사도무영을 소개시켰다.
 "이 표두님, 이 친구가 중경까지 함께 가기로 한 사영이라는 친굽니다."
 그는 청운표국의 십이표두 중 하나로, 이번 표행의 행두인 이원적이라는 자였다. 이원적은 사도무영을 예리한 눈으로 살펴보고 주의를 주었다.
 "강후가 믿을 만하다고 하니 이러쿵저러쿵 하지 않겠다. 다만 이것만은 알아둬라. 사천까지 가려면 모두가 힘을 합쳐야 한다. 그러니 허락되지 않은 개인행동은 절대 하지 말도록."
 "알겠습니다."
 이원적은 가볍게 고개를 끄덕이고 눈을 돌렸다.
 "인사들 하지."
 다섯 명의 표사들이 사도무영과 인사를 나누었다.
 "여정환이네."
 "정수평일세."
 "양은수네."

"나는 상명승이라고 하오."

"문인수영이에요."

여정환과 정수평은 삼십 대였고, 양은수와 상명승, 문인수영은 이십 대였다.

그리고 그중에서도 문인수영은 일행 중 유일한 여자로, 상당히 날카로운 인상이었다. 차갑게 느껴지는 눈빛 때문에 더 그렇게 보였다.

그녀의 등에는 석 자 장검이 매어져 있었는데, 차갑게 느껴지는 눈빛만큼이나 하얀 수실이 달려 있어서 나름 어울린다는 생각이 들었다.

이원적과 강후만이 일류고수고, 나머지는 이류 정도다. 그래도 일반표사치고는 나름 괜찮은 실력을 지닌 자들이었다.

"사영이라 합니다."

인사가 끝나자 이원적이 출발을 알렸다.

"자아, 바로 출발하세!"

누구도 그에게 표물이 무엇인지 정확하게 말해주지 않았다. 강후조차 구화산 화성사에서 맡긴 것이라고만 에둘러 말했다.

사도무영은 자세하게 묻지 않았다.

알아도 되는 거라면 말해주었을 것이다. 말해주지 않는다는 것은 알아선 안 된다는 말이나 같았다.

'아직은 나를 믿지 못한다는 말이겠지.'

자신은 하늘에서 뚝 떨어진 것처럼 갑자기 합류한 임시표

사. 이해 못할 것도 없었다.

그런 한편으로는 구화산과의 인연이 계속 이어진다는 것에 고소가 나왔다. 자신이 지켜야 할 물건이 화성사에서 맡긴 물건이라 하지 않는가.

'하긴 도관이 그곳에 있는 이상은 끊어지지 않을 인연이지.'

그렇게 표행은 청운표국을 출발했다.

그들은 꿈에도 몰랐다. 자신들이 거대한 소용돌이 속으로 향하고 있다는 걸.

## 5.

사도무영이 청운표국을 떠난 지 사흘째 되던 날.

서신이 천보장에 전해졌다.

서풍기는 서신을 보자마자 날듯이 뛰어서 이영영을 찾아갔다.

이영영은 서신을 빠르게 읽어보고는 입술을 잘근잘근 깨물었다.

"엄마, 뭐라고 쓰여 있어요?"

사도교교가 잔뜩 궁금한 목소리로 물었다.

이영영은 한숨을 쉴 것 같은 표정으로 서신을 내밀었다.

"구화산에서 잘 먹고 잘 지냈단다. 스승을 만나 무공도 익히고. 그리고 지금은 구화산을 떠나 여행 중이라고 하는구나. 썩을 놈! 이 어미가 얼마나 걱정하는지 뻔히 아는 놈이 이제야 서신을 보내고는, 뭐? 잘 먹고 잘 지냈다고? 달랑 서신 하나 보내고 낯짝도 안 내미는 제 애비하고 어쩜 이렇게 똑같은지……."

사도교교는 빠르게 서신을 읽어보고는 고개를 갸웃거렸다.

"오빠도 아버지에 대해선 모르는 모양이네?"

식었던 화가 다시 솟구치는지 이영영의 이마에 핏대가 솟았다.

"그 인간, 보나마나 어떤 계집의 치마폭에 푹 빠져 있겠지."

"에이, 아버지가 그럴 용기나 있어요?"

"너는 모른다. 그 인간이 얼마나 엉큼한지. 옛날에도 나 몰래 어떤 여자를 사귄 적이 있었는데, 그때 단학이 잡아오지 않았다면 집으로 돌아오지 않았을 거다."

"어머, 정말이에요? 오호호호!"

사도교교가 꺄르르 웃으며 믿을 수 없다는 표정을 지었다.

"무영이가 태어나기도 전이었는데, 쫓아가서 그 계집의 머리를 다 뽑아버리려다 뱃속의 무영이 때문에 꾹 참았다. 하지만…… 흥! 이번에 잡히면 정말 가만 안 둘 거다."

"당연하죠. 참으면 또 그럴 거예요."

"너도 알아둬라. 남자란 다 짐승 같아서 조금만 풀어주면 세상이 다 자기 것인 줄 안단다."

"걱정 말아요, 엄마. 저는 절대로 그런 꼴 못 봐요. 근데 엄마, 설마…… 아버지한테 안 좋은 일이 있는 것은 아니겠죠?"

그래도 사도교교는 사도관이 걱정되는지 조금은 걱정스런 표정을 지었다.

하지만 그럴수록 이영영의 눈초리만 올라갔다.

"그랬으면 단학이 벌써 알아냈을 거다. 어디 깊숙이 처박혀 있으니까 단학도 못 찾는 거지."

"맞아, 단학 아저씨는 지금 어디 있어요?"

"엊그제 합비 근처에 있다고 했는데……."

"단학 아저씨한테 연락해서 오빠를 찾아보라고 해야 하는 거 아니에요? 안경에서 연락이 왔으니 거기서부터 시작하면 찾을 수 있을지도 모르는데."

"그렇구나. 내 깜박했다. 즉시 연락해봐야겠다. 서 총관!"

서풍기는 이영영이 자신을 부를 거라 생각한 듯 돌아가지 않고 밖에서 기다리고 있었다.

"예, 장주마님!"

"단학에게 사람을 보내도록 해!"

제4장
소용돌이 속으로

## 1.

하늘은 더없이 맑고 바람도 선선해서 먼 길을 여행하기에는 그만이었다.

이영영이 서신을 받아볼 즈음, 사도무영은 일행들과 함께 한성에 도착해서 한수(漢水)를 건너는 배를 탔다.

손님은 그들까지 이십 명쯤 되있는네, 잔산한 불살을 가르며 나아가는 배의 속도로 봐서는 시간이 제법 걸릴 것 같았다.

강을 반쯤 지나자, 처음에는 서서 강물을 바라보던 일행들도 각자 자리를 잡고 앉아서 쉬었다.

사도무영도 선실 벽에 기대어 앉고는, 쉬고 있는 일행들을 하나하나 둘러보았다.

사흘이라는 시간은 결코 짧지 않았다. 일행들에 대한 것을 간단하게 파악하기에는 충분한 시간이었다.

이원적은 나이 마흔둘로 청운표국에 들어온 지 십오 년이 되었다고 했다. 침착하고 어려움에 앞장서는 성격이어서 표사들에게 신망을 받았는데, 주관이 너무 강한 것이 흠이라면 흠이었다.

강후는 서른여섯으로 남창의 작은 무관 출신이라 했다. 사문은 별 볼일 없지만, 그의 실력은 청운표국의 일반표사들 중 다섯 손가락 안에 꼽혔다. 내공이 약한 게 흠일 뿐. 그래도 삼류문파의 무공을 익히고 그 정도에 이르렀다는 것은 자질이 남다르다는 말이었다. 게다가 성격도 모나지 않아서 하급표사들이 그를 잘 따랐다.

일행 중 덩치가 제일 큰 여정환은 강후보다 세 살 적은 서른셋이었다. 강후를 형님이라 불렀는데, 삼 년 전 표행에서 강후가 그의 목숨을 구해준 뒤부터 동생을 자처했다고 한다. 그는 무당의 속가문파인 호북의 비원장 출신이어서 무당의 제자라는 말을 가끔 했는데, 도사가 되기 싫어서 속가문파로 들어갔다고 했다.

사도무영보다 더 말라 보이는 정수평은 자신에 대한 것을 잘 말하지 않았다. 그의 나이가 서른셋이라는 것도 다른 사람이 한 말을 유추해서 짐작한 것이었다. 사흘간 지켜본 바로는 왠지 말을 조심하기 위해 억지로 말수를 아끼는 것 같았다. 뭔가 숨길 것이라도 있는 것처럼.

 스물일곱 살의 양은수는 사도무영에게 대놓고 싫은 티를 냈다. 그는 뭐가 그리 마음에 들지 않는지, 말을 할 때마다 퉁명하게 쏘아붙였다. 조금은 깔보듯 쏘아보면서.

 하지만 사도무영은 그의 행동을 담담히 받아넘겼다. 성격이 조금 모나서 그렇지 그리 나쁜 사람 같지는 않았다. 그리고 어차피 표행이 끝나면 헤어질 사람. 이런저런 이유로 거리를 두어봐야 자신만 불편할 뿐이었다.

 둥근 얼굴의 상명승은 사도무영에게 친근하게 굴었다. 스물다섯 살로 나이가 가장 어렸는데, 사도무영이 옴으로써 막내의 신세를 벗어난 것이다. 고향은 절강(浙江) 항주(杭州). 그는 시간이 날 때마다 항주의 아름다움을 설명하며 언제 시간 나면 꼭 가보라고 했다.

 차갑게 느껴지는 여자, 문인수영은 말을 거의 하지 않았다. 정수평처럼 뭔가를 숨기기 때문은 아닌 듯했다. 본래의 성격이 차가운 것 같기도 했고, 아니면 어떤 일로 인해 성격이 그렇게 변한 것 같기도 했다.

 상명승이 같은 나이라는 이유를 대고 냉화(冷花)라 부르며 가깝게 대했는데, 둘이 이야기를 나누는 걸 보면 거의 상명승이 혼자 떠드는 것처럼 보일 정도였다. 그래도 싫지는 않은지, 그녀는 상명승을 타박하지 않았다.

 '훗, 어떻게 된 게 성격이 비슷한 사람이 한 명도 없군.'

사도무영이 일행을 둘러보며 속으로 웃고 있는데 강후가 다가왔다.

"좋은 일이라도 있나?"

마음이 표정에 드러난 것 같다. 사도무영은 대충 얼버무렸다.

"날씨가 좋아서요."

"그 친구 싱겁기는······."

피식 웃은 강후가 넌지시 물었다.

"자넨 고향이 어딘가?"

"낙양입니다."

"무공을 구화산에서 배웠다 했는데, 사부님의 함자가 어떻게 되나?"

"망혼이라는 도호를 쓰십니다."

강호인들은 알지도 못하는 도호다. 알려준다고 해도 모를 것이었다.

아니나 다를까, 강후가 고개를 갸웃거리며 말했다.

"거참, 도문에 계신 분 같은데, 도호 한 번 괴상하군."

"강 표사님은 남창의 무관출신이라 하셨는데, 다른 분께 사사한 것은 없습니까?"

강후의 입가에 쓴웃음이 떠올랐다.

"나는 아무래도 그런 복이 없는 모양이네. 그래서 더 열심히 노력했는지도 모르겠지만 말이야."

"배워보고 싶은 생각은 없습니까?"

"어떤 무인이 괜찮은 무공을 배울 수 있는 기회를 외면하겠나? 하지만 그것도 복이 있어야지……."

"만약 그럴 기회가 닿는다면 어떻게 하시겠습니까?"

강후는 두 번 생각할 것 없다는 듯 곧바로 대답했다.

"그럼 배워야지. 배우는데 나이가 따로 있나?"

자신의 모자람을 알고 배우기를 마다하지 않는다. 며칠 봐오며 괜찮은 사람이라 생각했는데, 자신이 잘못 보지는 않은 것 같다.

'흠, 일개 표사로 놔두기에는 아까운 사람이야.'

한데 그때, 두 사람의 말을 들었는지, 양은수가 코웃음 치며 말했다.

"흥! 왜? 자네가 가르쳐 주기라도 하려고? 자네가 뭘 모르는 모양인데, 강 표사님의 검술 실력은 우리 표국에서도 알아주는 실력이라네."

강후가 나서서 그를 말렸다.

"처, 이 사람, 그냥 물어본 긴데 왜 그러나?"

"웃기지 않습니까? 곧 표두가 되실 분에게 임시표사가 무공을 배워볼 거냐고 묻다니 말입니다."

사도무영은 무덤덤한 표정으로 그의 말을 한 귀로 흘려보냈다. 악의적인 말이 아님을 알기 때문이었다.

그때 상명승이 너스레를 떨며 말했다.

"혹시 압니까? 실력을 숨기고 있는 절정고수일지."

"절정고수? 홋, 저 친구가 절정고수면 나는 절대고수다."

"어이쿠, 이거 미처 몰랐군요. 우리 표국에 절대고수가 있었다니. 양 표사님, 잘 좀 봐 주십쇼!"

"말로만? 혹시 모르지. 형주에 도착해서 술이라도 한 잔 산다면 자네를 내 검동(劍童)으로라도 쓸지."

상명승이 문인수영을 돌아보았다.

"어이, 수영. 돈 좀 빌려줄 수 있어? 절대고수님에게 술 한 잔 사드려야 할 거 같은데."

항상 싸늘한 표정이던 문인수영이 입꼬리를 비틀었다.

"양 표사님이 전에 나에게 진 거 알지? 차라리 나에게 사."

양은수가 발끈해서 소리쳤다.

"그때 내가 봐줬다는 건 세상이 다 아는 일인데, 그것 가지고 너무 그러는 거 아니다, 수영."

"그럼 돌아가서 다시 한 번 붙어요."

양은수가 슬며시 꼬리를 말았다.

"싫다. 이제는 여자와 싸우지 않기로 했어. 이겨봐야 누가 알아주지도 않는데 내가 왜 싸워?"

사도무영은 티격태격하는 표사들을 바라보며 조용히 웃었다.

한데 그게 또 마음에 안 들었는지 양은수가 눈을 가늘게 뜨고 쏘아붙였다.

"자네 지금 나를 비웃는 건가?"

"아닙니다."

"아니긴! 지금 비웃었잖아? 내가 눈도 없는 줄 알아? 이거 아무래도 안 되겠군. 따끔하게 교육을 시켜야겠어!"

양은수는 옆구리의 검병을 탁, 치고 자리에서 일어났다.

이원적이 그런 양은수를 향해 한 마디 했다.

"소란 떨지 말고 앉아. 임시긴 하지만, 저 젊은 친구도 엄연히 청운표국의 표사야. 표행 중 표사들끼리 싸우면 어떻게 되는지 모르나?"

왜 모를까. 보수가 반으로 깎이고, 더 큰 문제가 생기면 처벌까지 받는데.

"알겠습니다. 표두님이 말리시니 제가 참죠."

양은수는 어쩔 수 없다는 듯 대답하고는, 사도무영을 노려보며 주먹을 들어 올렸다.

"운 좋군. 표두님만 아니었으면 얼굴에 시커먼 멍이 들었을 텐데 말이야. 조심해, 한 번만 더 걸리면 그땐 참지 않을 거니까."

사도무영은 웃음이 나오려는 것을 가까스로 참고 말했다.

"명심하죠, 절대고수님."

"저 자식이……!"

양은수는 사도무영이 농담조로 받아치자, 눈초리를 치켜뜨고 성큼 걸음을 옮겼다.

"어허, 표두님 말씀 못 들었나?"

달려들려는 양은수의 뒷덜미를 여정환이 잡아당겼다.

양은수는 버둥거리며 양팔을 휘둘렀다.

"놓으쇼! 내 표두님께 혼나는 한이 있어도 저 자식 얼굴에 시퍼런 도장 하나 찍어야겠수!"

"보수를 못 받게 될지 모르는데도?"

움찔한 양은수는 휘두르던 팔을 내리고 어깨를 털었다.

"아 씨……. 소향루 외상값만 아니어도 확, 저지르는 건데……. 놓으쇼, 참을 테니까."

그러고는 사도무영을 노려보며 중얼거렸다.

"좌우간 얼굴 반반한 놈들 치고 마음에 드는 놈 하나도 없다니까. 에이, 재수 없어."

그때 강후가 양은수에게 고개를 내밀고 물었다.

"그럼 나도 마음에 안 들겠구나?"

강후도 제법 잘 생긴 얼굴이었다.

## 2.

배가 반대편에 도착하는데 이 각가량 걸렸다.

배에서 내린 일행은 거의 달리다시피 빠르게 걸었다. 선도까지는 산이 거의 없는 평탄한 길이어서 빨리 걸어도 무리가 없었다.

그렇게 두 시진, 팔십 리 정도 가자 제법 큰 호수가 나왔다.

호숫가에는 갈대숲이 끝도 없이 펼쳐져 있고, 물오리들이 떼를 지어 호수 위에 떠 있었다.

너무나 평온한 모습.

묵묵히 걸음을 옮기는 사도무영의 입가에 슬며시 웃음이 떠올랐다.

언뜻 저만치 호숫가를 걸어가는 새끼오리가 보였다. 어미를 따라 바삐 걸음을 옮기는데, 뒤뚱거리는 모습이 더없이 귀여웠다.

그때 앞서 걷던 이원적이 걸음을 멈추고 고개를 돌렸다.

"저쪽에서 조금 쉬었다 가세. 이각 후에 출발할 것이니 너무 멀리 가지는 말도록."

사도무영은 이원적의 결정이 마음에 들었다.

오리 가족의 행진을 조금 더 구경할 수 있을 것 같았다.


사도무영은 호숫가 바위 위에 앉아서 바람에 흔들리는 갈대를 쳐다보았다. 오리 가족은 이미 호숫가 갈대 사이로 사라져서 보이지 않았다.

'설마 길이 어긋나는 건 아니겠지?'

사부가 구화산으로 돌아오는 중일지도 몰랐다.

그럴 가능성은 일 할도 되지 않았지만, 차라리 그랬으면 좋겠다는 생각이 들었다. 자신의 청성행이 헛고생이 되더라도.

소용돌이 속으로 117

그럼 무사하다는 말이니까.

사부가 무사하기만 하다면야 강호를 한 바퀴 돌아도 상관없었다.

'누굴 보내서 연락이라도 했으면 이런 걱정을 하지 않아도 되는데, 대체 무슨 일이 있는 건지…….'

바로 그때, 사부를 걱정하며 갈대를 바라보던 사도무영의 눈에서 이채가 반짝였다. 바람을 타고 이질적인 기운이 느껴진 것이다.

일행들에게서 흘러나온 기운이 아니었다. 누군가가 표행을 향해 접근하고 있는데, 그들에게서 느껴지는 기운이었다.

음습하면서도 끈적끈적한 기운.

좋은 뜻으로 온 자들이 아니었다.

바위에서 일어선 그는 십여 장가량 떨어져 있는 일행에게로 향했다.

마침 강후가 고개를 돌리고 바라본다.

사도무영은 슬쩍 고갯짓을 하며 전음을 보냈다.

『누가 저쪽에서 접근하고 있습니다. 이 표두님께 알려드리십시오.』

강후는 사도무영보다 훨씬 가까운 곳에 있었지만, 아직 그 기운을 느끼지 못하고 있던 상태였다. 그럼에도 사도무영의 말을 무시하지 않았다.

일류고수는 되어야 전음을 펼칠 수 있다. 그런데 사도무영이 아무렇지도 않게 전음을 펼치지 않는가.

그는 사도무영의 무위가 예상했던 것보다 더 강하다는 것을 알고 놀라움을 금치 못했다.

'내가 잘못 봤군. 전음을 펼칠 수 있을 정도였다니.'

엉덩이를 털고 일어난 그는 신경을 곤두세운 채, 사도무영이 고갯짓으로 가리킨 곳을 노려보았다.

갈대숲 저 너머에서 정체를 알 수 없는 음습한 기운이 느껴졌다. 사도무영에게 듣지 않았다면 눈치채지 못했을 정도로 미세한 기운이었다.

강후가 갑자기 일어나 심각한 표정으로 한 곳을 노려보자, 이원적이 의아한 표정으로 물었다.

"무슨 일인가?"

"아무래도 반갑지 않은 손님이 온 것 같습니다."

관도에서 삼십여 장 벗어나 있는 장소다.

단순한 행인이라면 강후가 저렇게 심각한 표정을 지을 리가 없다. 반갑지 않은 손님이라는 표현을 쓸 이유도 없고.

이원적은 자리에서 일어나 주위를 둘러보았다. 그제야 심상치 않은 기운이 밀려드는 게 느껴졌다.

그가 작은 목소리로 빠르게 말했다.

"이곳을 떠난다. 적을 만나면 흐트러지지 말고 대응하도록. 강후, 자네가 선두에 서게."

"예, 조장."

앉아 있던 표사들이 자리에서 일어났다. 그들 중 제일 고참인 여정환이 앞으로 나섰다.

"형님, 저와 함께하지요."

강후는 고개를 끄덕이고 사도무영을 바라보았다.

"자네가 후위를 맡아주게나."

"그러지요."

사도무영이 담담히 대답하고 뒤로 빠지자, 상명승이 말했다.

"우리가 함께할 테니 적이 나타나도 당황하지 말고 침착하게 대응하게."

강후는 상명승의 말에 고소를 지었다.

자신의 판단이 잘못되지 않았다면, 사영은 이곳의 누구보다도 강했다. 전음을 자유롭게 펼칠 수 있는 사람은 이원적뿐이었으니까.

'어쩌면 이 표두님보다 강할지도 모르겠어.'

어쨌든 그런 사도무영에게 후위를 맡기니 뒤가 든든했다.

"가세."

짧게 한 마디 내뱉은 그는 이를 지그시 악물고 걸음을 옮겼다. 밀려드는 기운이 어느새 지척에 이른 상황. 머뭇거릴 시간이 없었다.

스스스스……

표행이 관도 쪽으로 나아가는데 사방에서 갈대 스치는 소리가 났다.

바람 때문에 나는 소리가 아니었다. 음산한 살기가 밀려들며 갈대숲을 가르는 소리였다.

맨 뒤로 처진 사도무영은 엄지로 도의 고동(古銅)을 밀어 올렸다.

딸깍, 소리와 함께 도가 한 치가량 밀려나왔다.

거의 동시에 강후의 목소리가 호숫가를 울렸다.

"웬 놈들이냐!"

쫘악!

갈대숲이 갈라지며 흑의인들이 앞뒤에서 쏟아져 나왔다.

그들은 대화할 이유가 없다는 듯 아무런 말도 없이 곧장 표행을 공격했다.

숫자는 대략 봐도 이십여 명 정도. 개개인이 표사들에게 뒤지지 않는 자들이다.

상황이 생각보다 더 심각함을 느낀 이원적이 검을 빼들고 소리쳤다.

"뚫고 나가!"

그러고는 강후, 여정환, 장수평과 함께 전면을 쳤다.

순식간에 십여 명이 뒤엉키며 병장기 부딪치는 소리가 바람소리와 어우러졌다.

뒤쪽에 있던 사도무영은 갈대숲에서 나온 자들을 보며 도를 뽑아들었다. 그 모습이 너무 태연해서 상명승과 문인수영은 그가 겁을 먹은 것이 아닌가 생각했다.

"안 되겠으면 뒤로 빠져!"

상명승이 소리치며 사도무영의 앞으로 나섰다.

문인수영도 상명승과 나란히 서서 흑의인을 향해 검을 치켜들었다. 하지만 상대는 열 명이나 되었고, 그들보다 약한 자들이 아니었다.

두어 번의 검이 오가기도 전에 두 사람은 수세에 몰리며 뒤로 밀렸다. 흑의인들은 상명승과 문인수영을 몰아치며 빠르게 밀려들었다.

상명승과 문인수영은 뒤로 물러나며 사도무영을 향해 소리쳤다.

"선두 쪽으로 가게!"

"빨리 가!"

하지만 사도무영은 그들이 바라던 것과 달리 앞으로 나아갔다. 두 사람은 물러서고 사도무영은 앞으로 간다. 순식간에 세 사람의 위치가 뒤바뀌었다.

"이봐!"

상명승이 대경하며 외쳤다.

쉬익!

동시에 도광이 번개처럼 허공을 갈랐다.

문인수영은 사도무영에게 '미쳤어!' 라고 소리치려다 입을 다물었다.

흑의인 둘이 가슴과 목이 갈라진 채 거짓말처럼 무너지는 것이 아닌가.

그녀는 헛것을 본 것처럼 눈을 부릅뜨고 말을 더듬었다.

"뭐, 뭐야?"

사도무영의 도는 거기서 멈추지 않고 좌우를 향해 휘둘러졌다.

딱히 어떤 절세의 도법을 펼치는 것이 아니다. 도가 가는 대로 휘두를 뿐이다. 그럼에도 흑의인들이 막기에는 사도무영의 도세가 너무 강하고 빨랐다.

따당!

검이 튕겨지고, 틈을 비집고 들어간 칼날이 흑의인의 가슴과 목을 가른다.

"컥!"

"크억!"

이어지는 단말마! 쉭, 소리와 함께 뿜어지는 피분수!

"무, 물러서!"

약간 뒤쪽에 처져서 득의의 표정을 짓고 있던 흑의인 하나가 악을 쓰듯 소리쳤다.

그러나 사도무영은 지옥사자인 양 칼을 멈추지 않았다.

상명승과 문인수영이 정신을 차렸을 때는 이미 여섯 명이 쓰러진 뒤였다. 나머지 넷은 도망치듯 뒤로 물러나서 겨우 목숨을 구했다.

사도무영은 그들을 쫓지 않고 상명승과 문인수영을 무심한 눈빛으로 바라보았다.
 "앞을 도와줘야겠습니다. 저들이 다가오면 저를 부르십시오."
 '돌아와서 다 죽일 테니까.' 두 사람은 물론이고 흑의인들의 귀에도 그렇게 들렸다.
 사도무영은 그들이 어떻게 생각하든, 지체 없이 몸을 돌려 선두를 향해 신형을 날렸다.
 그가 선두 쪽으로 갔음에도 흑의인들은 상명승과 문인수영에게 덤벼들지 못했다.
 그사이 사도무영은 정수평의 옆에 내려섰다.
 정수평은 이미 두어 군데 제법 큰 상처를 입어 옆구리와 다리가 피로 붉게 물들어 있었다.
 사도무영은 도를 사선으로 휘둘러, 정수평을 공격하던 흑의인 하나의 목을 쳤다.
 서걱!
 살이 갈라지는 기음과 함께 흑의인의 머리가 옆으로 기울어진다.
 이를 악문 채 대항하고 있던 정수평이 휙 고개를 돌려 사도무영을 바라보았다.
 "제가 상대하죠. 물러나서 지혈을 하십시오."
 사도무영은 정수평의 대답도 듣지 않고 흑의인들을 향해 쇄

도했다.

쉬익!

두 명의 흑의인이 그를 향해 달려들다 일도도 제대로 받아내지 못하고 무너졌다.

"이놈!"

흑의인 하나가 노성을 내지르며 사도무영의 측면을 공격했다. 그러나 그 역시 사도무영이 빙글 돌며 휘두른 칼날에 무기와 몸이 동시에 갈라졌다.

따당! 서걱!

뒤늦게 상황을 깨달은 흑의인들은 주춤거리며 뒤로 물러나기 시작했다.

이원적과 강후, 여정환은 적이 반으로 줄며 여유가 생기자 힘이 솟았다.

"은수, 물러나 있게!"

그들은 부상이 심한 양은수를 뒤로 물러나게 하고 흑의인을 몰아붙였다.

"우리 청운표국이 그렇게 우습게 보이더냐!"

"도적놈들! 어디 덤벼봐라!"

이원적과 대치하고 있던 흑의인들의 수장은 입술을 깨물고 눈을 부릅떴다.

임무완수야 당연한 일이고, 수하들을 한 사람도 희생시키지 않겠다는 게 목적이었다. 상대는 중소표국인 청운표국의 일개 표사들. 자신들의 상대가 아닌 것이다.

한데 한 사람 때문에 일이 틀어졌다. 아니 틀어진 정도가 아니라 이미 반수가 죽어서 바닥에 쓰러졌다.

빌어먹을! 표사들 속에 절정의 고수가 숨어 있었다니!

어쩐지 그토록 귀중한 물건을 겨우 여덟 명만이 호위한다 했더니, 이런 꼼수가 숨어있었을 줄이야!

'개자식들! 정보를 주려면 똑바로 줘야지! 어디 두고 보자!'

잠깐 속으로 화를 내는 사이, 수하 두 명이 피를 뿌리며 쓰러진다.

이제 자신의 목숨을 돌봐야할 판. 그는 튕기듯이 뒤로 물러나며 수하들을 향해 소리쳤다.

"모두 후퇴해!"

흑의인들은 이제 살았다는 듯 뒤도 안 돌아보고 도망쳤다.


적들이 물러간 곳에 남은 것은 갈대를 휩쓸고 지나가는 바람소리와 옅은 신음, 그리고 바닥에 널브러져 있는 시신뿐이었다.

사도무영과 이원적, 강후를 제외한 다섯 사람은 모두 크고 작은 상처를 입은 상태였다. 그중 정수평과 양은수의 상처가 유독 심했다.

강후와 여정환이 정수평과 양은수의 치료를 도와주었다.

정수평은 생각보다 상처가 깊지 않았다. 반면에 양은수의 상처는 예상했던 것보다 더 깊었다. 일행과 끝까지 동행할 수 있을지 의문일 정도였다.

"자넨 누군가?"

궁금함을 참을 수 없는지, 이원적이 사도무영에게 물었다.

모두가 사도무영을 쳐다보았다.

심지어 고통에 얼굴을 일그러뜨리고 있던 양은수조차 가자미눈으로 사도무영을 흘겨보았다. 그는 배에서의 일이 떠오르자 간이 반쯤 쪼그라들었다.

'씨벌, 저런 놈인 줄 누가 알았나?'

그때 사도무영이 대답했다. 이름만 빼고는 사실대로.

"구화산에서 내려온 지 나흘 된, 청운표국의 임시표사 사영입니다. 사문에 대해선 사부님의 엄명이 있어서 말씀을 드릴 수 없으니 이해해 주십시오."

너무 평범한 대답. 이원적은 눈살을 찌푸렸다.

그가 원하는 대답은 그런 것이 아니었다. 그럼에도 더 이상 추궁하지 않았다.

혼자서 열 명을 단숨에 죽인 자다. 추궁해봐야 좋을 것도 없고, 설령 거짓말이라 해도 적만 아니면 되었다. 자신의 눈이 잘못 되지 않았다면 거짓말 같지도 않았고.

"밝힐 수 없는 사연이 있다면 할 수 없지. 그런데 계속 우리와 함께 갈 건가?"

"어차피 성도에 가려던 참입니다. 그리고 임무를 완수해야 보수를 주실 거 아닙니까?"

그건 그랬다. 이 판국에 보수 운운하는 게 조금 어이없어서 그렇지.

어쨌든 같이 간다는 말.

이원적은 내심 안도하며 고개를 끄덕였다.

"그야 물론이네."

그때 사도무영이 넌지시 물었다.

"앞으로도 표물을 노리는 놈들이 나타날지 모르는데, 표물이 뭔지 알려주실 수 있겠습니까? 뭔지 알면 상황에 적절히 대응할 수 있을 것 같은데 말이죠."

이원적은 더 이상 숨기지 않았다. 어차피 다른 표사들도 대충은 알고 있는 사실이었다.

그는 품속에서 작은 보자기를 하나 꺼냈다. 손바닥만 했는데, 각진 모습을 봐서는 안에 육각으로 된 함이 든 것 같았다.

"화성사에서 중경의 천구사에 보내는 물건이네. 봉인 되어 확인해 보지는 못했네만, 천구사에서 만들고 있는 불상의 이마에 박힐 구슬이 들어있다고 하더군."

"아주 값비싼 구슬인가 보군요."

"대가로 황금 이십 냥을 내놓았다더군. 그렇다면 적어도 황금 백 냥의 값어치는 있다고 봐야겠지."

황금 백 냥의 가치가 있는 구슬이라면 보물이라 불러도 될 것이었다.

한데 듣지 않았을 때는 몰랐는데, 듣고 나니 조금 이상한 생각이 들었다.

"저자들의 정체를 아십니까?"

"분명 단순한 도적은 아닌데, 아무런 특색도 없어서 정체를 알아볼 수가 없네."

"저자들이 정말 황금 백 냥짜리 구슬을 빼앗기 위해 우리를 공격했을까요?"

"무슨 뜻으로 묻는 건가?"

"황금 백 냥이 제법 큰돈이긴 합니다만, 과연 저들의 목표가 정말 황금 백 냥이었을까, 하는 거지요."

황금 백 냥이 적은 돈은 아니었다. 그 돈이면 일반 가정 다섯 식구가 오십 년을 생활할 수 있는 거액이었다. 도적들이라면 눈을 까뒤집고 노릴만한 금액.

문제는 흑의인들이 일반 도적이 아니라는 것이었다.

이원적은 사도무영의 말뜻을 알아듣고 곤혹한 표정을 지었다.

"그럼 저들에게 다른 목적이 있단 말인가?"

사도무영이 단도직입적으로 물었다.

"정말 그 안에 들어 있는 구슬이 황금 백 냥짜리일까요? 아니 그 안에 구슬이 들어 있는 게 확실하기는 한 겁니까?"

순간 이원적의 표정이 굳어졌다.

그도 국주에게 말로만 들었을 뿐이다.

평소라면 안에 있는 물건을 보여주었을 텐데, 이번만큼은 그러지 않았다. 화성사에서 이미 봉인을 했다면서.

당시만 해도 별다른 의문을 갖지 않았다. 국주의 말을 믿었으니까.

그런데 흑의인들의 공격을 받고 보니 그 점이 왠지 마음에 걸렸다.

그렇다고 해서 봉인을 뜯을 수는 없는 일.

이원적은 눈을 좁히며 딱딱해진 목소리로 말했다.

"내 직접 보지는 못했네만, 국주께서 그리 말씀하셨으니 믿어야하지 않겠나?"

'글쎄……'

이원적은 믿을지 몰라도 사도무영은 아니었다.

비록 며칠 되지는 않았어도, 표행을 하며 표국에 대한 전반적인 이야기를 들은 터다.

표물을 표행의 조장에게 보여주지도 않고 맡겼다는 것 자체가 이상한 일이었다. 평소에 자주 그런다면 모를까, 그것도 아니고.

그리고 표국을 출발한 지 사흘 만에 흑의인들이 습격했다.

뭔가 좋지 않은 느낌이 들었다.

코를 찌르는 고약한 냄새. 칙칙한 음모의 늪 속에 발을 디딘 기분이었다.

하지만 사도무영은 더 이상 묻지 않았다.

'두고 보면 알겠지. 뭔가가 있다면 아직 끝난 게 아닐 테니까. 어쨌든 오래 지체되지만 않으면 좋겠는데……'

치료는 일 각가량 걸렸다.
강후가 옷을 찢어 양은수의 허벅지 상처를 싸매고 일어나자, 이원적이 말했다.
"일단 이곳을 벗어나지."
강후는 다른 사람에게 맡기지 않고 직접 양은수를 업었다.
그리고 곧 표행은 갈대숲을 떠나 태양이 떨어지고 있는 서쪽으로 향했다.

## 1.

　석양이 질 무렵, 선도의 객잔에 들어선 표행은 그곳에서 하루 쉬어가기로 했다.

　정수평과 양은수는 물론이고, 다른 몇 사람들도 자잘한 부상을 입은 터였다. 더구나 흑의인들의 추격을 피하기 위해 백리를 쉬지 않고 달려서 몸도 마음도 지친 상태였다.

　그래도 그들은 흑의인들의 공격이 더 이상 없었다는 걸 다행으로 생각했다.

　간단히 식사를 마친 사도무영은 먼저 방으로 올라갔다.

　이원적과 문인수영을 제외하고 이인 일실로 방을 잡았다. 그는 강후와 한 방을 쓰기로 했는데, 강후는 이원적과 앞일에 대한 이야기를 나누고 조금 늦게 올라가겠다고 했다.

 오랜만에 혼자가 된 사도무영은 침상 위에 앉아 명상을 하며 조사를 불러보았다.

 무천진인은 여전히 대답이 없었다.

 그는 무천진인과의 대화를 포기하고 정신을 둘로 나누었다. 그러고는 하나는 외부를 감시하고, 하나로는 회천수혼의 기운, 일명 회천선기를 끌어올렸다.

 현재 회천선기의 경지는 육성에 이른 상태였다. 이대로 삼 년만 지나면 목표했던 구성까지 오를 수 있을 것 같았다.

 무천진인이 말하길, 십성의 경지는 인간의 능력만으로 오를 수 있는 게 아니라 했으니, 그의 능력으로 오를 수 있는 최고의 경지는 구성이었다. 십성의 경지는 그 후 하늘에 맡겨야 했다.

 일 각가량이 지나자, 침상에서 한 자가량 떠오른 그의 몸 주위로 영롱한 기운이 맴돌았다.

 그리고 곧 의념의 공간에 흐릿한 사람의 형체가 갖춰지기 시작했다. 회천선기가 오성의 경지에 오른 후부터 나타나기 시작한 의념의 령(靈)이었다.

 의념의 령은 풍뢰수와 회천무벽, 건곤무영인, 회륜천강권의 흐름을 더듬으며 천천히 펼쳤다.

 끝도 없이 높고 넓은 세계가 의념의 세계다.

 천지를 뒤집을 수 있는 위력의 무공을 펼쳐 봐야, 창천하늘에 대고 손짓을 한 것에 불과했다.

좁은 장소에서 혼자 수련하기에는 그야말로 의념의 세계가 최적의 장소였다. 현실감이 없어서 효과가 반감 되는 게 아쉬울 뿐.

우르르릉! 콰과광!

쏴아아아아! 쩌저저적!

의념의 세계가 몇 번은 뒤집어졌다. 그래봐야 흔적도 남지 않지만. 하긴 그래서 마음껏 펼칠 수 있고 남의 눈치를 봐도 안 되니 좋은 점이 더 많았다.

무천진인의 사대신공을 펼치고 난 그는 회천지와 용천풍도 펼쳐보았다.

한데 그렇게 얼마나 지났을까, 둘로 나누어 놓았던 정신 중 하나가 그에게 경고를 보냈다.

그는 의념의 세계에서 빠져나와 끌어올린 회천선기를 다시 단전으로 몰아넣었다.

때맞추어 방문이 열리고 강후가 들어왔다.

강후는 사도무영이 침상 위에 가부좌를 틀고 앉아 있는 걸 보더니 멈칫했다.

"이거, 내가 수련을 방해한 건 아닌지 모르겠군."

"괜찮습니다. 제 수련은 언제라도 제가 원할 때 끝낼 수 있으니까요."

그때 문득, 한수를 건너며 강후와 나누었던 말이 떠올랐다.

'배우는데 나이가 따로 있냐고 했지.'

다른 사람들은 시큰둥한데 오직 그만이 열망에 가득 찬 눈빛이었다.

사도무영은 강후를 직시했다.

한 번 습격을 받은 만큼 언제 또 적이 나타날지 몰랐다. 더구나 다음에 나타나는 적은 더 강할 것이 분명했다.

자신이 무공을 가르쳐 주면 위험을 벗어날 확률이 일 푼이라도 늘어날지 모르는 일. 사도무영은 당시의 말을 실천으로 옮길 작정을 했다.

배우고자 하는 열망이 있는 사람에게는 그 어떤 것도 배울 자격이 있었다. 약간의 조건이 따르긴 하지만.

"강 표사님, 강 표사님이 한 가지 약속만 해 준다면 제가 몇 가지 초식을 가르쳐 드릴 수 있습니다만."

순간 강후의 눈에서 불꽃이 튀었다.

전이었다면 약간의 고마움, 얻지 못해도 상관없다는 마음이었을 것이다.

그러나 비록 극히 일부지만, 사도무영의 무공을 직접 본 그로선 침이 목구멍으로 꿀꺽 넘어가고 심장이 두근거릴 제의였다.

"어, 어떤 약속인가? 말해 보게."

"당장은 아닙니다만, 나중에 한 문파에 귀속될지도 모릅니다. 그럴 경우 그 문파의 제자가 되겠다고 약속해 주십시오."

"문파?"

강후는 이제 이름도 없어진 삼류무관 출신이었다.

그는 문파라는 말만 들어도 자격지심이 들어서 누가 사문 물어보면 쓴웃음으로 대체하곤 했다.

오죽하면 무당파의 속가문파인 비원장 출신의 여정환을 부러워했을까.

그는 사마도만 아니라면 어디라도 상관없었다. 어떤 문파든 자신이 무공을 배운 무관보다는 나을 테니까.

"마도문파만 아니라면…… 약속하지."

은근히 말이 떨려나왔다. 얼굴도 살짝 붉어졌.

사도무영은 강후의 반응을 보고, 자신의 결정이 잘못된 게 아니라는 생각이 들었다.

'저런 사람이라면 아버지도 환영할 거야.'

그가 침상에서 내려서며 말했다.

"마도문파는 절대 아닙니다. 비록 그 문파의 무공을 배운 사람은 둘뿐이지만, 그렇다고 아주 이름 없는 문파도 아니고요."

강후는 제자가 둘밖에 안 된다는 말에도 실망하지 않았다. 얼마나 강한지 짐작도 되지 않는 사영이 그 둘 중 한 사람이라지 않는가.

"나 강후, 그 문파에서 원하면, 제자로서 사문의 일에 앞장서겠네."

"좋습니다. 그럼 지금부터 시작하지요. 구결은 당장 외우기가 어려우니, 제가 오늘 밤에 글로 써드리겠습니다. 강 표사님께선 일단 형(形)을 익히는 일에 최선을 다해 주십시오."

강후가 사도무영을 향해 포권을 취했다.

"그 전에 먼저 인사를 받으시오. 남창의 강후가 사형을 뵈오!"

먼저 사문의 제자가 된 사람이다. 당연히 사형이었다.

하지만 사도무영은 강후의 말에 머쓱하지 않을 수 없었다.

"강 표사님, 그럴 필요는……."

"강호의 법도는 엄하외다. 서열이 무너지면 혼란이 오기에 그렇지요. 나이를 떠나서, 당연히 사 사형은 나, 강후의 사형이외다."

사도무영은 조금 후회가 되었다. 난데없이 나이 든 사제를 들여야 할 상황이 되지 않았는가.

'그 말은 나중에 해줄 걸 그랬나?'

그러나 이미 쏟아진 물이었다. 주워 담기엔 늦은 상황.

그때 마침 좋은 생각이 떠올랐다.

"그 문파의 무공을 배우긴 했지만, 저에게는 다른 사문이 있습니다. 그러니 그 문파의 제자라고는 할 수 없지요. 그러니 강 표사님은 저에게 사형이라 하지 않아도 됩니다."

달랑 두 명뿐인 문파다. 자신이 그 문파의 제자가 된다 해도 겨우 셋. 한 사람이 아쉬운 강후는 사도무영의 말대로 따라주고 싶지 않았다. 억지를 부려서라도.

그는 절대 양보할 수 없다는 강한 의지가 담긴 눈빛으로 사도무영을 뚫어지게 보며 말했다.

"어쨌든 저보다 훨씬 먼저 그 문파의 무공을 배우지 않았소이까? 무조건! 무조건 사 사형은 저의 사형이외다!"

이제 보니 보통 고집이 아니다.

절로 한숨이 나왔다.

'괜히 무공을 가르쳐 준다고 했나?'

하지만 어쩌면 그래서 더 강후가 마음에 들기도 했다. 이러한 경우, 일반적으로 나이 어린 사람을 사형으로 인정하지 않으려고 하는 게 보통이거늘.

결국 사도무영은 절충안을 내놓았다.

"그럼 이렇게 하지요. 존댓말을 쓰지 말고 편하게 대하십시오. 그리고 다른 사람 앞에서는 사형이라는 말을 쓰지 말고요."

"하지만……."

"만일 그것마저 거부하면, 지금까지 했던 이야기 없던 일로 하겠습니다."

고집이라면 사도무영도 한가락 했다. 무천진인조차 꺾은 고집이 아닌가!

더구나 없던 일로 한다는데 어쩔 건가?

강후도 더 이상은 고집을 부리지 못했다.

표물을 노리는 자들 141

"알겠소이다, 사형."

또 존댓말을 한다. 사도무영이 말투를 교정시켜 주었다.

"알았네, 라고 하셔야죠."

"험, 알았네."

사도무영은 피식 웃고는 자신의 이름부터 다시 말해주었다.

"제 성과 이름은 사영이 아니라, 사도무영입니다. 사정이 있어서 가명을 말해주었으니 이해해 주십시오."

"사정이 있어서 그랬다는데 내 뭐라 하겠……나."

"지금부터 제가 가르쳐 드리려 하는 것은 심법 하나와 육 초의 검법입니다. 모두 십팔 초식 중 전 육 초로 소천화라 부르기도 합니다."

그 말이 떨어진 순간, 강후의 눈빛이 파르르 떨렸다.

그의 가장 큰 약점은 바로 심법, 내공이었다. 작은 무관출신의 무사들 누구나 그러하듯이, 그 역시 길거리의 돌멩이처럼 흔한 기본적인 토납법 정도만 익힌 것이다.

스물세 살 때 남창을 떠난 그는 뛰어난 심법을 익히기 위해 타 문파를 기웃거렸다. 강서, 호북, 호남, 하남, 안휘까지 돌아다니며 제자로 받아줄 곳을 찾았다.

하지만 이상할 정도로 인연이 닿지 않았다. 어느 곳은 이제 제자로 받기에는 나이가 많다고, 어느 곳은 그의 신분이 수상하다며 내쳤다. 받아준 곳도 제자가 아니라 잡일이나 하는 일꾼으로 대할 뿐이었다.

그렇게 삼 년. 진전도 없이 나이만 먹어가자, 그는 이를 악물고 동백산으로 들어갔다.

내공이 약하면 몸으로 때우는 수밖에!

그는 심법의 취약함을 메우기 위해 몸을 혹사시키며 검을 익혔다. 그 덕에 나이 서른이 되어 그럭저럭 이류 수준에 턱걸이할 수 있었다.

그 후 청운표국에 들어온 그는 특지표사에 자청해서 들어갔다. 편안함이 자신을 무디게 한다는 생각 때문이었다. 또한 많은 경험이 자신을 강하게 할 거라 믿기 때문이었다.

그 덕에 오 년이 지날 무렵에는 일류에 근접한 실력이 되었다.

하지만…… 그것이 한계였다. 발전은 갈수록 더뎌지고, 이제는 정체되다시피 한 상태였다.

'지금 심법을 익혀도 될까?'

흥분과 걱정이 교차했다.

심법은 나이가 어릴 때부터 익혀야 한다고 했다. 한데 자신은 이미 중년에 이른 서른여섯이 아닌가.

언제 이렇게 나이를 먹은 걸까?

흥분이 빠르게 식었다. 씁쓸한 마음에 속으로 한숨이 나왔다.

'후우, 그래도 조금은 도움이 되겠지.'

그가 마음을 다독이고 있는데 사도무영의 말이 이어졌다.

"전 육 초라 해서 가볍게 생각지 마십시오. 그것만 완성해도 능히 절정의 경지에 이를 수 있으니까요."

그가 집을 나올 때 팔성의 경지였다. 중천화는 육성 정도였고. 그것만으로도 절정고수와 싸워 크게 뒤지지 않았으니, 결코 조금 전의 말이 헛소리만은 아니었다.

하지만 강후는 사도무영과 많은 점이 달랐다.

절정의 경지!

그야말로 강후에게는 꿈같은 경지다.

그라 해서 어찌 절정의 경지를 이루고 싶지 않을까?

절정고수가 될 수만 있다면 무슨 짓인들 못하랴!

그러나 꿈만 꾸어서는 현실이 되지 않는다. 노력과 조건이 뒷받침되지 않으면 말 그대로 꿈으로 끝날 뿐이다.

강후는 누구보다도 열심히 노력할 자신이 있었다. 문제는, 절정고수가 될 수 있는 조건. 내공이었다.

"심법을…… 이 나이에 배워도 효과가 있겠나?"

"제가 일단 기가 흐르는 길의 기초를 잡아드리겠습니다. 어릴 때부터 배우는 것보다는 못하겠지만, 노력만 하면 그리 큰 차이는 없을 겁니다."

노력만 하면 큰 차이가 없을 거라고?

강후는 눈에 힘을 주고 표정을 관리했다. 식었던 흥분에 다시 불이 붙었다.

'내가 꿈을 꾸고 있는 것은 아니지?'

사도무영은 몇 마디를 더해서 그의 꿈을 확실하게 부풀려주었다.

"사문의 이름은 천화문. 한때는 밀천십지 중 하나로 불렸다고 하는데, 지금은 사람들의 기억에서 잊힌 이름이지요."

안색이 딱딱하게 굳은 강후의 목소리가 자신도 모르게 달달 떨렸다.

"미, 밀천……십지……라고?"

'맙소사! 내가 전설의 밀천십지 중 한 곳의 제자가 된단 말인가?'

꿈이라면 영원히 깨지 않기를!


탁자와 잡다한 물건들을 한쪽으로 치우자 제법 넓은 공간이 생겼다. 한 사람이 좌우로 서너 걸음씩 움직이기에는 크게 불편하지 않을 정도였다.

문제는 검이었다. 자칫하면 객방이 난장판이 될지도 몰랐다. 사도무영은 검집을 검 대신 사용해서 소천화의 검식을 느릿하니 펼쳐 보여주었다.

강후는 눈 한 번 깜박이지 않고 검이 가는 길을 지켜보았다. 단순해 보이는 움직임 속에 수많은 변화가 들어 있었다. 눈을 깜박이면 변화를 놓칠지 몰랐다.

사도무영은 세 번에 걸쳐 소천화를 펼쳐 보이고, 다시 첫 번째 초식인 일검개화(一劍開花)만 조금 빠르게 펼쳤다. 그리고 강후에게 펼쳐보라고 했다.

강후는 내공이 약하기에 초식의 변화에 중점을 둔 검을 익힌 사람. 초식을 풀이하는 능력만큼은 어지간한 고수들보다 뛰어났다.

하지만 그런 강후조차 서너 번의 지적을 받고 나서야 그럭저럭 검로를 따라갔다. 그렇게 강후가 소천화 여섯 초식의 기본적인 형(形)을 대충이나마 펼칠 수 있기까지 두 시진이 걸렸다.

사도무영은 강후가 혼자서 연습할 정도가 되자, 밖에 나가 문방사우를 구해왔다. 그리고 한쪽 구석으로 밀어놓은 탁자에서 천화심법(天化心法)의 구결과 소천화의 구결을 적었다.

구결을 적는 중에도 그의 시선은 강후의 움직임을 좇았다. 그러다 강후의 동작 중 마음에 안 드는 부분이 보이면 붓을 휘둘러 지적해 주었다.

소리가 크게 나면 남들이 듣고 이상하게 생각할지도 모르는 일. 강후는 소리 나는 걸 최대한 자제해야 했다. 그래서 더 힘이 들었다.

신경을 곤두세운 채 세 시진 동안 검집을 휘두르다 보니 그의 전신이 땀으로 흠뻑 젖었다.

숨소리도 조금 거칠어졌다.

그러나 눈빛만큼은 그 어느 때보다 더 강하게 빛났다.

태산을 오르기 위해 이제 겨우 한 발을 내딛은 것에 불과했음에도, 그는 본능적인 감각으로 느낀 것이다.

자신이 오르고 있는 태산이 예상했던 것보다 더 높다는 걸. 오르면 꿈을 이룰 수 있다는 걸!

그는 소천화를 처음부터 다시 전개하기 위해 검집을 들어 올렸다. 그때였다.

탁.

사도무영이 붓끝으로 탁자를 치고 강후를 바라보았다.

소천화를 처음부터 다시 전개하려던 강후가 고개를 돌렸다.

사도무영은 탁자 위에 있는 세 장의 종이를 내밀었다.

"받으시죠."

강후는 두근거리는 가슴을 진정시킬 정신도 없이 종이를 받았다.

"완벽히 외우고 난 다음 없애십시오. 중천화는 소천화를 어느 정도 수준까지 익힌 다음에 시작해야 합니다. 자칫 욕심을 부리면 큰일 날 수가 있으니 명심하십시오."

"명심하겠……네."

"그럼 이제 정리해 놓고 그만 자죠."

어느덧 인시였다. 조금이라도 자야 내일의 일에 지장이 없을 것이었다.

그러나 강후는 잠이 올 것 같지가 않았다.

"나는 이것을 한 번 훑어보고 잘 테니, 사형 먼저 주무시게."

## 2.

표행은 날이 새자마자 객잔을 나섰다.

부상이 심한 정수평과 양은수는 돌아갈 때 데려가기로 하고 선도에 남겨 놓았다.

표행 인원은 모두 여섯. 서둘러 선도를 빠져나온 그들은 곧장 형주를 향해 달렸다.

예정보다 백 리 정도 앞서 있는 상태였다. 계획만 생각한다면 서두르지 않아도 되었다.

그러나 한 번 공격을 받은 이상 또 공격을 받을지 모르는 일. 여유를 부릴 상황이 아니었다.

아마 정수평과 양은수의 부상만 아니었다면, 어젯밤 선도를 지나쳐 갈 것도 심각하게 고민해 봤을 터. 선도에서 하루를 푹 쉰 것만도 다행이 아닐 수 없었다.

그렇게 서둘러 출발한 덕에 오시가 되기 전 장강을 지나쳤다. 그때까지 아무런 일도 벌어지지 않았다.

이제 형주까지 얼마 남지 않은 상황. 사람들의 마음에도 조금씩 여유가 생기기 시작했다.

괜히 서둘렀잖아?

사람들이 그렇게 생각하며 잔뜩 조여진 긴장을 풀었을 때, 그들이 나타났다.

이원적은 표행을 멈춰 세웠다.

이십여 장 앞 관도 양쪽의 갈대숲에서 무사들이 쏟아져 나오더니 그들의 앞을 가로막은 것이다.

전날의 흑의인들은 아니었다. 그러나 그들보다 훨씬 위험한 자들이었다.

이원적이 곧 그들의 정체를 알아보고 굳은 표정으로 물었다.

"우리는 청운표국의 표사들이오. 마령곡의 무사들이 무슨 일로 표행을 막은 것이오?"

마령곡(魔靈谷)이라면 마도십삼파 중 하나. 사도무영을 제외한 모두의 표정이 굳어졌다.

그때 이십여 명의 무사들 중 한 사람이 앞으로 나왔다. 사십 대 초반 정도로 보였는데, 얼굴에 사선으로 나 있는 기다란 자상이 섬뜩하게 느껴지는 자였다.

"나는 공사도라 한다. 물건을 내려놓고 떠나라. 목숨이라도 보전하고 싶다면."

공사도라는 이름에 이원저이 낯빛이 급변했다.

혈적도(血積刀) 공사도. 그는 마령곡의 고수들 중에서도 이십 위 안에 드는 절정고수였다. 그가 나선 이상 저승에 이미 한 발을 디딘 거나 마찬가지였다.

'사영이 저자를 막을 수 있을까?'

그가 본 사영의 도는 강했다. 하지만 너무 단순했다. 단순한 사영의 도가 공사도 같은 절정고수에게도 통할지는 미지수였다.

더 큰 문제는, 적은 공사도 하나만이 아니라는 점이었다.

이원적은 일단 공사도의 요구에 반문하며 시간을 끌었다.

"무슨 물건 말이오?"

"화성사에서 부탁받은 것."

"뭔 말인지 모르겠구려."

"말장난할 시간이 없다. 냄새를 맡고 들개 떼들이 몰려올지 모르니까. 죽고 싶지 않다면 순순히 물건을 내놓도록 해라."

이원적은 이를 지그시 악물었다.

말투로 봐서 마령곡만 표물을 노리는 게 아닌 것 같다.

제기랄! 대체 부처상의 이마에 박힐 구슬을 왜 저들이 노린단 말인가. 진정 단순한 구슬이 아니란 말인가?

시간이 갈수록 의혹만 증폭된 그는 이를 악물고 소리치듯 말했다.

"나는 이원적이라 하오. 비록 강호에 이름은 미미하나, 목숨이 아까워 표물을 넘겨줄 사람은 아니외다."

"역시 말로 해서는 안 되겠군. 믿는 사람이 있다 이건가?"

공사도는 냉랭히 말하며 표행을 쓸어보았다.

차가운 눈빛으로 한 사람 한 사람 살펴보는 것이, 마치 누군가를 찾는 것만 같았다.

'빌어먹을 놈들! 하다못해 행색이라도 확실하게 써서 보내

야지, 그냥 당했다고만 하면 어떤 놈인 줄 알아?'

'교'에서 표물을 탈취하라는 명이 떨어졌다. 자존심이 있지, 마도십삼파의 하나인 마령곡이 산적마냥 표행을 칠 수는 없는 일이 아닌가!

해서 하부조직에 명령을 내렸더니, 임무완수는커녕 거꾸로 당했다는 연락이 왔다.

서신에 의하면 한 사람 때문이라고 했다. 문제는, 서신에 그자의 정체에 대한 언급이 한 마디도 없었다는 것이다.

'젊은 놈이었는데, 그놈에게 열한 명이나 죽어서 어쩔 수 없이 후퇴했습니다.' 그렇게 적혀있을 뿐.

조금 전까지만 해도 그 일은 문제될 게 없었다. 자신의 눈썰미라면 금방 찾아낼 수 있을 거라 생각했으니까.

한데 그것이 아니었다.

아무리 이급 살수라 해도 죽은 자가 열한 명이나 되었다. 혼자서 그들을 죽였다면 분명 절정고수일 터, 절정고수가 흘리는 기운을 자신이 못 알아볼 리가 없었다.

'갑자기 내 감각에 이상이 생겼나?'

공사도는 눈살을 찌푸리며 표행을 향해 걸음을 떼었다.

그가 움직이자, 좌우로 늘어섰던 무사들이 표행을 향해 다가왔다. 그들에게서 뿜어지는 압박감은 어제의 흑의인들과 비할 바가 아니었다.

상명승이 슬금슬금 사도무영의 뒤로 다가갔다. 그 와중에도 그는 문인수영을 챙기는 걸 잊지 않았다.

"냉화, 이쪽으로 와."

그러나 문인수영은 그곳으로 가지 않고 검을 뽑았다.

쩡.

그게 신호라도 되는 것처럼 이원적과 강후, 여정환도 검을 뽑아들었다. 그사이 마령곡의 무사들이 표행을 에워싸고, 공사도가 염라대왕이라도 되는 것처럼 말했다.

"골치 아프게 생각할 것 없이 모두 죽여야겠어."

바로 그때였다. 목이 쉰 것 같은 목소리가 칼칼한 웃음소리와 함께 울렸다.

"킬킬킬, 우리에게 그 물건을 주면 공가 놈을 죽여주마."

공사도가 허공을 노려보며 싸늘하게 소리쳤다.

"웬 놈이냐?"

"클클, 네 애비다, 이놈아!"

"캬캬캬, 그럼 나는 백부니라!"

농담 같은 말투와 함께 두 사람이 허공을 날아서 갈대숲을 넘어왔다.

너덜너덜한 황금색 장포를 걸친 땅딸막한 노인들이었는데, 한 사람은 코가 어린아이 주먹만 한 주먹코였고, 한 사람은 귀가 당나귀 귀처럼 컸다.

더 괴이한 점은, 주먹코노인은 귀가 없고, 당나귀노인은 코가 없이 구멍만 두 개 뻥 뚫려있다는 것이었다.

공사도는 그들을 보고 이마를 찌푸렸다. 두 사람의 정체를 바로 알아챈 것이다.

"금포쌍괴(金布雙怪), 늙어 죽지 못한 귀신들이 주둥이만 살아서 나불대는군."

금포쌍괴는 그보다 반 수 위의 고수들이었다. 전력을 다한다면 한 사람을 상대할 수 있을까 싶은 자들.

하지만 그의 뒤에는 이십여 명의 수하들이 있지 않은가.

그는 금포쌍괴가 아무리 강하다 해도 상대할 수 있을 거라 생각했다.

"킬킬킬, 저 따위 허수아비 같은 놈들을 믿고 큰소리를 치는 거냐?"

무비괴(無鼻怪)가 킬킬거리며 공사도의 신경을 건드렸다.

공사도도 무비괴의 약점을 찔렀다.

"코도 없는 늙은이 따위는 나 혼자서도 충분하지!"

"저 건방진 놈이……!"

발끈한 무비괴가 공사도를 죽일 듯이 노려보았다.

한편.

사도무영은 그 상황을 바라보며 눈을 반쯤 좁혔다.

공사도든, 금포쌍괴든 두려울 것은 없었다.

문제는 표사들의 안전이었다.

마령곡의 일반 무사들조차 표사들보다 강했다. 표사들 중 제일 강한 이원적과 비교할 수 있는 자들도 서너 명은 되었다.

자신이 공사도와 금포쌍괴를 몇 초 안에 무너뜨리지 못하면 표사들이 무사하지 못할 것이었다.

잠시 머리를 굴리는 사이 공사도와 금포쌍괴의 말싸움이 극을 향해 달렸다.

"생긴 건 꼭 쥐새끼 같은 놈이 어른을 공경할 줄 모르는구나."

"돼지도 늙은이보다는 낫다. 돼지는 그래도 코가 튀어나와 있는데, 늙은이는 민둥이가 아니냐?"

"저 호로새끼가!"

바로 그때, 사도무영이 슬쩍 끼어들었다.

"저자들을 물리쳐준다면, 노인장들의 제의를 한 번 생각해보지요. 자신 없으면 그냥 물러서시든지……."

불난 집에 기름을 뿌린 셈이었다.

무비괴가 훌쩍 몸을 날리며 소리쳤다.

"걱정 마라! 저놈은 내가 반드시 때려잡을 것이니라!"

뒤이어 무이괴(無耳怪)도 신형을 날렸다.

"캬캬캬, 코도 쪼그만 놈이 말만 많구나! 네놈의 코를 주먹코로 만들어주마!"

금포쌍괴가 공사도를 향해 날아가자, 마령곡 무사들도 더 이상 표행에만 신경 쓰고 있을 수가 없었다.

공사도가 무비괴를 막으며 수하들을 향해 소리쳤다.

"일부는 늙은이들을 막고, 일부는 놈들이 도주하지 못하도록 감시해!"

마령곡 무사들 중 나름 강한 자들 칠팔 명이 나서서 무이괴를 막아섰다.

"여기도 있다!"

"오냐, 이놈들! 모조리 코를 베어주마!"

순식간에 금포쌍괴와 마령곡 무사들이 뒤엉켰다.

무비괴는 공사도와 접전을 벌이고, 무이괴는 마령곡의 무사들을 상대로 한바탕 살풀이춤을 추었다.

"킬킬킬, 얼마든지 덤벼라!"

"오늘 제대로 몸 좀 풀겠구나! 캬캬캬캬!"

그들은 마령곡의 무사들만 때려잡으면 물건을 차지할 수 있을 거라 생각한 듯했다.

어제 어떤 일이 있었는지 모르는 그들로선 어쩌면 당연한 생각이었다. 표국의 표사들 정도야 손가락 하나면 충분하다고 생각하고 있을 테니까.

그 와중에 마령곡의 무사들 십여 명이 표행을 둘러쌌다.

그들은 표행을 바로 공격하지 않았다.

귀살문에게 패배를 안겨준 자를 상대하기 위해 공사도가 직접 나왔는데, 그가 금포쌍괴와 싸우고 있으니 마령곡 무사들 입장에서는 함부로 덤벼들 수가 없었다.

상황이 묘하게 돌아가자 강후가 사도무영을 바라보았다.

"어떻게 할 생각인가? 저러다 정말 금포쌍괴가 마령곡을 물리치기라도 하면……."

"쉽게 이기지는 못할 겁니다. 설령 이긴다 해도 힘이 많이 빠져 있겠지요. 그리고 제가 한 말이 마음에 걸리시는 모양인데, 제 물건도 아닌 걸 어떻게 제가 마음대로 할 수 있겠습니까? 저는 분명히, 준다는 말은 하지 않았습니다만."

그건 그랬다. 한 번 생각해 보겠다고 했지, 준다는 말은 하지 않았다.

"지금 빠져나가면 어떻겠나?"

강후가 자신의 생각을 넌지시 말했다.

사도무영의 눈빛이 깊게 가라앉았다.

빠져나가는 거야 어렵지 않았다. 그런다고 해서 끝날 상황이 아니라는 게 문제일 뿐.

자신들이 도주하면 오히려 공사도와 금포쌍괴가 한꺼번에 표행을 공격할지도 몰랐다. 물건을 뺏어 놓고 자기들끼리 승부를 보면 더 간단한 일이니까.

그리고 더 큰 문제가 남아 있었다.

"저들은 어떻게 처리할 수 있을 것 같습니다만, 그 다음이 문젭니다."

"무슨 말인가?"

사도무영이 허공을 쳐다보며 말했다.

"어부지리를 줄 수는 없는 일이 아니겠습니까?"

이원적의 표정이 돌덩이처럼 굳어졌다.

"설마…… 진짜로 적이 더 있단 말인가?"

사도무영은 느릿하니 대답했다.

"아무래도…… 조용히 지나가기는 틀린 것 같습니다."

근처에 다가와 있던 여정환이 잔뜩 긴장한 목소리로 물었다.

"얼마나 강한 자들인가? 설마 저들보다 더 강한 자들은 아니겠지?"

상명승과 문인수영도 불안한 표정으로 돌아다보았다.

사도무영은 격전이 벌어지고 있는 곳을 보며 담담히 말했다.

"적어도 아래는 아닌 것 같은데, 다행히 저곳의 상황이 어느 정도 정리되기를 기다리는 것 같으니 우리도 조금 기다려 보지요."

금포쌍괴와 마령곡 무사들 간의 싸움은 갈수록 치열해지고 있었다.

무비괴는 공사도와 마령곡 무사 둘의 합공을 막아내며 막상막하의 격전을 벌이고 있고, 무이괴는 일곱 명의 미령곡 무사들 중 둘의 목을 부러뜨린 후 남은 자들을 무지막지하게 몰아붙이는 중이었다.

사도무영은 그들의 격전을 바라보며 눈을 좁혔다.

'표물이 뭔데 절정고수들이 몰려든단 말인가?'

자신의 생각이 틀리지 않다면, 표물은 절대 황금 백 냥짜리 구슬이 아니었다. 그렇게 믿는다는 것 자체가 우스운 일이었다.

문득 또 하나의 의문이 더해졌다.

'이상하군, 왜 그렇게 중요한 표물을 이원적에게 맡긴 거지?'

혹시 청운표국의 국주도 모르고 있었던 건 아닐까?

의문을 품은 그가 잠시 생각에 빠진 사이, 무이괴가 마령곡의 무사 두 사람을 더 쓰러뜨렸다.

네 사람이 쓰러지자 상황이 급격히 기울기 시작했다.

안되겠는지 공사도가 전력을 다한 공격을 펼치며 버럭 소리쳤다.

"모두 물러나!"

하지만 한 사람도 눕히지 못한 무비괴는 그들이 물러서는 걸 용납하지 않았다.

"어딜 도망가려고! 내 네놈들의 머리통을 잘라서 물고기 밥으로 던져주고 말테다!"

"이 빌어먹을 늙은이가! 정말 끝까지 해보자는 거냐?"

"네놈이 스스로 코를 자른다면 살려주마!"

"흥! 내 코가 잘리기 전에 늙은이의 귀가 먼저 잘릴 거다!"

악이 바친 공사도가 표행을 둘러싸고 있는 자들에게 소리쳤다.

"그곳은 놔두고 귀 없는 늙은이를 쳐라!"

표행을 둘러싸고 있던 자들이 무이괴를 향해 달려들었다.

방해자가 사라진 상황. 그럼에도 사도무영은 바로 움직이지 않았다.

이원적은 사도무영에게 모든 것을 맡겼다. 공사도나 금포쌍괴를 상대할 수 있는 사람은 사도무영뿐. 이미 상황은 자신의 손을 떠난 지 오래였다.

그렇게 반의 반각가량이 지나자 마령곡의 무사들 숫자가 반으로 줄었다.

공사도의 얼음장처럼 싸늘하던 표정이 썩은 호박마냥 일그러졌다.

"이 귀코도 없는 늙은이들이!"

하지만 이미 형세는 완전히 기울어 하늘이 금포쌍괴의 손을 들어주기 직전이었다.

그때였다. 표행의 뒤쪽으로 열한 명의 청의인들이 소리 없이 나타났다.

똑같은 복장에 똑같이 검을 등에 맨 자들. 제삼의 세력이 마침내 모습을 드러낸 것이다.

그들이 나타난 순간, 이원적과 강후 등 표사들은 표정이 납덩이처럼 굳어졌다.

청의검사들은 강해 보였다. 모두가 일류 이상의 고수들. 결코 그들이 상대할 수 있는 자들이 아니었다.

'쉽지 않겠는데?'

사도무영의 눈빛도 싸늘히 가라앉았다.

청의검사 개개인이 지닌 기운은 공사도나 금포쌍괴에 비해 아래처럼 느껴졌다. 그리 큰 차이는 나지 않는 것 같았지만.

문제는 그러한 자가 열 명이나 된다는 점이었다. 그들의 위험도는 공사도나 금포쌍괴에 비할 바가 아니었다.

거기다 청의인들의 수장으로 보이는 중년인은 공사도와 금포쌍괴보다 더 강한 고수였다.

몇 사람의 부상은 각오해야 할 것 같다. 죽는 자가 나올지도 모르고.

사도무영이 나름 상황을 판단하는 사이, 이원적이 중압감을 털어내기 위해 억지로 입을 열어 물었다.

"귀하들도 표물을 노리고 왔소?"

뒷짐을 지고 있던 청의중년인이 무표정한 얼굴로 대답했다.

"어차피 그대들 힘으로는 지킬 수 없으니 물건을 우리에게 넘기도록 해라. 그대들은 목숨을 구하고, 물건 역시 마도의 무리에게 넘기지 않아도 되니 그편이 서로에게 좋을 것 같은데, 어떤가?"

이원적이 이를 악물고 잇새로 말을 씹어뱉었다.

"위험에 처했다고 물건을 포기하는 표사를 본 적 있소?"

"그 물건이 그대들의 목숨보다 귀중하다는 말은 아니겠지?"

발끈한 이원적이 웃음을 터트렸다. 죽을 때 죽더라도 자존심은 지키고 싶었다.

"하하하! 내 비록 힘없는 일개 표국의 표사에 불과하지만, 무엇이 옳은지 정도는 알고 있소! 표사는 표물을 목숨보다 중요시 하는 법! 나 이원적, 죽을 때 죽더라도 청운표국의 표사로서 죽을 것이오!"

뭉쳐 있던 감정을 쏟아내고 나니 속이 시원했다. 이제는 죽더라도 후회 없을 것 같았다.

의외라 생각한 듯 청의중년인은 말없이 이원적을 바라보았다. 하지만 그도 잠시, 청의중년인은 조소를 지으며 턱을 치켜들었다.

"정녕 죽고 싶단 말인가? 그대뿐 아니라 모두 죽을 텐데?"

강후가 소리쳤다.

"우리를 모욕하지 마라! 우리 역시 그대들이 두렵지 않다!"

여정환과 상명승, 문인수영도 검을 움켜쥐고 청의중년인을 노려보았다.

청의중년인은 표사들의 도발적인 태도가 마음에 안 드는지 싸늘한 목소리로 말했다.

"정녕 죽고 싶다면 할 수 없지. 모두 죽이고 물건을 가져가는 수밖에."

청의중년인의 말이 떨어지기 무섭게 청의검사들이 움직였다.

"뒤로 물러나 있으시지요."

사도무영이 표사들을 물러서게 하고 앞으로 나섰다.

눈앞의 적들은 표사들이 상대할 수 있는 자들이 아니었다.
공연한 희생을 자초할 이유가 없었다.

대여섯 걸음을 옮긴 그가 청의중년인을 향해 말했다.

"모두 죽인다? 과연 그럴 수 있을까요? 나이도 적잖게 드신 분이 세상을 너무 쉽게 생각하는군요."

청의중년인은 손을 들어 수하들을 멈추게 하고 사도무영을 응시했다.

별다를 게 없어 보이는 청년이었다. 한데 알 수 없는 기이한 느낌이 스멀거리며 가슴 저 깊은 곳에서 피어올랐다.

"네놈은 누구냐?"

"저야 청운표국의 임시표사입니다만, 그러는 당신은 누구요?"

임시표사라는 말에 청의중년인의 눈빛이 풀어졌다.

'내가 너무 과민하게 반응한 것 같군.'

하찮은 자 때문에 긴장하다니.

툭 쏘아붙이는 말투에 그의 마음이 그대로 묻어나왔다.

"네놈은 알 것 없다."

사도무영이 입꼬리를 비틀며 상대의 신경을 건드렸다.

"훗, 곧 죽일 것처럼 말해 놓고 자신의 정체를 알려줄 배짱도 없단 말이오?"

청의중년인의 눈썹이 송충이처럼 꿈틀거렸다.

"하긴 곧 죽을 놈에게 말해주지 못할 것도 없지. 나는 사공진이라 한다."

 청의중년인 정도의 고수라면 이름이 알려져 있을 터. 강호 경험이 풍부한 이원적과 강후라면 알지 몰랐다.

 한데 뒤에서 아무런 말도 들려오지 않았다. 하다못해 놀란 기색이라도 느껴져야 하거늘.

 아무도 사공진이라는 이름을 모른다?

 사도무영은 그 자체가 의아했다. 다시 청의중년인, 사공진을 바라보는 그의 눈빛이 깊게 가라앉았다.

 "이상하군요. 귀하 정도면 강호에 제법 이름이 알려졌을 것 같은데."

 "허명 따위 아무리 알려진들 무슨 소용이 있겠느냐? 쓸데없는 이야기는 그만하고, 살고 싶다면 지금이라도 표물을 내놓도록 해라."

 "표두께서 내주고 싶은 마음이 눈곱만큼도 없는 것 같군요. 안 됐지만 그만 돌아가시죠."

 "어린놈이 너무 겁 없이 나대는군."

 "당신도 나만큼이나 강호를 모르는군요. 눈 돌리면 목이 달아나는 강호에서 나이를 따지다니."

 "건방진 놈! 정녕 죽고 싶어 안달이 났구나!"

 사공진의 입에서 노성이 터져 나오자, 멈춰 섰던 청의검사 중 하나가 앞으로 나섰다.

 "속하에게 맡겨주시지요."

그때였다. 청의검사들이 나타난 후부터 마음이 다급해진 금포쌍괴가 마령곡의 무사들을 놔두고 득달같이 달려왔다.

"어떤 놈이 우리 밥을 빼앗아 먹으려는 거냐?"

"네놈들도 우리 손에 죽고 싶은 모양이구나!"

이미 마령곡의 무사들 중 반 이상이 널브러진 상태. 공사도는 그들을 쫓아오지 않았다.

금포쌍괴만 해도 버거운데, 거기다 심상치 않은 내력을 지닌 청의인들까지 나타나자, 표물을 포기한 것 같았다.

사도무영은 날듯이 달려오는 금포쌍괴의 가슴에 바람을 불어넣었다.

"이자들이 여기에 있는 모두를 죽인다는군요. 아마 두 노선배님도 죽일 생각인 모양입니다."

마령곡 무사들을 물리치면서 한껏 기세가 오른 무이괴가 코웃음 쳤다.

"흥! 걱정 마라! 저딴 놈들에게 죽을 거였으면 이곳에 오지도 않았다!"

무비괴도 욕을 퍼부으며 사공진을 향해 달려들었다.

"이놈! 감히 우리를 죽이겠다고? 어디 누가 죽는가 보자!"

사공진은 일이 묘하게 꼬이자 눈살을 찌푸렸다.

격전으로 지친 줄 알고 나섰는데 아직 힘이 남아도는 모습이다.

물론 그렇다고 해서 일이 틀어졌다는 생각은 하지 않았다.

조금 귀찮은 일이 하나 더 생겼을 뿐.

"막아라!"

짤막한 명이 그의 입에서 떨어지자, 청의검사 넷이 나섰다. 일 대 일로는 밀린다 생각한 듯했다.

자존심이 상할 법한데도 상대를 정확히 분석하고 대응한다. 그들의 망설임 없는 행동에 사도무영의 눈빛이 싸늘하게 번뜩였다.

'대체 어느 문파의 사람들이지?'

마령곡에 이어 금포쌍괴가 나타나고, 이제 정체불명의 무사들까지 표물을 노리고 있다.

당장의 상황만으로 끝날 일이 아닌 것 같다. 저들의 정체를 알아야 다음의 위험에 대처할 수 있을 터. 사도무영은 청의인들을 세밀히 살피며 정체를 추론해 보았다.

마도의 무리로는 보이지 않는다. 그렇다고 정도문파의 무사들 같지도 않다.

흑도, 백도 아닌 자들.

사도무영은 그 점이 더 마음에 걸렸다.

그때 수하들에게 금포쌍괴를 맡긴 사공진이 사도무영을 향해 무표정한 얼굴로 말했다.

"이제 누구도 너희를 구할 수 없을 거다."

사도무영은 아무런 말도 하지 않고 도를 밀어 올렸다.

딸깍.

도를 밀어올린 그가 걸음을 옮기자, 청의검사 중 둘이 앞으로 나섰다.

"어린놈이 간덩이가 부었구나."

사도무영은 걸음을 멈추지 않았다.

"그대들이 누군지 정말 궁금하군."

"호기심이 많으면 오래 살지 못하는 법이지."

청의검사 중 하나가 검을 뽑으며 비릿한 조소를 지었다.

사도무영은 그를 향해 다가가며 도병을 움켜쥐었다.

표사들은 이미 칠팔 장 물러선 상태. 그는 단숨에 적의 기세를 꺾을 작정이었다.

"누가 오래 사는지 볼까?"

찰나였다.

시퍼런 도신이 태양에 반사되며 번쩍 하는가 싶더니, 한 줄기 번개가 청의검사를 향해 폭사되었다.

섬전도였다. 그러나 평범한 도법도 그의 손에서 펼쳐지자 그 어떤 절기 못잖은 강력한 위력을 발휘했다.

청의검사는 도광이 눈앞에서 번쩍이는 걸 보고 반사적으로 검을 휘둘렀다.

쾅!

도검이 부딪치며 굉음이 터져 나왔다.

"으윽!"

청의검사는 신음을 흘리며 와락 일그러진 얼굴로 주르륵 물러섰다.

 물러선 청의검사의 손이 가늘게 떨렸다.

 충격이 손목까지 마비시킨 상태. 그나마 수련을 충실히 한 덕에 검을 놓치지는 않았다.

 사도무영은 그를 놔둔 채 다른 자의 공격을 막았다.

 쩌저정!

 청의검사는 동료가 밀린 것을 보고도 흔들리지 않았다. 오히려 살기 가득한 검을 펼치며 사도무영을 압박했다.

 사도무영은 한 발 내딛고는, 청의검사의 검영 사이에 도를 밀어 넣고 열십자로 갈라 쳤다.

 떠덩!

 검영이 쫙 갈라지며 시퍼런 도기가 청의검사를 향해 밀려갔다. 청의검사는 눈앞을 가득 메운 도광을 보고는, 이를 악문 채 뒤로 물러서며 정신없이 검을 휘둘렀다.

 순간이었다. 사도무영의 도가 회오리처럼 휘돌면서 도기의 폭풍이 일었다.

 단번에 청의검사를 집어삼킬 것처럼!

 "조심해!"

 사공진이 대경해 소리치고는, 검을 뽑으며 신형을 날렸다.

 어이가 없었다.

 별 볼일 없어 보이는 놈이라 생각했다. 정예검사 둘이면 충분하고도 넘칠 거라 여겼다. 한데 일도도 제대로 받지 못하고 뒤로 밀리는 게 아닌가!

상대를 잘못 봤다는 생각에 분노가 하늘을 찔렀다.

처음부터 전력을 다했다면 충분히 상대할 수 있었을 것이거늘!

"모두 놈들을 쳐라!"

사도무영을 향해 내뻗은 그의 검에서 백광이 번쩍였다.

동시에 기회만 엿보고 있던 청의검사 넷이 표사들을 향해 움직였다.

사도무영은 청의검사의 어깨를 반쯤 베어내고는 도를 틀었다.

두 사람의 도검이 엉켜들면서, 청광과 백광이 독아를 드러낸 살모사처럼 서로를 향해 달려들었다.

쩌저저정!

잘 빗어진 항아리가 연달아 깨져나가는 소리와 함께 두 사람 주위로 도기 검기가 휘몰아쳤다.

기이한 것은, 두 사람의 도검이 한 치가량 떨어져 있는데도, 마치 정면으로 부딪친 것처럼 귀청을 울리는 쇳소리가 난다는 점이었다.

그만큼 서로 간의 도검에 서린 기운이 강하다는 말이기도 했다.

그러나 사도무영은 사공진의 무공을 접하고 의아한 생각이 들었다.

'섭장천보다 약해!'

사공진의 무위가 섭장천 정도는 될 거라 생각했다. 한데 자신이 짐작했던 것보다 약한 것이 아닌가.

자신이 판단을 잘못한 것일까?

좌우간 쓰러뜨리고 나면 알 일.

사도무영은 도를 비틀며 앞으로 내질렀다. 얼핏 보면 도법이 아니라 검법을 펼치는 듯했다.

한데 그 바람에 상황이 돌변했다.

뒤엉켰던 도기와 검기가 방향을 잃고 사방으로 흩어졌다. 그리고 한 줄기 뇌전과 같은 도광이 그 사이를 뚫고 사공진에게 밀려갔다.

도광에 휘말린 사공진의 옷자락이 갈가리 찢겨졌다.

기겁한 사공진은 얼굴을 일그러뜨리며 급급히 뒤로 물러났다.

사도무영은 한 번 잡은 기회를 놓치지 않았다.

칠성의 공력을 팔성까지 끌어올린 그는 일도양단의 기세로 도를 내리쳤다.

쩌적!

사공진은 다급히 검을 들어, 허공에서 떨어지는 뇌전을 막았다.

쾅!

"흡!"

뒤로 주르륵 물러선 사공진은 안간힘을 다해 몸을 멈추고 사도무영을 노려보았다.

하지만 사도무영은 그를 더 이상 공격하지 않고 뒤로 몸을 날렸다.

그가 사공진과 싸우는 사이, 남은 네 명의 청의검사가 표사들을 공격하고 있었다. 그들을 일 대 일로 상대할 수 있는 사람은 이원적과 강후뿐. 그나마도 오래 버틸 수 없을 것이었다.

사공진은 사도무영이 표사들 쪽으로 날아가자 악에 바친 듯 소리치며 뒤따라갔다.

"더는 감출 것 없다! 전력을 다해서 놈들을 처리하고 물건을 취하라!"

그 말이 떨어진 순간, 청의검사들의 검세가 돌변했다.

그들이 검을 휘두를 때마다 용음이 울리고, 전보다 훨씬 거센 검력이 표사들을 짓눌렀다.

힘을 합쳐 겨우 그들을 막던 표사들은 이를 악물고 청의검사들의 공세를 차단했다. 어떻게든 사도무영이 합류할 때까지는 버텨야했다.

그러나 검세가 변하기 전에도 막기 힘들었던 공세였다. 배는 강해진 청의검사들의 공격은 순식간에 상황을 절망으로 빠뜨렸다.

따당!

"헉!"

부러진 검을 쥔 여정환이 입을 쩍 벌리고는 비칠거리며 물러났다. 왼손으로 움켜쥔 그의 옆구리에서 붉은 핏물이 손가락 사이로 뭉클거리며 배어나온다. 청의검사의 검이 옆구리를 파고든 것 같았다.

상명승은 가슴이 핏물로 흥건하게 젖은 채 문인수영의 앞을 막고 비켜서지 않았다.

그나마 겨우 청의검사들을 상대하고 있던 이원적과 강후도 급급히 물러나기에 바빴다.

사도무영이 몸을 날리고, 청의검사들 머리 위에 당도한 짧은 순간, 일이 초 사이에 벌어진 일이었다.

사도무영은 그 잠깐 사이에 표사들이 부상을 입자 분노가 일었다.

사공진의 무위가 자신의 생각보다 약한 것이 조금 이상하긴 했다. 청의검사들도 마찬가지였고.

그래도 설마하니 이 상황에서 본 무공을 숨기고 있을 거라고는 생각지 못했다.

어쩌면 자신의 강호경험이 일천해서 벌어진 일일지도 몰랐다. 차라리 처음부터 망설이지 않고 죽였으면 되었을 것을. 적들의 정체를 알기 위해 손을 늦추었더니, 결국 그 피해가 고스란히 표사들에게 돌아오지 않았는가 말이다.

단숨에 청의검사들의 머리 위에 도착한 사도무영은 분노의 일갈을 내지르며 도를 내리쳤다.

"어디 모든 걸 털어놔 봐라!"

쏴아아아!

시퍼런 도영이 상명승과 문인수영을 공격하던 청의검사의 머리 위로 소나기처럼 쏟아졌다.

청의검사는 검을 틀어 사도무영의 공격을 막았다.

하지만 사도무영이 펼친 도세는 조금 전과 판이하게 달랐다.

도에 회천선기를 주입한 것이다.

쩌정!

"크억!"

격한 신음을 토해낸 청의검사가 뒤로 튕겨졌다.

사도무영은 땅에 내려서며 여정환을 공격하던 청의검사를 향해 왼손을 쥐었다 폈다.

영롱한 청광이 일직선으로 쭉 뻗었다. 회천지였다.

순간, 이 장 떨어진 곳에 있던 청의검사가 옆머리에 구멍이 난 채 팩, 고개를 꺾으며 쓰러졌다.

단숨에 둘을 무너뜨린 사도무영은 선풍류를 펼쳐 강후를 향해 날아갔다.

그야말로 눈 한 번 깜짝할 순간에 벌어진 일이었다.

강후를 공격하던 청의검사는 물론이고, 이원적을 공격하던 자도 지레 놀라 뒤로 황급히 물러섰다.

그사이 사공진이 날아들며 사도무영을 공격했다.

"오냐 이놈! 네놈이 얼마나 강한지 보자!"

내뻗는 그의 검에서 한 마리 백룡이 솟구치는 듯했다. 좀 전과는 확연히 다르게 강력한 위력이 담긴 검세였다.

사도무영은 차가운 눈으로 그를 바라보며 도를 쥔 손에 회천선기를 집중했다.

오래 싸워봐야 좋을 것이 없었다. 자신을 드러내는 한이 있어도 빨리 상황을 마무리 지어야 했다.

회천선기가 흘러들자 도에서 일던 청광이 더욱 짙어졌다.

사공진의 공세가 지척에 달한 순간, 사도무영의 도가 완만한 호선을 그리며 사공진의 공세를 휘어 감았다.

찰나 청광이 구름처럼 일며 백룡을 덮쳤다.

틀에 박힌 도법을 펼친 것이 아니었다. 상대의 공세에 따라 감각적으로 펼친 일도였다.

하지만 사공진의 입장에서는 안색이 해쓱하게 질릴 일이었다. 사도무영의 도세가 백룡을 짓누르며 거침없이 밀려드는 것이다.

콰르르릉!

두 기운이 뒤엉키자 뇌음이 일었다.

백룡이 처절한 몸부림을 치며 뒤로 밀릴수록 사공진의 안색도 하얗게 변했다.

단 서너 번의 접전으로 혈맥이 뒤틀린 사공진은 이를 악물고 주르륵, 뒤로 물러났다.

"크으윽!"

사도무영은 추호도 망설이지 않고 사공진을 향해 쇄도했다.

거의 동시에, 옆에서 머뭇거리던 두 청의검사가 사도무영을 향해 달려들었다.

"여기도 있다!"

사도무영은 사공진을 쫓던 걸음을 멈추고, 도를 틀어 두 청의검사를 향해 휘둘렀다.

대기를 길게 가른 도광이, 뻗어오는 두 자루 검을 연이어 후려쳤다.

땅! 쩌정!

검날이 부러지며 두 청의검사의 몸뚱이가 사정없이 튕겨졌다.

그 덕분에 오 장가량 물러나서 몸을 추스른 사공진은 아연한 표정으로 사도무영을 바라보았다.

"대체 네놈은…… 누구냐?"

사도무영은 사공진을 더 이상 공격하지 않았다.

부상을 입긴 했지만 아직 청의검사가 셋이나 남아 있었다. 사공진을 이삼 초 안에 죽이지 못하면 표사들이 죽을지 몰랐다.

그리고 그보다 더 중요한 건, 자신이 결정적인 뭔가를 알아냈다는 것이었다.

도를 내린 그는 사공진을 무심한 눈으로 바라보며 물었다.

"당신들이 펼친 검. 내가 잘못 안 게 아니라면 용검회(龍劍會)의 검 같은데, 안 그렇습니까?"

사공진의 눈빛이 잘게 떨리고, 표정이 서서히 일그러졌다.

고통 때문이 아니었다. 표물을 강탈하는 일인 만큼 철저히 신분을 숨기고 진행한 일이었다. 한데 사도무영의 말 한 마디로 모든 것이 틀어져 버린 것이다.

용검회라는 말에 충격을 받은 것은 그만이 아니었다.

청의검사를 몰아붙이던 금포쌍괴도 화들짝 놀라서 뒤로 물러났다.

맙소사! 용검회라니!

그들이 아무리 강호에서 이름 좀 날린다 해도, 밀천십지의 하나이자 천하검문을 쥐고 흔드는 용검회와 싸울 수는 없는 일이었다. 평생을 쫓기며 살 것이 아니라면.

"무슨 말이냐? 용검회라니?"

"그게 정말이냐? 정말 저놈들이 용검회 놈들이란 말이냐?"

무비괴와 무이괴가 앞 다투어 물었다.

사도무영은 그들의 말에 대꾸하지 않고 사공진의 대답을 기다렸다.

열세 살 때인가? 서고에서 낡은 책을 읽은 적이 있었다.

거기에는 전설처럼 전해지는 밀천십지에 대한 것이 적혀 있었는데, 아버지도 그걸 보고 제법 정확하게 쓰여 있다고 했었다. 천화문에 대천화가 절전되었다는 말까지 있었으니까.

지금에 와서는 구천신교의 위치가 적혀 있지 않은 것이 조금 불만이긴 했지만.

그런데 오늘, 그 책에 적혀 있는 특징을 그대로 드러낸 검을 본 것이다. 검에 관한한 고금제일을 다툰다는 용검회의 무공을.

사공진은 바로 대답하지 않고 불길이 이는 눈으로 사도무영을 노려보았다.

그사이, 살아남은 청의검사들이 사공진 주위로 몰려들었다. 셋이 죽고, 나머지도 모두 부상을 입은 상태였다.

사공진은 어이없는 상황에 머리가 텅 빈 기분이었다.

청룡검사를 세 명이나 잃고도 물건은 구경조차 못했다. 구 할 이상의 성공 확률을 가지고 진행한 일이 이토록 참담하게 실패하다니.

물건을 가져오기만 기다리고 있는 가주님을 무슨 낯으로 본단 말인가!

그 모든 게 앞에 있는 젊은 놈 탓만 같다.

그는 사도무영을 노려보며 분노를 짓씹어 뱉었다.

"본회는 원한을 결코 잊지 않는다. 그 상대가 누구든. 오늘부터 너는 편한 잠을 잘 수 없을 것이다."

사도무영의 입가에 냉소가 떠올랐다.

"원한이라 했습니까? 웃기는군요. 적반하장도 유분수지, 도적질을 하러 온 자가 할 말은 아닌 것 같습니다만."

사공진은 검을 움켜쥐고 이를 악물었다. 분노가 치밀지만 사도무영의 말이 옳으니 마땅하게 대꾸할 말이 없었다.

 그를 향해 사도무영이 무심한 어조로 말했다.

 "오늘 일은 없던 일로 하죠. 그게 서로를 위해서도 좋을 것 같은데 말입니다."

 귀찮게 이러쿵저러쿵 할 것 없이, 다 죽여 버리는 게 더 나을지도 몰랐다. 하지만 지금은 참아야 할 때였다. 상대가 용검회의 사람인 것을 안 이상은.

 언젠가는 자신에 대한 것이 알려질 터, 천보장이 위험에 처할지 모르는 것이다. 용검회는 충분히 그럴 능력이 있었다.

 생각지도 못한 제안.

 이를 악물고 있던 사공진이 발끈해 소리쳤다.

 "네놈이 지금 나와 장난하자는 거냐! 동고동락한 수하들이 셋이나 죽었는데, 없던 일로 하자고? 그럼 수하들이 살아 돌아온단 말이더냐?"

 "용검회가 수십 년 동안 강호활동을 자제하더니, 강호가 어떤 곳인지조차 잊은 모양이군요."

 "뭐라?"

 "강호에서 살아간다는 것은 칼날 위를 걷는 것과 같다고 들었습니다. 실력이 없으면 언제 죽을지 모르는 곳이 바로 강호란 말이지요. 귀하의 수하는 실력이 없어서 죽었을 뿐, 그 이상도 이하도 아닙니다. 만약 내가 약했다면, 나와 나의 동료들이 죽었겠지요."

 너무나 냉정한 말이었다. 그러나 강호란 곳이 그랬다.

 사공진도 사도무영의 말뜻을 모르지 않았다. 그렇다고 해서 순순히 굽히기에는 자존심이 상했다.

 "흥! 네놈이 우리를 이겼다고 자신만만하나 본데, 아직 끝난 것이 아니다. 물건은 포기하더라도, 최소한 네놈에 대한 원한만큼은 끝까지 마무리 지을 테니까."

 "얼마든지. 단, 나와의 일은 나와 해결하기 바랍니다. 다른 사람의 목숨을 위협해서 나를 압박하려는 치졸한 계책 따위는 쓰지 말고 말입니다. 설마 수백 년 전통을 이어온 용검회가 이름에 먹칠하는 짓을 하지는 않겠지요?"

 조롱한다 생각했는지, 사공진의 이마에 핏대가 솟았다.

 이 자리에서 죽더라도 한바탕 싸우고 죽어?

 한순간 그런 생각이 들었다. 그러나 헛된 죽음은 회에 죄를 두 번 짓는 셈이었다.

 그는 분노를 꾹 참고 이를 갈며 말했다.

 "걱정 마라! 네놈 따위를 상대하는데 무슨 계책을 쓴단 말이더냐!"

 더 이야기 나눌 시간이 없다. 당장 손을 쓰지 않으면 표사들의 부상이 더욱 악화될지도 모른다.

 사도무영은 사공진이 분노하든 말든 담담하게 축객령을 내렸다.

"그럼 됐습니다. 몸도 안 좋으신 거 같은데, 그만 가보시죠."

끝까지 신경을 박박 긁는 말투.

'이 자식이……!'

사공진은 사도무영을 잡아먹을 것처럼 쳐다보았다. 하지만 사도무영의 말대로 몸이 너무 안 좋았다. 일 각 안에 운기를 하지 않으면 몇 달은 족히 요양을 해야 할지도 몰랐다.

휙, 신경질 부리듯 몸을 돌린 그가 수하들을 향해 소리쳤다.

"시신을 챙겨라!"


사공진이 청룡검사들과 격전장을 떠나자, 멀리서 상황을 주시하던 공사도와 마령곡의 무사들도 모습을 감추었다.

용검회가 떠났으니 사도무영이 자신들을 칠지 모른다 여긴 듯했다.

상황이 그런데도 눈치가 없는 것인지, 아니면 뭘 바라는 것인지 금포쌍괴는 떠나지 않았다.

사도무영은 금포쌍괴를 나둔 채 표사들로 하여금 몸을 돌보게 했다.

이원적과 강후, 문인수영은 내상만 좀 입었을 뿐, 외상은 그리 심하지 않았다. 그러나 여정환과 상명승은 심각한 부상을 입은 상태였다.

사도무영은 여정환의 상처를 손보고 있는 강후에게 다가갔다.

 여정환의 옷은 온통 피로 얼룩져 있었다. 옆구리와 어깨의 상처가 제법 컸는데, 특히 옆구리는 지혈을 해도 쉽게 피가 멈추지 않았다.

 그나마 상명승은 문인수영과 함께 적을 상대해서 여정환보다 덜했다. 가슴 옷자락이 길게 갈라져 있긴 했지만, 깊게 베이지는 않은 듯했다.

 "어떻습니까?"

 사도무영이 묻자, 강후가 굳은 표정으로 말했다.

 "다행히 내장은 괜찮은 거 같은데, 피를 너무 쏟아서 문제네. 옆구리는 지혈도 안 되고. 지금이라도 지혈만 되면 어떻게 해보겠는데 말이야."

 "제가 한 번 해보죠."

 강후는 두 말 않고 자리를 비켜주었다.

 사도무영은 누워 있는 여정환의 옆에 앉으며 강후에게 말했다.

 "운기를 해서 내상을 가라앉히십시오. 놔두면 오래 갈지 모릅니다."

 "알겠네."

 사도무영은 강후가 가부좌를 틀고 앉자, 여정환의 옆구리에 오른손을 갖다 댔다. 그리고 회천선기를 끌어올려, 상처 부위 근처의 혈관을 완전히 통제했다.

그것은 단순히 혈도를 눌러 지혈하는 것보다 훨씬 효과적이었다. 공력이 약하면 할 수가 없는 일이긴 하지만.

곧 피가 멈추는가 싶더니, 반각가량이 지난 후로는 손을 떼어도 피가 나오지 않았다.

사도무영이 손을 떼자 기다렸다는 듯 이원적이 뭔가를 내밀었다.

"금창약이네. 덧날지 모르니 상처에 뿌리게나."

사도무영은 여정환의 상처에 금창약을 골고루 뿌리고, 옷자락을 찢어 상처를 싸맸다.

그렇게 어깨까지 마저 손본 사도무영은 자리에서 일어나 상명승 쪽을 바라보았다.

상명승의 상처는 문인수영이 돌보고 있었다.

상명승이 가슴에 상처를 입은 것은 문인수영을 지키기 위해서였다. 문인수영도 모르지 않았다.

그래서 그런지, 그녀의 표정은 전처럼 싸늘하지 않았다.

"바보같이……. 함께 손을 쓰면 몇 초 정도는 막을 수 있는데 왜 혼자 나서?"

상명승에게 툭 쏘듯이 던지는 말에서도 약간 온기가 느껴졌다.

상명승은 다치고도 기분이 좋은지 히죽거리며 웃기만 했다.

사도무영은 조용히 웃으며 몸을 돌렸다. 그리고 심각한 표정으로 이야기를 나누고 있는 금포쌍괴를 향해 걸어갔다.

흠칫한 금포쌍괴는 잔뜩 경계하는 눈빛으로 사도무영을 바라보았다.
두 사람의 이 장 앞에서 걸음을 멈춘 사도무영이 물었다.
"아직 볼 일이 남았습니까?"
무비괴가 힐끔 무이괴를 돌아다보았다. 무이괴는 '네가 말해.' 하는 표정으로 고갯짓을 했다.
별수 없이 무비괴가 목에 힘을 주고 말했다.
"약속을 지켜라. 마령곡 놈들을 물리쳐 주면 물건을 준다고 했잖아."
준다고 한 적은 없다. 그럼에도 사도무영은 말을 돌려서 물었다. 잘하면 표물에 대한 걸 알아낼 수 있을지도 몰랐다.
"어떤 물건 말입니까?"
아니나 다를까, 잠시 망설이던 무비괴가 한 자 한 자 힘을 주어 나직이 말했다.
"옥, 룡, 주!"
순간 사도무영의 두 눈에서 기광이 반짝였다.
'옥룡주(玉龍珠)'라는 이름은 그도 들어본 적이 있었다.
옥룡주란, 아홉 마리의 용이 살아있는 것처럼 정교하게 새겨진 지름 두 치의 벽옥구슬에 붙은 이름이었다.
옥룡주를 만든 사람은 육백 년 전 천하제일인을 다투던 비룡신군(飛龍神君) 하후군천. 그는 옥룡주의 아홉 마리 용에, 그가 평생 동안 익힌 옥룡신공을 담았다고 했다.

'마령곡과 용검회가 왜 표물을 뺏으려 했는지 알 것 같군.'

그들이나 금포쌍괴는 표물을 옥룡주라 생각한 것 같았다.

이들이 왜 몰려들었는지 이해가 갔다. 정말 표물이 옥룡주라면 강호인들이 눈을 뒤집어 까고 달려들 보물이 아닐 수 없는 것이다.

하지만 사도무영이 아는 한, 이원적에게는 옥룡주가 없었다. 그것은 단정이라고 해도 좋았다.

'어디서부터 일이 꼬였는지 몰라도 고약하게 되었군.'

옥룡주에 대한 소문이 돌았다면, 아직 일이 완전히 끝난 것이 아니었다.

그는 일단 무비괴에게 사실대로 말했다. 믿고 안 믿고는 알아서 할 일이었다.

"우리는 옥룡주를 가지고 있지 않습니다. 어디에 있는지도 모르죠."

무비괴의 구멍만 남은 코에 주름이 졌다.

'이 자식이 어디서 씨알도 안 먹힐 거짓말을 해!'

마음 같아서는 앞에 있는 반반한 놈을 땅바닥에 패대기쳐놓고, 가슴에 발을 얹은 다음 진지하게 묻고 싶었다.

하지만 달려들었다가는 자신들이 패대기쳐질지 모르니 참아야 했다.

'씨벌, 한 십 년만 젊었어도……'

그는 세월을 야속해하며, 표정도 부드럽게, 목소리 역시 최대한 나직이 깔아서 사도무영의 기분이 상하지 않게 물었다.

"가지고 있는 사람이 모른다니, 그게 말이 되나?"

사도무영은 고개를 돌려 이원적에게 물었다.

"이 표두님, 표두님이 옥룡주라는 걸 가지고 계십니까?"

이원적은 경악한 표정을 짓고 있었다. 옥룡주가 무엇을 뜻하는지 알기 때문이었다.

'표물이 옥룡주라고?'

말도 안 되는 소리! 국주가 제정신이 아니고서야 그렇게 귀한 것을 달랑 표사 몇 명에게 맡긴다는 것 자체가 어불성설이었다.

"내가 가지고 있는 것은 천구사의 부처 이마에 끼울 구슬이지 옥룡주가 아니네."

사도무영이 다시 고개를 돌리고 금포쌍괴에게 말했다.

"들으셨습니까? 아니라는군요."

무비괴는 사도무영과 이원적을 번갈아 쳐다보았다. 그러고는 못 믿겠다는 투로 말했다.

"어디 표물을 보여줘 봐라. 그 전에는 믿을 수 없다."

표물은 봉인이 되어 있다. 봉인을 뜯는 순간 표국의 신뢰는 땅에 떨어질 터.

이원적은 이를 지그시 악물고 고개를 저었다. 그 일만큼은 사도무영이 요구해도 들어줄 수가 없었다.

"죄송하지만 그럴 수는 없습니다. 봉인이 된 상태로 천구사에 전해주지 않으면 위약금을 물어야 합니다."

무이괴가 이때라는 듯 이원적을 다그쳤다.

"흥, 물건을 보지 않고는 네 말을 믿을 수 없다."

사도무영이 손가락으로 도병을 툭 때리고는 두 사람을 응시했다.

"그럼 어떻게 하겠다는 겁니까? 싸워서 뺏기라도 하겠단 말입니까? 하긴 그것도 나쁘지 않군요."

금포쌍괴는 움찔하며 뒤로 한 걸음 물러섰다.

"약속을 지키지 않겠단 말이냐?"

"약속을 지키지 않는 놈은 남자새끼도 아니다. 물건을 떼버려야 해!"

"약속? 무슨 약속 말입니까? 저는 표물을 주겠다고 한 적이 없습니다만."

"네, 네가 우리 제의를 생각해 보겠다고······."

무이괴가 말하다 말고 고개를 갸웃거렸다. 뭔가가 이상했다.

그는 뒤늦게 농락당했다는 걸 알고 버럭 소리를 질렀다. 지존심이 있지, 이대로 당할 수만은 없는 일이 아닌가.

"네놈이 우리를 가지고 놀았구나!"

"말을 끝까지 듣지 않고 움직인 것은 노선배들 아닙니까?"

"그, 그거야 네가 당연히 준다는 줄 알고······."

"그러게 말이란 끝까지 들어봐야 하는 거지요. 좌우간······

믿든 믿지 않던, 옥룡주가 우리에게 없는 것만큼은 분명합니다. 주고 싶어도 줄 게 없다는 말이지요."

아무리 봐도 거짓말 같지가 않다. 자신들보다 강한 놈이 거짓말할 이유도 없고.

그렇게 생각한 무비괴는 무이괴를 바라보았다.

"어떻게 된 거지? 우리가 듣기로는 분명 옥룡주라고 했는데."

"그 새끼들이 헛소리한 거 아냐?"

우연히 마령곡 놈들이 은밀하게 움직이는 것을 보고는, 심심하던 차에 그들의 뒤를 쫓았다. 그리고 옥룡주에 대한 이야기를 들었다. 해서 잔뜩 기대하며 쫓아왔는데 아무래도 허탕만 친 것 같다.

아니 허탕만 친 게 아니라, 마령곡과 용검회라는 거대한 세력을 적으로 만들고 말았다.

"쓰벌, 완전히 통 밟았군."

"제기랄! 용검회가 언제 강호에 나온 거야?"

"그 자식들, 설마 우리 잡으러 다니지는 않겠지?"

무비괴가 불안한 표정으로 물었다. 무이괴도 걱정이 되는지 어깨를 축 늘어뜨렸다.

"마령곡 놈들이야 별 걱정 없는데, 용검회가 문제군."

어깨가 축 처진 두 사람에게 사도무영이 한 가지 제안을 했다.

"이렇게 하면 어떻겠습니까?"

## 1.

표행은 밤이 되어서야 형주에 도착했다.

객잔에서 하루를 보낸 그들은 다음 날 날이 밝자마자 출발 준비를 서둘렀다.

다음 목적지인 의창까지는 이백오십 리. 하루면 충분히 도착할 수 있는 거리였다. 그래도 혹시 모르는 일. 그들은 비상상황을 대비해 건량과 약재를 충분히 준비했다.

준비가 다 끝난 표행은 결연한 표정으로 객잔을 나섰다.

인원은 사도무영과 이원적, 강후, 금포쌍괴까지 모두 다섯 명이었다. 여정환과 상명승은 부상 때문에, 문인수영은 그들을 위해 형주에 남겨두기로 했다.

금포쌍괴가 일행이 된 것은 사도무영의 제안 때문이었다.

"천구사에 도착하면 표물을 볼 수 있게 해드리겠습니다. 정말 표물이 옥룡주라면, 제 이름을 걸고 노선배들께 옥룡주를 살펴볼 수 있는 기회를 드리죠. 단, 그곳에 도착할 때까지는 표물을 지킬 수 있도록 도와주셔야 합니다. 그럼 저도 마령곡과 용검회가 노선배님들을 핍박하면 함께 나서서 싸우겠습니다."

금포쌍괴는 오래 생각하지 않았다. 이러나저러나 그들에게는 나쁘지 않은 제안이었다. 게다가 따로 할 일도 없었다.

그들은 사도무영의 제안을 순순히 응낙하고 천구사에 도착할 때까지 청운표국의 임시표사가 되기로 했다. 보수로 은자 다섯 냥씩 받기로 하고.

이원적도 반대하지 않았다.

조금 괴팍한 성격이긴 해도 사악한 자들은 아니었다. 오히려 마도 무리들과 자주 마찰을 빚어 마도 쪽에서 골칫거리로 생각하는 사람들이었다. 십여 년 전 엉뚱한 일로 정천맹과 척을 지는 바람에 정파에서 싫어하는 것일 뿐.

그런 두 사람을 임시표사로 고용하는데 왜 반대한단 말인가.

그는 그들의 보수로 일인당 열 냥을 생각했다. 하지만 사도무영이 전음으로 다섯 냥만 주라고 해서 그냥 그렇게 하기로 했다. 대신 선불로 주었다. 약속을 물리지 못하게 하려고.

금포쌍괴는, 그러잖아도 돈이 거의 다 떨어졌는데 은자가 열 냥이나 생겼다며 좋아했다.

사도무영은 그런 두 사람을 보고 참 순진한 사람들이라는 생각이 들었다.

'사부님 수발이나 들게 할까?'

사부님이라면 이 두 사람을 적당히 다스릴 수 있을 것 같았다.

순진한(?) 사람들을 꼬드겨서 평생 망혼진인의 수발이나 들게 하려고 하다니!

어떻게 보면 그가 금포쌍괴보다 더 사악했다.

## 2.

의창에 도착한 것은 신시 무렵이었다. 그곳에 이를 때까지 더 이상의 공격은 없었다.

그렇다고 해서 노리는 자들이 없는 것은 아니었다.

사도무영은 표행의 뒤를 따르고 있는 자들이 제법 많다는 것을 알고 있었지만 모른 척했다.

어차피 곧 모습을 드러낼 수밖에 없을 테니까.

일행은 간단히 식사를 마치고, 장강을 건너기 위해 선창가로 갔다.

 전날은 부상자와 격전의 피로 때문에 어쩔 수 없이 형주에서 쉬었지만, 지금은 그럴 수가 없었다. 의창에서 하루를 머물면 얼마나 많은 자들이 몰려들지 몰랐다.

 사도무영은 도선(渡船)을 기다리는 틈을 이용해 이원적에게 자신이 품은 의문을 말했다.

 제법 큰 소리로. 누구든 귀가 뚫려 있으면 들으라는 듯.

 "왜 우리에게 옥룡주가 있다는 소문이 돌았다고 보십니까?"

 "누가 헛소문을 퍼트린 것이 아니겠나?"

 "헛소문이라, 과연 그럴까요?"

 "당연하지 않은가? 헛소문이 아니면 우리가 정말 옥룡주를 갖고 있단 말이 되지 않겠나?"

 "어쩌면 우리에게는 없을지 몰라도, 옥룡주가 나타난 것은 사실일지도 모르죠."

 "그게 무슨 말인가?"

 "소문의 반은 진실일지도 모른다는 말입니다."

 이원적은 물론이고, 강후와 금포쌍괴도 사도무영의 입만 쳐다보았다.

 "자네 말은, 옥룡주가 나타나긴 나타났는데 우리에게 있는 걸로 잘못 알려졌다, 이 말인가?"

 "그렇습니다. 그리고 그 역시 누군가에 의해 의도된 일이 아닌가 하는 생각입니다."

"누군가가 의도한 일이라고?"

"그게 아니라면 어떻게 며칠 만에 그런 소문이 쫙 퍼져서 사람들이 몰려들 수 있겠습니까?"

"그런 자가 있다 셈 치세. 그들이 그런 소문을 퍼뜨려서 무슨 이득이 있겠나? 우리와 원수를 진 사이가 아닌 다음에야……"

"그들이 진짜 옥룡주를 가지고 있다면, 이야기가 달라지죠."

강후가 참지 못하고 입을 열었다.

"그자들이 진짜 옥룡주를 보호하기 위해서, 소문을 퍼트려 우리를 이용했단 말인가?"

이원적이 이해할 수 없다는 표정으로 말했다.

"굳이 소문을 낼 필요가 있겠나? 입을 다물고 있는 게 더 안전할 텐데 말이야."

사도무영은 천천히 고개를 가로젓고 자신의 생각을 말했다.

"이미 옥룡주에 대한 것이 알려져 있다면, 입을 다물고 있어봐야 소용없는 일이 아니겠습니까?"

"그, 그럼……?"

"그들은 소문을 낸 후, 사람들의 시선이 우리에게 집중된 틈을 타 옥룡주를 안전하게 이동시켰을 겁니다. 아니면 지금도 이동 중이든지."

이원적은 반박할 수가 없었다. 사도무영의 말이 사실이라면 문제가 심각했다.

"설마…… 이 일에 본 표국이 관여되어 있다고 생각하는 건 아니겠지?"

정확하게는 국주가 관여되어 있다고 생각하냐는 질문이다. 국주가 관여되지 않고는 벌어질 수 없는 일이라 생각한 것이다.

사도무영의 생각은 이원적과 조금 달랐다.

그가 미리 알았다면 이 일을 맡았을까? 자칫하면 표국이 무너질지도 모르는데?

하지만 자신의 생각을 밖으로 표출하지는 않았다. 아직 확실한 것은 아무 것도 없었다.

"두고 보면 알겠지요."

말을 맺은 사도무영의 눈빛이 심해의 어둠처럼 가라앉았다.

자신과 이원적의 대화를 들은 자들이 있을 터. 판단은 그들이 알아서 할 일이었다.

## 3.

배가 도착하자, 표행은 선미 쪽 양민들이 뭉쳐 있는 곳에 자리를 잡았다.

그들이 탄 직후 무사들이 하나 둘 배에 올랐다. 정확히 스물두 명이었는데 모두 세 부류였다.

무사들은 배에 오른 후 서로 못 본 척하며 딴전을 피웠다.

배 안에 무사들이 반을 넘고 묘한 긴장감이 흐르자, 양민들은 불안한 표정으로 눈치만 봤다.

'어리석은 자들. 욕심에 눈이 멀어서 진실여부를 알아볼 생각도 않고 달려왔겠지.'

그리고 자신의 말을 들었다면 혼란을 겪고 있을 것이었다.

사도무영은 자연스럽게 행동하며 그들을 살펴보았다.

강후와 이원적보다 약한 자는 몇 없었다. 오히려 세 명 정도는 금포쌍괴도 무시할 수 없는 실력을 지닌 것처럼 보였다.

『누군지 아시겠습니까?』

사도무영이 이원적에게 전음으로 물었다.

이원적은 자신이 아는 대로 대답해 주었다.

『오른쪽에 있는 자들은 수월산장의 무사들 같네.』

그들은 갈의무복을 입고 있었는데 모두 아홉 명이었다.

수월산장(水月山莊)은 의창 북쪽 백오십 리 떨어진 곳에 있는 문파로 대문파라 하기에는 규모가 작았다. 그러나 호북을 대표하는 대문파인 무당이나 제갈세가, 마령곡도 그들을 무시하지 못했다. 수월산장의 주인이 바로, 중원십검 중의 일인인 고월신검(孤月神劍) 구양명이기 때문이었다.

『그리고 왼쪽에 있는 자들은 아무래도 제갈세가의 무사들 같네.』

백의를 입은 무사 일곱 명이 고요한 신색을 유지한 채 모여 있었다. 그들이 오대세가 중 하나인 제갈세가의 무사들이라는 말에 사도무영도 놀라지 않을 수 없었다.

'결국 정천맹조차 나섰단 말이군.'

정천맹 전체가 나서지는 않은 듯했다. 하지만 제갈세가가 나섰다는 것만으로도 정천맹이 끼어든 것이나 마찬가지였다.

하긴 옥룡주가 진짜든 가짜든, 소문을 들었다면 나서지 않을 수 없었을 것이었다.

『한데 저쪽에 있는 자들은 잘 모르겠군.』

이원적의 이마에 주름이 졌다.

그가 모르겠다고 말한 자들은 모두 여섯 명이었다. 그들은 복장도 다르고, 나이도 제각각이고, 지닌 무기도 달랐다. 어느 것 하나 공통점이 없는 자들. 그럼에도 그들을 한 무리로 본 것은 한 곳에 모여 있기 때문이었다.

사도무영은 제갈세가의 무사들보다 그들이 더 신경 쓰였다.

금포쌍괴도 무시할 수 없는 고수 셋 중 둘이 그들 속에 있다는 것도 이유였지만, 그보다는 그들에게서 느껴지는 기이한 기운 때문이었다.

'용검회는 아직 움직이지 않았나 보군.'

그들이 포기할 거라고는 생각지 않았다. 진흙탕에 처박힌 자존심을 되찾기 위해서라도 그들은 자신을 찾아올 것이 분명했다. 같은 배에 타고 있지 않는 것일 뿐.

배가 건너편에 도착할 때까지 별다른 일은 벌어지지 않았다.

표행은 배에서 내리자마자 곧장 서쪽으로 길을 잡았다.

그들을 노리고 배에 탄 자들은 약간의 거리를 둔 채 그들의 뒤를 따랐다.

기묘한 동행이었다. 언제 서로의 목에 검을 들이댈지 모르는 동행.

하지만 그러한 동행도 오래가지 못했다.

석양이 서산으로 곤두박질치기 시작한다.

사도무영은 밤을 새며 걷고 싶은 생각이 없었다. 물론 적을 등에 둔 채 쉬고 싶지도 않았고.

배에서 내린 후 십 리쯤 가자 마침 적당한 공터가 나왔다.

급경사를 이룬 거산이 양쪽으로 길게 뻗은 계곡 사이로 길이 나있다. 이곳에서 추적을 떨치면 당분간은 누군가의 추적을 신경 쓰지 않아도 될 것 같다.

마음을 정한 사도무영은 일행을 멈춰 세웠다.

"여기서 대충 정리하고 가쥬."

이원적도, 강후도 잔뜩 긴장한 채 이제나저제나 적의 공격을 기다리고 있던 터다. 불안해하며 계속 꼬리를 달고 가느니 그렇게 하는 게 속편했다. 금포쌍괴야 오히려 눈빛을 반짝이며 신났다는 표정이고.

휘이잉.

강한 바람이 그늘진 산비탈을 쓸고 지나가자 음산한 울음소리가 울렸다.

표행은 공터 한가운데 서서 사람들이 나타나기를 기다렸다.

얼마 되지 않아, 뒤따라오던 자들이 하나 둘 모습을 드러냈다.

그들 역시 서로를 견제하며 누군가가 먼저 나서주기를 바라던 차였다. 무엇 때문인지 몰라도, 금포쌍괴가 표행에 끼어 있었다. 먼저 표물을 얻으려다가는 어부지리만 줄지 몰랐다.

한데 마침 표행 쪽에서 먼저 멍석을 깔아 주자, 그들로선 망설일 이유가 없었다.

"일단 물건부터 확인했으면 싶은데, 어떻소?"

수월산장의 무사들 중에서 한 사람이 나서며 물었다. 그러자 제갈세가의 사람들 중 백의를 입은 마흔 전후의 중년인이 입가에 웃음을 띠우고 말했다.

"저기 있는 소협의 말에 의하면, 표물이 옥룡주가 아니라 했는데, 그렇다면 자신 있게 내보일 수 있겠구려."

아직 정체가 확실하게 밝혀지지 않은 여섯 사람은 아무런 말도 하지 않았다. 돌아가는 상황을 보고 나서겠다는 생각인 듯했다.

이원적이 제갈세가의 백의인을 향해 말했다.

"정파의 대표적인 문파인 제갈세가에서 표물을 강탈하기라도 하겠단 말씀이오?"

"강탈? 말을 함부로 하시는구려. 내가 언제 표물을 달라고 했소? 그저 확인을 하고 싶다는 것이지. 만일 그게 정말 옥룡주라면 사마도의 무리에게 빼앗기면 큰일이잖소?"

겉으로는 절대 욕심이 없다는 듯 말했다. 그러나 탐욕의 눈빛만큼은 완전히 감추지 못했다.

"그럼 표물이 무사히 도착할 때까지 보호해주기라도 하겠다는 거요?"

"우리도 그러고 싶지만, 아쉽게도 그럴 시간이 없소이다."

"그럼 어떻게 하겠다는 거요?"

"그게 정말 옥룡주라면 일단 본가로 갑시다. 본가라면 옥룡주를 충분히 보호할 수 있으니까. 그런 다음에 표물의 주인 될 사람을 불러서 건네주면, 최소한 당신들끼리 길을 가다가 강탈당하는 것보다는 낫지 않겠소?"

말은 그럴 듯했다. 그러나 다른 사람들의 귀에는 털도 안 뽑고 삼키겠다는 말로밖에 들리지 않았다.

"귀하의 뜻을 정식으로 거절하겠소. 그러니 그만 물러가시오."

이원적이 단호하게 거절했다.

하지만 백의인은 포기하지 않았다.

"뭐 그거야 나중에 상의하면 될 일이고, 일단은 표물이 정말로 옥룡주인지, 그거부터 확인해봅시다."

"표물은 봉인이 되어 있어 보여줄 수 없소."

사도무영이 이원적의 말에 몇 마디 덧붙였다. 조소를 띤 채.

"아직도 표물을 옥룡주라고 믿고 있는 사람이 있다니, 어이가 없군요. 정말 옥룡주라면 일개 표국의 일반표사들에게 맡겼겠습니까?"

수월산장에서 나선 자, 성월당주 동우기가 발끈해서 소리쳤다.

"그러니 물건을 확인하자는 게 아니더냐!"

백의인, 제갈세가의 은현당주 제갈호가 동우기의 말에 동조했다.

"말로만 아니라고 하며 누가 믿겠나? 상황이 상황인 만큼, 봉인을 뜯어도 인수자 측에서 이해할 거라 생각하네만."

그들은 아직 사도무영에 대해 알지 못했다. 하긴 용검회나 마령곡이 자신들의 패배를 동네방네 떠들고 다녔다면 몰라도, 그럴 리가 없으니 알지 못한 것도 어쩌면 당연한 일이었다.

어쨌거나 그들의 말이 이원적에게는 답답하기만 했다.

"그건 당신들이 표국의 생리를 몰라서 하는 소리요. 차라리 힘이 없어 빼앗긴 거라면 어쩔 수 없는 경우이니 배상을 하고 끝나지만, 봉인을 뜯는 것은 스스로 표물을 포기했다는 말이나 같아서 표국의 존립 자체가 위협을 받소이다."

제갈호가 그깟 일 정도는 문제가 안 된다는 투로 말했다.

"나는 제갈호라 하오. 본가가 그 일을 책임지면 어떻겠소?"

제갈세가가 책임을 진다?

그럼 괜찮을지도 몰랐다. 제갈세가라는 이름에는 그만한 힘이 있으니까.

솔직히 이원적도 할 수만 있다면 봉인을 뜯고 모두에게 보여주고 싶었다.

봐! 아니잖아!

그렇게 큰소리도 치고 싶고.

이원적의 눈이 사도무영을 향했다.

"어떻게 생각하는가?"

사도무영이 생각해도, 제갈세가가 모든 책임을 진다면 봉인을 뜯어도 괜찮을 것처럼 생각되었다.

표물이 옥룡주가 아니라는 것만 알려지면 모든 일이 다 끝난다. 더 이상 누군가가 쫓아오지도 않을 것이고, 자신 역시 청성으로 가는 길이 지체되지 않을 것이다.

"표물에 대한 일은 표두님이 알아서 할 일입니다. 단, 신중히 판단하셔서 결정하셔야 할 겁니다. 나중에 말이 달라지면 곤란해질지 모르니까요."

"책임진다는 서약서라도 받으면 되지 않겠나?"

"그거 괜찮은 생각이군요."

그때였다. 무비괴가 눈을 크게 뜨고 소리쳤다.

"우리가 말할 때는 안 보여주고, 왜 저놈들은 보여주려는 거냐!"

"두 분은 제갈세가가 아니잖습니까?"

천유검(天儒劍) 제갈신운을 만나다 201

무이괴도 지지 않고 펄쩍 뛰었다.

"우리도 책임지면 되잖아! 증서? 까짓 거, 우리도 써줄 수 있어!"

"설마 두 분의 이름이 제갈세가라는 이름만큼 가치가 있다고 생각하시는 건 아니겠지요?"

"그, 그건……."

무비괴와 무이괴가 서로 눈치를 보며 말을 흐렸다.

사도무영이 그들의 마음을 조금 풀어주었다.

"조금만 기다리십시오. 제가 전에 말한 대로, 표물이 정말로 옥룡주라면, 두 분에게 살펴볼 수 있는 기회를 드리지요. 됐습니까?"

금포쌍괴의 표정이 활짝 풀렸다.

"뭐 그렇다면야……."

무이괴는 얼버무리며 히죽 웃고, 무비괴는 조금 더 강하게 약속을 강조했다.

"정말이지? 약속 어기면 넌 남자새끼도 아닌 거다?"

"목에 칼이 들어와도 약속은 지킵니다."

한데 한 사람이 나서서 그들의 약속이행을 방해했다.

"그건 허락할 수 없다."

입을 연 자는 조용히 서 있던 여섯 사람 중 쉰 살가량의 초로인이었다. 금포쌍괴만큼이나 강하게 보이는 자들 중 하나.

그는 키가 작았는데, 깡마른 얼굴이 고집깨나 있을 것 같았다.

그러나 고집이라면 사도무영도 누구 못지않았다.

"귀하의 허락은 필요 없습니다."

금포쌍괴와 약속을 하는데 그의 허락이 왜 필요하단 말인가.

금포쌍괴도 그와 같은 생각이었다.

"넌 빠져!"

"상관도 없는 놈이 왜 나서서 지랄이야?"

초로인은 싸늘한 눈으로 사도무영과 금포쌍괴를 쳐다보았다.

"금포쌍괴를 믿고 주둥이를 놀리나 본데, 저 두 늙은이는 결코 네 목숨을 지켜주지 못한다."

"그건 걱정 마시죠. 제 목숨은 제가 알아서 지키니까. 그보다는 귀하의 목숨이나 잘 간수하시지요. 표물이 정말 옥룡주면, 저분들이 순순히 넘겨주지 않을 것 같으니까 말입니다."

초로인의 눈빛이 새파랗게 빛났다.

그는 일단 사도무영의 목을 먼저 비틀어 놓고 표물을 보고 싶었다. 뭔가 찜찜한 기분만 아니었다면 그렇게 했을 것이었다. 한데 정체를 알 수 없는 이상한 느낌이 그의 손을 막았다.

"흥, 저들이 우리를 막을 수 있다고 보느냐?"

"그렇게 말씀하시면, 저분들이 섭섭하게 생각하실 텐데요?"

사실이 그랬다. 제갈세가와 수월산장의 사람들은 초로인의 말에 기분이 상해 있었다.

하지만 초로인은 그들의 기분 상태를 알아줄 마음이 없었다. 어차피 옥룡주는 하나 뿐. 힘 있는 놈의 차지가 될 테니까.

"네놈이 아직 뭘 모르는구나. 저들은 결코 우리를……."

그때 그의 옆에 있던 갈의를 입은 초로인이 눈치 빠르게 사도무영의 의도를 깨닫고 그를 막았다.

"석 형, 그만 하고 일단 표물부터 보도록 하세."

그는 한 발 물러서지 않을 수 없었다. 오늘 일의 수장은 갈의인이었다. 그가 속한 곳에서 수장의 말은 절대적이었다.

그래도 물러서기 전에 마지막으로 전음을 보내 사도무영을 압박했다.

『네놈의 목은 반드시 내가 따주마.』

갈의인 역시 차가운 눈빛으로 사도무영을 바라보았다.

'여우같은 놈이군. 말 몇 마디로 이간질을 시키려고 하다니. 하마터면 말려들 뻔했어.'

하지만 사도무영은 그들을 더 이상 상대하지 않고 제갈호를 향해 고개를 돌렸다.

'아깝군. 조금만 더 밀어붙였으면 한바탕 싸우게 만들 수 있었는데…….'

그래도 성과가 전혀 없는 것은 아니었다. 제갈세가와 수월산장의 무사들이 적대적인 눈빛으로 초로인들을 쳐다보고 있지 않은가.

'나이만 먹었지 강호의 경험은 전혀 없는 사람 같군. 그래선 강호에서 오래 살기 힘들지.'

기이한 것은, 저들에게서 느껴지는 기운이 완전히 낯선 것만은 아니라는 것이었다.

'두고 보면 알겠지. 어차피 순순히 물러날 자들은 아닌 것 같으니까.'

그는 일단 초로인과 그의 일행에 대해 의문을 묻어두고 제갈호에게 물었다.

"쓸데없는 일로 시간만 보냈군요. 어떻습니까? 표두님께서 서약서를 바라시는데, 써주실 수 있겠습니까?"

한편, 제갈호는 곤혹스런 마음이었다.

이곳까지 오면서, 표행을 추적하는 자들에 대해선 한 번도 걱정하지 않았다.

자신들이 누군가? 대 제갈세가의 사람들이 아닌가?

초로인을 비롯한 여섯 사람이 제법 강하게 보였지만, 그 역시 제갈세가라는 이름 앞에선 어쩔 수 없을 거라 생각했다.

한데 제갈세가라는 이름을 조금도 두려워하지 않는 것처럼 보이는 것이 아닌가.

'어디서 나온 자들이지?'

왠지 무거운 기분이 가슴을 짓눌렀다. 상대가 누군지도 모른다는 것. 그것은 결코 작은 문제가 아니었다.

그리고 또 하나, 표행을 이루는 구성원들의 태도도 괴상했다.

 표행의 대표는 이원적이 분명했다. 그런데 왜 말단 표사 같은 놈에게 의견을 묻는단 말인가? 게다가 금포쌍괴나 초로인을 말로 밀어붙이는 저놈의 똥배짱은 또 뭐고?

 아무리 생각해도 정상적인 표행이 아니다.

 '하긴 표행에 금포쌍괴 같은 괴물들이 섞여 있다는 것 자체부터 정상이라고 볼 순 없지.'

 제갈호는 숨을 길게 들이쉬어 지끈거리는 머리를 식혔다. 그리고 최대한 담담한 목소리로 사도무영의 질문에 대답했다.

 "문방사우가 없으니 당장 서약서를 써주기는 힘들 것 같군. 하지만 내 세가의 이름을 걸고 약속하겠네."

 "귀하의 이름으로는 제갈세가를 대표하기에 부족한 거 같은데요. 그런데 저분은 뉘십니까?"

 사도무영은 마뜩치 않다는 표정을 지으며 제갈세가의 무리 중 안쪽에 있는 사람을 턱짓으로 가리켰다.

 그가 가리킨 곳에는 백의를 입고 등에 한 자루 검을 멘 사십대 중후반의 중년인이 서 있었다.

 각진 얼굴에 텁수룩한 수염, 호랑이처럼 부리부리한 눈인데도 깊어 보이는 눈빛. 언뜻 봐선 제갈세가의 사람답지 않은 강인함이 엿보이는 자였는데, 그가 바로 제갈세가의 무리 중 유일하게 금포쌍괴보다 강한 기운을 지닌 자였다.

 사도무영이 그를 가리키자 제갈호의 이마에 골이 깊게 파였다.

하지만 제갈호가 고민할 것도 없이 그자가 직접 나섰다.

"젊은 친구가 꽤나 재미있군. 자네가 누군지 말해줄 수 있 겠나?"

"사영이라 합니다. 청운표국의 임시표사죠."

"나는 제갈신운이라 하네."

순간 여기저기서 경악성이 튀어나왔다.

"헛!"

"천유검(天儒劍) 제갈신운?"

"맙소사! 천유검이 어떻게 여기에……!"

수월산장 사람들은 물론이고, 이원적과 강후 역시 경악을 금치 못했다.

제갈세가 제일고수. 십 년 전 최연소의 나이로 정천맹의 장로가 된 자. 중원십검 중 하나. 정천맹 차대 맹주 후보 중 한 사람. 천유검 제갈신운이라는 이름은 사람들을 경악시키기에 충분했다.

그러나 조금 전 사도무영과 말다툼을 벌였던 초로인과 그들의 일행은, 의외라는 표정을 지을 뿐 그다지 놀란 표정이 아니었다.

사도무영 역시 이미 상대의 강함을 알고 있었기에 의외라 생각할 뿐이었다. 그래도 말은 상당히 놀란 것처럼 했다.

"놀랍군요. 천하의 천유검이 이곳에 나타날 줄은 미처 몰랐습니다."

"어쩨 비웃는 것처럼 들리는군."

사실이 그랬다. 천유검 같은 고수가 뭐 얻어먹을 게 있다고 확인도 않고 보물을 쫓아다닌단 말인가?

"제가 어떻게 천하의 천유검을 비웃을 수 있겠습니까?"

어감이 묘하다.

제갈신운은 사도무영의 말뜻을 짐작하고 쓴웃음을 지었다.

"호 아우가 말한 대로 강탈할 생각은 없으니 그리 말할 것 없네. 좌우간 내 이름이 본가를 대표할 자격이 될지 모르겠군."

'강탈이나, 표행을 통째로 데려가려는 것이나 그게 그거지.'

사도무영은 입꼬리를 비틀고는, 이원적을 쳐다보았다.

"괜찮겠습니까? 당장 서약서가 없어도 자신의 말을 되돌릴 분은 아닌 것 같습니다만."

이원적은 이를 지그시 악물고 고개를 끄덕였다.

어떻게 생각하면, 천유검의 이름이 서약서보다 더 확실할지도 몰랐다.

"좋네. 그럼 봉인을 풀지."

마침내 표물의 진위를 가릴 때가 되었다. 사람들의 시선이 집중된 가운데 사도무영이 말했다.

"대표자 두 분씩만 나오시고, 나머지 분들은 십여 장 정도 떨어져 계십시오."

 굳이 세 무리의 의견은 물어보지도 않았다. 물어볼 것도 없었다. 싫은 사람은 보지 않으면 되니까.

 수월산장에선 동우기와 장로인 전지홍이, 정체불명의 여섯 사람 중에선 '석 형'이라 불린 초로인과 갈의인이, 제갈세가에선 제갈신운과 제갈호가 나섰다.

 그들은 바로 불만을 표하지 않았다.

 그들 역시 많은 사람이 가까이 뭉쳐 있어봐야 좋을 게 없다는 걸 모르지 않았다. 그렇다고 해서 기분이 좋은 것은 절대로 아니었다.

 '건방진 놈이 완전 제멋대로군.'

 '정말 여우같은 놈이군.'

 '젊은 놈이 보통 잔머리가 아냐.'

 그들은 사도무영을 속으로 씹으며 앞으로 나왔다.

 사도무영은 남은 사람들을 향해 손을 저었다.

 "자, 나머지 분들은 십여 장 밖으로 물러나십시오."

 그러고는 앞으로 나온 여섯 사람을 삼 장 앞에 멈춰 세웠다.

 "봉사가 아닌 다음에야 그 정도면 충분히 볼 수 있을 겁니다. 만일 앞으로 튀어나오는 분이 있으면, 모두의 적이 될 거라는 점을 명심해 주시기 바랍니다."

 여섯 사람의 얼굴이 조금씩 일그러졌다. 하지만 누구도 더 이상 앞으로 나오지 못했다.

말 몇 마디로 여섯 사람이 서로를 견제하도록 만든 사도무영은 무비괴로 하여금 여섯 사람 앞에 선을 긋게 했다.

무비괴는 나뭇가지를 주워 선을 죽 그었다.

"이 선 앞으로 나오면 죽을 줄 알아!"

'석 형'이라 불린 초로인의 얼굴이 벌게졌다.

놀림을 당하는 거 같아 분통이 터졌다. 그렇다고 해서 참지 않을 수도 없었다. 앞으로 나가면 공격을 받을지 모르니까.

'저 여우같은 놈 때문에……. 두고 봐라, 이놈! 내 무슨 일이 있어도 네놈만큼은 절대 그냥 보내지 않을 거다!'

약간의 차이만 있을 뿐 다른 사람들도 비슷한 생각을 했다.

사도무영은 여섯 사람이 어떤 생각을 하든 상관하지 않고, 이원적에게 말했다.

"꺼내시죠."

이원적은 심호흡을 한 번 하고 품속에서 표물이 든 주머니를 꺼냈다. 그리고 주머니를 열고 안에 든 함을 꺼내 모두가 볼 수 있도록 손 위에 올려놓았다.

육각형의 함은 손바닥만 했다.

사람들의 시선이 집중된 가운데, 이원적이 봉인을 뜯었다.

꿀꺽.

누군가가 침을 삼켰다. 무비괴였다. 코가 없어서 그런지 유난히 소리가 크게 들렸다.

툭.

이원적은 함의 고리를 잡아당기고, 뚜껑을 천천히 열었다.

숨을 멈춘 채 함을 바라보던 사람들이 한숨을 쉬었다.

표물이 모습을 보일 거라 생각했는데, 안에 든 물건이 파란 천으로 덮여 있었던 것이다.

사람들은 칼날 같은 눈빛으로 이원적을 재촉했다.

빨리 벗겨! 속 터지게 하지 말고!

모두가 그런 눈빛이었다. 제갈신운조차 예외가 아니었다.

이원적은 떨리는 손으로 파란 천을 천천히 잡아당겼다.

천에 가려졌던 물건이 서서히 보이기 시작하는가 싶더니, 곧 둥근 물체가 만인 앞에 모습을 드러냈다.

순간, 동우기가 참지 못하고 소리쳤다.

"오, 옥룡주!"

동시에 금포쌍괴가 앞으로 나서며 사람들의 앞을 막았다.

"나오지 마!"

"누구든 나오는 놈은 가만 안 둔다!"

그사이 함 속에 있던 표물이 완전히 모습을 드러냈다.

"아!"

누군가의 탄성이 터져 나왔다. 그리고 곧 팽팽한 긴장감이 맴돌았다.

모습을 드러낸 표물은 둥근 벽옥이었다. 그리고 그 벽옥에는 용이 새겨져 있었다.

옥룡주!

그랬다. 소문으로만 들었던 옥룡주의 모습 그대로였다.

뜻밖의 상황에 사도무영은 어이가 없었다.

'뭐야? 진짜 옥룡주였단 말이야?'

절대 아닐 거라 생각했는데, 이게 어찌된 일이란 말인가!

하지만 놀라고 있을 정신이 없었다.

"물러서! 물러서란 말이야!"

"안 물러서! 정말 죽을래!"

금포쌍괴가 미친 듯이 소리치며 막고 있지만, 여섯 사람은 이미 금을 넘어선 뒤였다.

뿐만 아니라 십여 장 밖에 물러나 있던 무사들도 서서히 가운데를 향해 다가오고 있었다.

"잠깐 기다리십시오!"

사도무영이 소리치며 앞으로 나섰다.

순간 웅혼한 기운이 확 퍼지며 다가서는 자들의 앞을 막았다.

여섯 사람은 걸음을 멈추고 사도무영을 쳐다보았다.

옥룡주를 노리는 무리는 셋이나 되었다. 이제 적은 표행만이 아니라 자신들을 제외한 나머지도 모두 적이나 마찬가지였다.

표행은 어차피 포위된 상태. 먼저 나서면 두 곳의 합공을 받기 십상인 상황. 서두를 필요가 없었다.

하지만 그들은 옥룡주에 정신이 팔려서, 자신들의 앞을 사도무영이 어떻게 막았는지 생각하지 못했다.

"애석하게도 자네의 말과 달리, 표물이 옥룡주라는 게 사실로 드러났네. 이제 어떻게 할 건가?"

여섯 사람 중 제갈신운이 제일 먼저 입을 열었다.

사도무영은 이원적을 바라보았다.

이원적은 망연자실해서 안색이 새파랗게 질려 있었다. 그 역시 표물이 옥룡주라고는 눈곱만큼도 생각지 않은 듯했다.

"이 표두님, 그걸 제게 주시지요."

어차피 자신의 힘으로는 지킬 수 없는 물건.

이원적은 모든 것을 포기한 듯 허탈한 표정으로 사도무영에게 함을 넘겼다.

"이제부터는 자네가 알아서 하게나."

지켜주었으면 했다. 그러나 차마 그 말을 하지는 못했다.

스물두 명의 적 중엔 천유검 제갈신운마저 있는 상황이다. 이들을 뚫고 표물을 보호한다는 것은 불가능에 가까웠다.

그나마 목숨이라도 보전한다면 다행이었다.

함을 건네받은 사도무영은 강후와 이원적을 뒤로 물러서게 했다.

"뒤로 멀찌감치 물러나 계십시오."

옥룡주가 자신에게 있는 이상, 욕심에 눈먼 자들은 두 사람이 어디로 가든 관심도 없을 것이었다.

강후와 이원적은 망설이지 않고 뒤로 물러났다. 뒤로 물러서는 마음이 편치는 않았지만 하는 수 없었다. 그것이 사도무영을 도와주는 길이라는 걸 용검회와의 싸움에서 경험해보지 않았던가.
 강후가 입술을 잘근잘근 씹으며 나직이 속삭였다.
 "조심하시게."
 사도무영은 슬쩍 고개를 한 번 끄덕이고는, 이 장 앞까지 다가온 여섯 사람을 둘러보았다.
 "진짜 옥룡주면 금포쌍괴 노선배들에게 먼저 보여주겠다고 했지요. 그러니 잠시만 기다려주십시오."
 석 형이라 불린 초로인, 석장추가 사도무영의 말에 코웃음쳤다.
 "흥! 그럴 수 없다면?"
 "조금도 기다릴 수 없단 말입니까?"
 "웃기는 놈이군! 우리가 왜 저 늙은이들이 다 볼 때까지 기다려야 한단 말이냐?"
 "제가 약속했으니까요."
 "약속은 네놈이 했지 우리가 한 것이 아니다. 그러니 우리는 네놈 말대로 기다려줄 이유가 없다."
 "더 앞으로 나온다면 후회하게 될 겁니다."
 "후회! 오냐, 이놈! 어디 후회하게 만들어 봐라!"
 발끈한 석장추는 노성을 내지르고 사도무영을 향해 걸음을 옮겼다.

"멈춰!"

무비괴가 그의 앞을 막으며 손을 휘둘렀다.

석장추 역시 두 손을 내뻗어 무비괴의 공격을 막았다.

순식간에 두 사람의 손이 교차하며 허공이 손그림자로 가득 찼다.

그때였다. 동우기가 소리 없이 신형을 날렸다.

"저 자식이!"

깜짝 놀란 무이괴가 그를 막으려 하자, 수월산장의 장로인 전지홍이 무이괴를 향해 달려들었다.

"어딜 가려고!"

나머지 세 사람은 그 상황을 지켜보기만 했다. 설령 동우기가 옥룡주를 취한다 해도 빠져나가지 못할 거라 생각한 듯했다.

하지만 상황은 그들의 예상과 조금 다르게 흘렀다.

빠져나가는 것은 고사하고, 옥룡주에 손가락도 대지 못한 것이다.

쾅!

"크억!"

단말마와 함께 동우기의 몸이 튕겨지고, 사도무영 역시 뒤로 이 장가량 물러났다.

무이괴와 싸우고 있던 전지홍이 그걸 보고는 버럭 소리치며 신형을 날렸다.

"네놈이 어디서!"

사도무영은 여전히 옥룡주가 든 함을 든 채 비어있는 우수로 도를 잡아 뽑았다. 순간, 도광이 허공을 사선으로 갈랐다.

쉬이익!

땅!

단발의 맑은 쇳소리가 울리고, 전지홍이 옆으로 주르륵 밀려났다.

바로 그 순간, 한쪽에서 기회만 엿보던 갈의인이 스윽 한 걸음 내딛으며 손을 뻗었다.

기이한 흡입력이 사도무영의 손 위에 놓인 함을 끌어당겼다.

그러나 함은 꿈쩍도 하지 않았다.

의외라 생각한 듯 갈의인은 사도무영을 노려보며 공력을 더욱 강하게 끌어올렸다.

무이괴가 버럭 욕을 퍼부으며 갈의인에게 달려들었다.

"저 얍삽한 자식이!"

난생 처음 들어보는 얍삽하다는 욕에 갈의인의 얼굴이 붉게 달아올랐다.

그는 끌려오지도 않는 함은 놔둔 채 무이괴를 향해 손을 틀었다.

"미친 늙은이! 죽고 싶다면 죽여주마!"

"오냐, 이놈! 어디 누가 죽는가 보자!"

무비괴는 석장추, 무이괴는 갈의인과 뒤엉켰다.

 수월산장에 이어 정체불명의 고수들마저 움직인 상황. 하지만 제갈신운은 움직이지 않고 사도무영을 주시했다.

 옥룡주에 눈이 멀어 사람들이 미처 깨닫지 못하고 있는 사실이 있었다.

 동우기와 전지홍은 결코 약한 자들이 아니다. 그러한 자들이 청년과 일수 일검을 나누고 형편없이 뒤로 밀렸다. 너무도 단순한 수법에.

 청년도 이 장가량 물러나긴 했지만, 힘에 밀린 것이 아니라 공간 확보를 위한 행동인 듯했다.

 제갈신운은 사도무영의 무위가 예상했던 것보다 훨씬 강하다는 것을 알고 표정이 굳어졌다.

 "형님……."

 제갈호가 조바심이 났는지 그가 나서주기를 재촉했다.

 제갈신운은 고개를 저었다.

 "조금 더 두고 보자."

 그때였다.

 사도무영이 함속에 든 옥룡주를 잠시 쳐다보더니, 엄지와 검지로 옥룡주를 잡고 꺼내들었다.

 마음이 급해진 제갈호가 소리쳤다.

 "죽고 싶지 않다면 옥룡주를 내놓아라!"

 그와 동시였다. 사오 장 근처까지 다가온 정체불명의 무리

네 사람이 일제히 사도무영을 향해 몸을 날렸다.

그들뿐이 아니었다. 수월산장의 무사들도 함께 달려들었다.

"이런!"

몸이 달아오른 제갈호가 검을 뽑아들고 달려 나가려 하자 제갈신운이 말렸다.

"잠깐 기다려라."

"형님?"

제갈호가 고개를 돌려 도무지 알 수 없다는 표정을 지을 때였다.

사도무영을 향해 달려들던 자들이 뒤엉키는가 싶더니, 상대를 향해 칼부림을 했다. 그들은 옥룡주를 노리고 온 자들일 뿐, 한편이 아니었다. 상대가 줄어들수록 자신들이 옥룡주를 얻을 기회가 많아질 터였다.

"네놈들에게는 과분한 물건이다! 물러서라!"

"흥! 보물이란 취하는 자가 주인일 뿐이다!"

도검이 난무하며 순식간에 세 사람이 쓰러졌다. 모두가 수월산장의 무사들이었다. 숫자는 배 가까이 많았지만, 개개인의 실력 차는 어쩔 수가 없었다.

단숨에 수월산장의 무사 셋을 쓰러뜨린 네 사람 중 둘은 수월산장의 무사들을 막고, 둘은 사도무영을 공격했다.

한 사람은 검을, 한 사람은 두 자루 단창을 주무기로 썼다.

사도무영은 코앞까지 다가온 그들을 보며 도를 들어 올렸다.

 용검회의 청룡검사들보다 강한 자들이었다. 하지만 그 정도로는 사도무영을 곤란케 하지 못했다.

 사도무영의 손에 들린 도가 좌우로 흔들린 순간, 시퍼런 도광이 번뜩이며 두 사람을 덮쳤다.

 눈앞에 가득한 도영이 벌 떼처럼 달려든다.

 달려들었던 두 사람의 얼굴이 한순간에 일그러졌다.

 쩌정! 따다당!

 병장기의 충돌음이 연이어 울리고, 정신없이 물러서는 두 사람의 입에서 가슴을 쥐어짠 것 같은 신음이 흘러나왔다.

 "크으윽!"

 "흐으읍."

 지금까지는 물러서는 자들을 그냥 놔둔 사도무영이다. 하지만 두 사람에 대해서만큼은 추호도 인정을 두지 않았다.

 번쩍!

 도광이 번쩍였다 싶은 순간, 두 사람의 몸에서 피분수가 뿜어졌다.

 그들이 당할 거라고는 생각지도 못한 듯, 수월산장의 무사들을 막고 있던 두 사람이 노성을 내지르며 달려들었다.

 "종영!"

 "죽여 버리겠다!"

 사도무영은 차가운 눈으로 그들을 보며 도를 휘둘렀다.

인정사정없는 살도가 단숨에 두 사람을 집어삼키는가 싶더니, 단 삼 초만에 그들의 목과 가슴을 쩍 갈랐다.

"끄억!"

"컥!"

두 사람은 억눌린 비명을 내지르며, 솟구치는 피분수와 함께 그 자리에서 무너져 내렸다.

단숨에 네 사람을 제거한 사도무영은 고개를 돌려 금포쌍괴 쪽을 바라보았다.

짐작했던 대로 금포쌍괴가 미세하나마 밀리고 있었다.

"잠시 물러나시죠. 그들에게 물어볼 것이 있습니다."

힘겹게 두 사람을 상대하던 금포쌍괴로선 반가운 이야기였다.

석장추와 갈의인 역시 금포쌍괴와 더 싸울 마음이 없었다.

네 명의 교도가 죽었다. 분노가 끓어올랐다. 한데 마침 옥룡주를 지닌 놈이 자신들에게 물어볼 게 있다고 한다.

두 사람은 금포쌍괴가 눈치를 보자 손을 멈추었다.

그들의 마음이야 어쨌든, 금포쌍괴는 자신들이 봐주었다는 투로 말하며 뒤로 물러났다.

"자식들, 운이 좋군!"

"조금만 더 몰아붙였으면 쓰러뜨릴 수 있었는데, 제기랄."

그들의 너스레에도 사도무영은 웃지 않았다.

오히려 싸늘하게 가라앉은 눈에서 한광이 흘러나왔다.

그때 속도 모르고 제갈호가 소리쳤다.

"옥룡주를 그들에게 주겠다는 건 아니겠지?"

정체불명의 무리 중 넷이 죽었다. 수월산장의 무사들 역시 반으로 줄어들었고.

반면 자신들은 단 한 명의 피해도 입지 않았다.

이제 시간이 문제일 뿐 옥룡주는 자신들의 차지나 다름없었다. 두 초로인과 젊은 놈이 제법 강하긴 하지만, 자신들에게는 천유검이 있지 않은가.

'형님 말대로 참고 기다리길 잘한 것 같군.'

제갈호는 기가 살아서 턱을 치켜들었다.

"옥룡주를 우리에게 넘겨라. 그럼 그대들도 안전해질 것이고, 보물도 마도의 무리에게 넘어가지 않을 것이다."

제갈신운은 제갈호의 말에 쓴웃음이 절로 나왔다.

제갈호는 상대를 너무나 모른다. 조금 전에 네 사람이 죽는 모습을 직접 봤으면서도, 상대의 나이가 어리다는 것에 눈이 가려져 있다.

결국 그가 나서는 수밖에 없었다. 마침 그도 의문점이 있었다.

사도무영이 옥룡주를 아무렇게나 다룬다. 싸구려 구슬을 가지고 놀듯이. 그 모습이 이상하게 보이는 것이다.

"옥룡주에 문제라도 있는가?"

사도무영은 옥룡주를 허공으로 들어 올렸다.

사람들의 시선이 사도무영의 손으로 쏠렸다.

"저는 옥룡주를 처음 봤습니다. 그런데…… 조금 이상한 면이 있더군요."

그가 옥룡주를 금포쌍괴에게 던졌다. 너무나 갑작스런 일이어서 누구 하나 막지 못했다.

무비괴가 엉겁결에 옥룡주를 받아들고, 멍한 표정으로 사도무영을 쳐다보았다. 사도무영이 담담하게 말했다.

"두 분 노선배님이 한 번 살펴보시죠."

무비괴와 무이괴는 손안에 놓인 구슬을 뚫어지게 바라보았다.

그렇게 원하던 옥룡주가 손안에 들어왔는데도 별다른 감흥이 일지 않았다. 희한했다. 당연히 기뻐서 펄쩍 펄쩍 뛰어야 하거늘.

"무슨 짓이냐!"

석장추가 눈을 부라렸다. 제갈호도 검병을 잡고는 당장 튀어나갈 것처럼 어깨를 움츠렸다.

사도무영은 그들의 반응을 신경 쓰지 않고 석장추와 갈의인을 향해 걸음을 옮겼다. 두 사람의 이 장 앞에 멈춰 선 그가 나직이 입을 열었다.

"당신들이 어디서 온 자들인지 아주 궁금했습니다. 그런데 조금 전, 저들의 공격을 받고 나서야 알았지요. 당신들이 어디서 온 사람들인지."

싸늘한 눈으로 사도무영을 바라보던 석장추와 갈의인의 표정이 서서히 굳어졌다.

사도무영의 입가에 가느다란 조소가 그어졌다.

"하긴 용검회도 보물에 대한 유혹을 이기지 못하고 모습을 드러냈는데, 당신들이라고 해서 욕심을 부리지 못할 이유가 없지요."

용검회가 나타났다고?

사람들의 표정이 급변했다.

용검회는 대정천과 비교될 정도로 거대한 세력이었다. 오십 년 전에 활동을 멈춘 그들이 나타났다는 것은 그 자체만으로도 보통 일이 아니었다.

제갈신운이 확인하듯이 물었다.

"그게 사실이냐?"

"믿든 말든, 그것은 귀하들이 알아서 생각하십시오. 지금 이 자리에 있지도 않은 사람들 때문에 시간을 끌고 싶지는 않으니까요."

제갈신우의 이마에 골이 파였다. 사도무영을 괜찮게 봤는데, 너무 오만하다는 생각이 든 것이다.

'아직 젊어서 그런가? 자신의 실력을 너무 믿는군.'

그러나 그는 사도무영을 질책하지 못했다. 아니 질책할 마음의 여유가 없었다. 사도무영의 질문이 그의 입을 막아버린 것이다.

"두 분은…… 구천신교에서 나오신 분이지요?"

석장추가 흠칫하며 반문했다.

"그걸 네놈이 어떻게……?"

"석 형!"

갈의인이 급히 그의 입을 막으려 했지만, 이미 입 밖으로 뱉어진 후였다.

제갈신운은 찌푸린 이마를 펼 새도 없이 눈을 부릅떴다.

'구천신교라고?'

사도무영은 분노가 목구멍까지 차올랐지만, 꾹 누르고 무심한 목소리로 질문을 이어갔다.

"어느 종파의 분이신지 모르겠군요."

일자로 입을 다문 석장추의 전신에서 무거운 기운이 흘러나왔다. 금포쌍괴와 싸울 때보다 훨씬 더 묵직하게 느껴지는 기운이었다.

갈의인은 더 이상 자신을 숨기려 하지 않았다.

"정말 알 수 없군. 네놈이 어떻게 우리에 대해 그리 자세히 아는 것이냐?"

'어떻게 아냐고?'

사도무영은 바로 대답하지 않고, 눈을 들어 저물어가는 석양을 바라보았다.

시뻘건 숯불처럼 타오르는 석양이 서산에 반쯤 걸쳐져 있었다.

적을 앞에 두고 시선을 다른 곳에 두다니.

어떻게 보면 저 죽을지 모르고 제멋대로 하는 행동처럼 보이고, 또 다르게 보면 오만이 극에 달한 모습이었다.

한데 묘한 것은, 그 모습이 너무 자연스러워서 손을 쓰기가 망설여진다는 것이었다.

두 사람이 망설이는 사이 사도무영의 눈이 다시 그들을 향했다.

"모르면 안 되죠. 그럼 화설 누이가 슬퍼할지도 모르는데."

석장추에게는 그 말이 귀신 씨나락 까먹는 소리로밖에 안 들렸다.

"무슨 헛소리를 하는 거냐? 네놈이 어떻게 우리의 정체를 알았는지 그거나……."

사도무영은 손을 척 들어 석장추의 입을 막았다.

"이제 질문을 하겠습니다. 대답을 하던, 하지 않던 그것은 당신 자윱니다. 단, 대답을 하지 않으면 조금 힘들게 될 겁니다. 판단은 알아서 하십시오."

"이 미친 자식이……!"

석장추가 어이없어 욕설을 퍼부었다. 그래도 사도무영은 눈썹 하나 까딱하지 않고 질문을 던졌다.

"구천신교의 총단은 어디에 있습니까?"

"네놈 주둥이부터 뭉개놓고 알려주마!"

발끈한 석장추는 앞으로 튀어나가며 두 손을 휘둘렀다. 사도무영의 팔다리 한두 개쯤 부러뜨려 놓아야 속이 시원할 것 같았다. 주둥이는 덤으로 뭉개버리고.

전신을 짓누르는 묵직한 압력!

철벽이 덮쳐오는 것만 같다.

한데도 사도무영은 석장추가 가까이 다가올 때까지 기다렸다.

석장추는 금포쌍괴보다 더 강한 자다. 틈을 주면 제압하는 데 시간이 걸릴 것이고, 갈의인이 합세할지 몰랐다.

일격에 충격을 주는 것만이 저들의 기세를 꺾을 수 있을 터. 그는 석장추의 손이 다섯 자까지 다가온 다음에야 두 손을 들어 석장추의 장세에 대항했다.

사도무영의 쌍장이 철벽을 후려친 순간, 쾅! 소리와 함께 석장추의 몸이 뒤로 주르륵 밀렸다.

"크읍!"

사도무영은 일 장가량 물러선 석장추를 그림자처럼 따라붙었다.

설마 석장추가 단번에 밀릴 줄이야.

생각지도 못한 상황에 갈의인은 두 눈만 크게 뜨고 그 광경을 바라보았다.

그사이 사도무영의 쫙 펼쳐진 두 손이 하늘과 땅을 뒤집으며 휘둘러졌다. 건곤무영인이었다.

석장추는 이를 악다문 채 아연한 표정을 지었다. 눈앞이 캄

캄해지고, 몸이 뒤집히는 것처럼 느껴지며 구역질이 나올 것만 같았다.

하지만 그는 노련한 고수답게 그 와중에도 전력을 다해서 사도무영의 공격을 막았다.

떠더덩!

장세가 부딪치며 연이은 굉음이 울렸다. 그때마다 석장추의 몸이 크게 흔들리며 덜덜 떨렸다.

"이놈!"

그제야 갈의인이 노성을 내지르며 달려들었다.

순간 사도무영의 신형이 흔들리는가 싶더니, 한 줄기 회오리바람이 석장추와 갈의인을 휘감았다.

선풍류는 단순한 경공신법에 불과했다. 그러나 거기에 회천무벽이 합쳐진 용천풍(龍天風)은 경공신법임과 동시에 적극적인 공격법이었다.

회오리바람에 휘말린 석장추와 갈의인은 전력을 다해 버텨 봤지만, 결국 막강한 반탄력을 견디지 못하고 사정없이 튕겨져 나갔다.

콰광!

"크윽!"

"으음……."

비틀거리며 이 장을 물러선 석장추는 두 손을 축 늘어뜨린 채 눈을 잘게 떨었다. 팔목이 잘못 됐는지 힘을 쓸 수가 없었다. 뼈가 부러진 것 같기도 했고, 신경이 끊긴 것 같기도 했다.

갈의인도 콱 막힌 숨통을 뚫기 위해 거친 숨을 몰아쉬었다. 당장이라도 심장이 터질 것만 같았다.

이제 사도무영을 바라보는 그들의 눈 어디에도 조금 전의 자신만만함은 보이지 않았다.

사도무영이 그들을 보며 냉랭한 목소리로 말했다.

"죽이지 않은 것만도 다행으로 알고, 묻는 말에 대답하시죠. 한 번만 더 허튼짓을 하면, 말을 할 수 있도록 입만 남겨놓고 팔다리를 모조리 부숴놓을 겁니다."

한편, 멀찌감치 떨어져 있던 사람들은 경악을 금치 못했다.

금포쌍괴조차 어찌하지 못한 자들을 혼자서 물리치다니!

심지어 제갈신운의 눈빛도 잘게 떨렸다. 이제야 왜 이원적이 옥룡주를 사도무영에게 맡겼는지, 금포쌍괴가 왜 사도무영의 말에 따르는지 알 것 같았다.

'이제 보니 생각보다 더한 고수였군.'

전신에서 잔떨림이 일고, 심장이 두근거렸다. 가슴 깊은 곳에 잠들어 있던 호승심이라는 괴물이 고개를 쳐들었다. 세가를 떠나 정천맹에 안착한 지 십이 년 만의 일이었다.

'오랜만에 피가 끓는군. 공현이나 남궁 아우가 보면 좋아하겠는 걸?'

반면에 석장추나 갈의인은 오물통에 빠진 기분이었다.

그때 숨을 고른 갈의인이 몇 번씩이나 했던 질문을 다시 던졌다.

"너, 너는 누구냐?"

사도무영도 똑같이 대답했다.

"사영. 청운표국의 임시표사."

"그걸 믿으라는 말은 아니겠지?"

"믿든 말든 그건 당신들이 알아서 하시죠. 나는 사실대로 말했으니까."

조금도 거짓이 없다는 말투다.

갈의인은 할 수 없이 질문을 돌렸다.

"왜 본교의 총단을 알려는 것이냐?"

"찾아야 할 사람이 있습니다."

"그게 누군데……?"

"그에 대해선 당신들이 알 필요 없습니다. 다시 묻지요. 총단은 어디에 있습니까?"

갈의인, 추은교의 눈빛이 파르르 떨렸다.

그는 구천신교를 이루는 아홉 종파 중 목령종파(木靈宗派)의 장로였다. 구천신교의 총단 위치는 비밀 중의 비밀. 절대 말해서는 안 되었다. 자신이 입을 열었다는 게 알려지면 목령종파가 그 죄를 감당해야만 하는데, 그러잖아도 구천신교에서 말석을 겨우 벗어난 목령종파로선 엄청난 타격을 입을 게 자명했다.

'그냥 돌아갔으면 이런 일도 없었을 것을. 보물에 욕심을 낸 죄로구나.'

이곳을 떠나면 그만이었다. 혼자라면 충분히 빠져나갈 수 있을 것 같았다. 그러나 내상이 심한 석장추가 문제였다. 그를 두고 떠날 수는 없는 일.

이를 지그시 악문 그는 사도무영을 직시했다.

"너는 우리에게서, 본교에 대한 말은 한 마디도 들을 수 없을 것이다. 그러니 뭘 알아볼 생각이거든 포기해라."

사도무영의 눈이 석장추를 향했다.

"당신도 같은 생각입니까?"

"흥! 차라리 죽여라, 이놈!"

사도무영은 깊게 침잠된 눈으로 두 사람을 응시했다. 자신 역시 분노만 생각하면 죽여 버리고 싶었다. 그러나 그보다 총단의 위치를 알아내는 게 더 중요했다.

"구천신교가 대설산 깊은 곳에 있다는 말은 들었습니다. 정확한 위치를 모르는 것뿐. 한데 총단의 위치가 당신들의 목숨보다 더 중한 비밀인 이유를 모르겠군요."

순간, 석장추의 입가에 비릿한 조소가 떠올랐다.

'대설산은 아닌가 보군.'

사도무영은 세 곳 중 하나의 이름을 지웠다. 그리고 다시 말했다.

"그런데 어떤 사람은 구천신교가 민산에 있다고 하더군요. 그게 정말입니까?"

"어리석은 놈……."

석장추가 여전히 조소를 머금은 채 사도무영을 비웃으려 하자 추은교가 다급히 말렸다.
 "석 형! 놈의 수작에 말려들지 말게! 놈은 자신의 짐작을 확인하려고 유도질문을 하는 거네!"
 석장추는 그제야 자신이 사도무영의 술수에 말려들었다는 걸 알고 얼굴이 붉어졌다.
 "이 개 같은 놈······!"
 사도무영은 머리를 좌우로 비틀어 꺾고는, 얼음장처럼 차가운 웃음을 지었다.
 "어쨌든 고맙군요. 천 리나 뻗어있는 대설산을 뒤지려면 걱정이 태산이었는데, 덕분에 가지 않아도 될 것 같으니까요. 한데 민산은 어떻습니까? 좀 전에 하시려던 말씀을 마저 해 주시지요."
 "너구리 같은 놈! 네놈은 평생을 뒤져도 절대 총단을 찾지 못할 것이다!"
 "그런 장담은 하지 마시지요. 구천신교도 어차피 이 땅 위에 있을 터, 찾지 못할 것도 없으니까요."
 "흥! 어디 마음대로 찾아봐라! 찾을 수 있나."
 "호오, 마치 이 세상에 없는 것처럼 말씀하시는군요."
 "그건······."
 "석 형! 그만 하게나!"
 추은교가 다시 석장추를 말렸다. 아무래도 계속 말하다가는 실수를 할 것만 같았다.

 석장추는 씩씩거리며 사도무영을 노려보았다.

 그때 사도무영이 뜻밖의 말을 했다.

 "운이 좋은 줄 아십시오. 오늘이 어머니의 생신만 아니었다면, 당신들을 절대 살려 보내지 않았을 겁니다. 손발을 다 잘라내며 고문을 해서라도 제가 원하는 것을 들었을 거요. 하지만 그래봐야 말할 것 같지도 않으니 그냥 보내드리지요. 단, 두 번 다시 표행의 뒤를 쫓지 않는다는 약속을 해주시기 바랍니다."

 갈의인의 눈빛이 흔들렸다.

 "우리를 그냥 보내주겠다는 거냐?"

 "마음 바뀌기 전에 약속을 하시죠."

 분노로 이글거리던 석장추의 눈빛도 조금 가라앉았다.

 "우리도 너 같은 놈 뒤를 쫓고 싶은 마음은 눈곱만큼도 없다."

 "약속하지."

 추은교도 약속을 했다. 자신과 석장추라도 살아서 이곳을 떠나야 했다. 그래야 교도들의 복수를 할 수 있을 것이 아닌가.

 한데 사도무영이 먼저 선수를 쳤다.

 "수하들에 대한 복수를 한답시고 청운표국을 괴롭히지 않겠다는 약속도 하시죠."

석장추가 버럭 소리를 질렀다.

"약속한다니까!"

사도무영의 눈이 석장추를 향했다.

"그 성질 고치지 못하면, 오래 살기 힘들 거 같군요."

"이이이……!"

석장추의 얼굴이 다시 시뻘겋게 달아올랐다. 그 바람에 뱃속에 고여 있던 핏덩이가 목구멍으로 솟구쳤다.

"웩!"

한 움큼 핏덩이를 토해낸 석장추는 부들부들 떨며 사도무영을 노려보았다.

난생 처음 겪어보는 굴욕이 참담하기만 했다.

차라리 한바탕 싸우고 이 자리에서 죽을까?

그게 나을 것 같았다.

그러나 추은교가 그의 결심을 허락하지 않았다.

"엉뚱한 생각 말고 가세."

"추 형."

"자네와 내가 여기서 죽으면, 엉뚱한 놈들에게 좋은 일만 해주는 꼴이 되네. 무슨 말인지 모르진 않겠지?"

"제기랄!"

석장추는 입가에 묻은 핏물을 닦아 내고 휙 몸을 돌렸다.

추은교가 사도무영을 바라보며 말했다.

"세상은 본교를 잘 모른다. 그저 사마도를 움직이는 보이지 않는 손 정도로 알고 있지. 하지만 그리 생각하고 본교를 상대하려 했다가는, 그대 앞에 절망만이 있을 것이다."

그는 그 말만 하고 몸을 돌렸다. 그의 등 뒤에 대고 사도무영이 말했다.

"구천신교도 아직 저를 모르지요. 언젠가는 알게 되겠지만."

막 걸음을 떼려던 석장추가 비릿한 조소를 짓고는 같잖다는 듯 말했다.

"그때가 되면 네놈의 갈비뼈로 밥을 퍼먹을 수 있겠군."

사도무영도 조용히, 차갑게 웃으며 그에게 한 마디 했다.

"내 갈비뼈보다 당신 걱정부터 하시죠. 당분간은 손으로 밥 먹기 힘들 겁니다. 누가 먹여주지 않으면 입을 그릇에 처박고 먹어야 할 텐데, 살려면 별수 있습니까? 그렇게라도 먹어야지요."

개처럼 말이다.

그 말뜻을 왜 모를까?

석장추의 인내가 끝내 한계를 보였다.

으드득, 이를 간 그는 홱 몸을 돌렸다. 추은교가 붙잡아도 소용이 없었다.

"이 개자식을……. 놔! 나는 여기서 죽고 말겠네!"

하지만 추은교는 그의 말을 듣지 않았다.

일단 마혈을 짚어 석장추를 못 움직이게 하고는, 그를 어깨에 메고 그곳을 떠났다.

 제갈세가와 수월산장의 사람들은 서로 눈치를 보며 두 사람을 막지 않았다.

 제갈신운도 그들이 떠나도록 놔두었다. 아쉬웠지만 어쩔 수 없었다.

 살얼음판을 걷긴 해도 지금은 평화의 시기가 아닌가 말이다.

 그들이 비록 적대관계인 구천신교의 사람들이지만, 명분도 없이 죽일 경우 문제가 커질지 몰랐다. 자칫하면 전쟁이 벌어질지도 모르는 것이다.

 사도무영은 두 사람이 안 보일 때까지 그 자리에 서서 움직이지 않았다.

 '내가 왜 당신들을 살려서 보냈는지 알아? 그걸 알게 되면, 차라리 여기서 스스로 머리를 부수고 죽는 게 나았을 거라는 생각이 들 것이다.'

 그의 눈이 하늘로 향했다. 이미 석양은 서산으로 완전히 기운 상태, 어스름이 밀려들고 있었다.

 천천히 눈을 내린 사도무영은 금포쌍괴를 향해 손을 내밀었다.

 금포쌍괴는 순순히 옥룡주를 건네주었다.

 "어떻습니까?"

 "이거 가짜 같은데?"

"빌어먹을! 어떻게 된 거지?"

금포쌍괴의 말에 제갈세가와 수월산장의 사람들이 술렁거렸다.

사도무영은 제갈신운을 향해 옥룡주를 내밀었다.

"보고 싶다면 보시죠."

제갈신운은 묵묵히 쳐다보기만 했다. 그러자 제갈호가 미적거리며 나섰다.

"형님, 제가 보겠습니다."

제갈신운은 쓴웃음을 지으며 고개를 끄덕였다.

수월산장의 사람들은 더 이상 끼어들지 못하고 멀찌감치 떨어진 곳에서 구경만 했다.

제갈호가 사도무영을 향해 조심스럽게 다가오더니 옥룡주를 건네받았다.

하지만 그는 아무리 봐도 옥룡주가 왜 가짜인지 알 수가 없었다. 용도 아홉 마리였고, 색도 벽색. 그가 들은 옥룡주와 똑같았던 것이다.

그때 제갈신운이 물었다.

"구슬 안에 안개와 같은 기운이 서려 있느냐?"

제갈호는 고개를 저었다.

"그냥 맑습니다."

"엉켜있는 용들이 어떤 글자를 이루고 있느냐? 혹시 천(天) 자가 아니더냐?"

"글자요? 글쎄요. 그냥 뒤엉켜 있을 뿐, 딱히 글자를 이룬 것처럼 보이지는 않습니다."

"그럼 그건 가짜가 맞다."

"예?"

"옥룡주는 운상비룡(雲上飛龍)이라는 이름으로도 불렸다고 들었다. 구름 위에서 용들이 노니는 것 같아 그리 불렸는데, 그 구름이 바로 비룡신군 하후군천의 선천진기라는 설이 있다. 그게 없다면 진짜라고 볼 수 없지. 그리고 진짜 옥룡주는 아홉 마리의 용이 하늘 천자 형태로 정교하게 얽혀 있다고 했다."

"그럼…… 이게 정말 가짜란 말입니까?"

제갈호의 떨떠름한 말투에 제갈신운이 정색을 했다.

"우형의 판단을 못 믿겠다는 거냐?"

"제가 어찌 감히……."

"돌려 줘라."

제갈호는 아쉬웠지만 제갈신운의 명을 거역할 수는 없었다.

사도무영은 가짜 옥룡주를 돌려받아 함 속에 집어넣고 이원적에게 내밀었다.

가짜든 진짜든, 중요한 것은 그것이 표물이란 사실이었다.

이원적은 함을 돌려받아 주머니 속에 넣었다. 그로선 지금까지 벌어진 일이 한바탕 꿈속에서 벌어진 일 같았다.

함을 돌려준 사도무영은 제갈신운에게 말했다.

"이제 우리들의 이야기를 할 때군요."

제갈신운은 일단 자신의 솔직한 감정부터 드러냈다.

"정말 놀라운 일이었네. 그들도 절대 약한 자들이 아니거늘, 그리 쉽게 물리치다니 말이야."

"그렇다고 해서 아주 강한 자들도 아니지요. 대협만 해도 그 두 사람을 충분히 이길 수 있지 않습니까?"

제갈신운은 겸손을 떨지 않았다.

"그럴지도 모르지. 하나 상당히 고전을 했을 것이네."

"저 역시 마찬가집니다. 그들이 저를 워낙 얕보았으니 가능한 일이었을 뿐, 처음부터 정식으로 싸웠다면 쉽지 않았을 겁니다."

사실이 그랬다. 제갈신운도 그걸 모르지는 않았다. 그러나 어쨌든, 나이도 어려 보이는 사도무영이 절정고수 둘을 몇 초만에 이겼다는 것은 놀라운 일이 아닐 수 없었다.

"사문이 어찌 되나?"

"죄송하군요. 사부님께서 당분간 알리지 말라 하셔서……."

"아쉽군. 자네에 대해서 좀 더 많은 걸 알고 싶었는데."

"뭐 그거야 나중에 인연이 있으면 차차 아시게 될 거고……. 먼저 부탁을 하나 하지요."

"부탁?"

"명색이 장로시니 정천맹의 정보망을 이용할 수 있는 권한이 있을 것 같습니다만."

"어느 정도는 있다고 봐야겠지."

"그럼 사람을 추적하는 것도 가능하겠군요."

순간 제갈신운의 눈빛이 반짝였다.

"혹시 조금 전의 두 사람을 말하는 건가?"

대답하는 사도무영의 두 눈에서 서릿발 같은 한기가 흘러나왔다.

"그렇습니다. 구천신교의 총단을 알아낼 수 있다면, 정천맹으로서도 상당한 이익이 될 것 같은데요."

제갈신운은 놀란 표정을 감추지 않았다.

구천신교의 두 사람을 너무 쉽게 놓아준다 했더니, 그런 뜻이 있었을 줄이야!

정말 구천신교의 총단을 알아낼 수만 있다면, 이익이냐, 손해냐를 따질 문제가 아니었다. 정천맹의 입장으로선 눈에 불을 켜고 달려들어야 할 일이었다.

"그 일은 내가 최선을 다해 처리하겠네."

무거운 표정으로 대답한 제갈신운은 제갈호에게 명을 내렸다.

"아우가 먼저 형제들과 함께 그들을 추적하게. 절대 놓치면 안 되니 할 수 있는 모든 방법을 동원해. 필요하면 내 이름과 지위를 이용해서 정천맹 지부를 움직여도 좋고."

"알겠습니다, 형님."

비록 보물 때문에 잠시 판단이 흐려지긴 했지만, 제갈호는 어리석은 자가 아니었다.

어스름이 온 세상을 뒤덮는 시각. 서두르지 않으면 꼬리를 놓칠지도 모른다. 마음이 다급해진 그는 즉시 수하들과 계곡을 떠났다.

사도무영은 그들이 떠나는 걸 보며 슬며시 주먹을 말아 쥐었다.

사부야 어디서 잘 지내겠지, 그런 마음을 먹고 자신이 직접 두 사람의 뒤를 쫓을 수도 있었다. 하지만 마음 한구석에 쌓인 앙금 같은 불안감이 그의 발길을 붙잡았다.

도관을 떠날 때만 해도 깊게 생각하지 않았다. 그런데 시간이 갈수록 불안감이 쌓여 두려움으로 변질되고 있었다.

'화설 누이가 지금도 혼자일까?'

벌써 삼 년 가까이 지났다. 당시 현유는 조화설을 자신의 여인이 될 여자라 했었다.

'만에 하나…… 화설 누이가 현유와 함께 살고 있다면?'

그럼 자신은 어떻게 해야 한단 말인가.

현유의 부인이 된 그녀를 구하기 위해 현유와 싸워야 하나?

불안감의 정체는 바로 그러한 의문이었다.

절대 그럴 리가 없다고 자신을 다그쳐 보지만, 세상일을 누가 안단 말인가?

'일단 사부님을 먼저 찾아보고, 그 다음에 무조건 부딪쳐 보자.'

그때쯤에는 마음도 정리되어 있을 것이다. 어떤 상황이 닥치더라도 의연히 대처할 수 있을 만큼.

한편, 제갈신운은 제갈호를 먼저 떠나보내고, 한쪽에 어정쩡하니 서 있는 수월산장의 사람들을 쳐다보았다.

"그대들도 부상자들을 데리고 떠나도록 하시구려."

이미 옥룡주가 가짜라는 게 밝혀진 이상 그들 역시 더 머무를 이유가 없었다. 되려 사도무영이 자신들을 추궁하지 않을까 걱정해야 할 판이었다.

동우기가 힐끔 사도무영을 바라보고는 제갈신운을 향해 포권을 취했다.

"대협의 말씀에 따르겠소이다."

그때 사도무영이 동우기를 향해 말했다.

"정천맹과 제갈세가가 구천신교를 쫓고 있다는 사실을 철저히 함구하쇼. 그럼 나도 당신들이 오늘 한 일을 잊을 테니까."

속은 좀 쓰렸지만, 동우기로선 변명할 말이 없었다. 그나마 이 정도로 끝났다는 게 다행이었다.

"알겠소."

"사상자들을 데리고 그만 가보쇼."

사도무영은 손을 저어 수월산장의 사람들을 먼지 털듯이 쫓아냈다.

정파라는 작자들이 보물에 눈이 멀어 표행을 털려고 하다니, 꼴도 보기 싫었다.

사도무영은 수월산장의 사람들이 어스름 속으로 완전히 사라지자 제갈신운을 바라보았다.

"나중에 제가 대협을 직접 찾아가겠습니다. 그때 알아낸 사실을 말씀해주시기 바랍니다."

"그러지. 그런데 조금 이해할 수가 없군. 차라리 그들을 고문했으면 간단했을 거 같은데, 왜 복잡하게 추적을 해서 알아내려는 것인가? 잘못해서 놓치면 헛일을 한 꼴이 되지 않겠나?"

고문하지 않은 게 아쉽다는 이유만으로 하는 질문이 아니었다.

사도무영의 성격을 알아보기 위함이었다. 목적을 취하기 위해서라면 고문도 마다하지 않는 독한 성격인지, 아니면 마음이 약해서 고문하는 걸 꺼려하는 성격인지.

강호에서 또 만날지 몰랐다. 아니 꼭 그럴 것 같았다. 성격을 알면 사도무영을 대하는데 도움이 될 것이었다.

하지만 그는 아무것도 알아내지 못했다.

"고문하는 걸 좋아하시나 보군요."

사도무영이 뜬금없는 말을 던지고 제갈신운을 빤히 쳐다보았다.

고요하던 제갈신운의 눈빛이 살짝 흔들렸다. 사도무영의 말이 '당신, 고문을 즐기는 이상한 취미가 있는 거 아냐?' 그런 투로 들린 것이다.

"그건 아니네. 오히려 나는 사람이 사람을 고문한다는 걸 경멸하지. 머리 쓰는 걸 싫어하는 자들이 힘으로 정보를 얻으려 할 때 쓰는 방법이 아닌가?"

"만일 상대가 집안을 몰살시킨 사람이고, 그가 중요한 비밀을 알고 있다면요. 그래도 고문을 하지 않으실 겁니까? 자신의 두뇌를 너무 믿으시는 것 아닙니까?"

'당신 머리가 그렇게 좋아?' 꼭 그렇게 묻는 표정이다.

"그건 경우가 다르지 않겠나?"

제갈신운의 목소리가 조금 높아졌다. 사도무영이 구석으로 몰아붙이는 것처럼 느껴진 듯했다.

'그리 독한 사람은 아닌 것 같군. 순진한 면도 조금 있는 것 같고.'

일부분이지만 제갈신운의 성격을 조금은 알 것 같다. 더 몰아붙이면 좀 더 많은 것을 알아낼 수 있을 듯하다.

그러나 지나치면 역효과가 날지도 모르는 일. 사도무영은 더 이상 그를 자극하지 않고 자신의 생각을 말했다.

"그들은 교리(敎理)를 믿고 따르는 사람들입니다. 고문을 해도 입을 열 사람들이 아닌 것 같았지요. 더구나 그들이 하는 말을 다 믿을 수 없는 이상은 그렇게 해서 정보를 얻는다 해도 신뢰할 수가 없고 말입니다."

"하긴 그럴지도 모르겠군."

제갈신운도 그 판단을 인정하지 않을 수 없었다. 한편으로

천유검(天儒劍) 제갈신운을 만나다 243

는 짧은 순간에 그런 판단을 내린 사도무영이 놀랍기만 했다.

그는 생각도 못했다. 거꾸로 자신의 성격이 상대방에게 간파 당했다는 걸.

사도무영은 그가 다른 생각할 겨를도 없이 질문을 던졌다.

"마지막으로 하나만 더 묻지요. 저희에게 옥룡주가 있다는 걸 어떤 경로로 알게 되었습니까?"

제갈신운이 이맛살을 찌푸리더니 사실대로 말했다.

"얼마 전에, 개방을 통해서 비밀정보가 하나 입수되었네. 구화산에서 옥룡주가 발견되었다는 소식이었지. 하지만 사람을 구화산으로 보내서 아무리 알아봐도 그 정보의 진위여부를 정확하게 알아낼 수가 없었네. 결국 맹에서는 헛소문일지 모른다는 결론을 내리고 사람들을 철수시켰지. 한데 그러던 차에, 옥룡주가 구화산을 떠나 사천으로 가고 있다는 정보가 본가의 정보망에 걸렸지 뭔가. 해서 마침 오랜만에 본가에 들렀던 내가 아우와 함께, 옥룡주를 가지고 사천으로 향하는 표행을 쫓게 되었네. 그리고 지금 여기 있는 것이지."

역시 옥룡주가 나타났다는 게 미리 알려진 상태였다. 대문파 중 몇 곳은 전부터 구화산을 주시하고 있었고.

그리고 며칠 전, 갑자기 옥룡주가 청운표국에 의해 운반되고 있다는 소문이 퍼졌다.

깊게 생각할 것도 없었다. 예상대로 누군가가 고의적으로 퍼뜨린 게 분명했다.

어느 정도 짐작은 하고 있었지만, 제갈신운의 말을 듣고 보니 짜증이 날 정도로 고약한 냄새가 났다.

"누구든, 이번 일을 진행한 사람은 후회하게 될 겁니다. 제가 좀 끈질기거든요. 끝까지 찾아서 대가를 치르게 할 겁니다."

제갈신운은 자신도 모르게 어깨를 움찔했다. 듣고 있으니 등줄기에 거머리가 달라붙은 기분이 들었다.

그는 그 기분을 떨치기 위해 말을 돌렸다. 그리 중요하진 않지만, 궁금한 점이 하나 있었다.

"좀 전에, 오늘이 어머니 생신이라고 했는데, 사실인가?"

사도무영이 고개를 갸웃거리며 대답했다.

"이번 달이 아니고, 다음 달인 것 같습니다. 제가 산에서 내려온 지 얼마 안 되어서 착각한 거 같군요."

너무나 담담한 말투여서, 그게 아니라는 걸 알면서도 정말 착각한 것이 아닌가 생각될 정도다.

제갈신운은 자신도 모르게 피식 웃었다. 그리고 뭐라도 해줄 것 같은 표정으로 물었다.

"표행을 하는데 내가 도와줄 일은 없나?"

"도와줄 일이야 많죠. 제갈 대협도 저나 저 두 분처럼 임시 표사를 하지 않겠습니까? 보수도 적지 않은데 말이죠."

생각지도 못한 제안. 제갈신운의 표정이 어색하게 일그러졌다.

"그건…… 내가 바빠서 할 수 없고……."

"그럼 서신이나 하나 써주시죠. 표물을 양도받을 사람에게 욕먹지 않으려면 뭐라도 보여줘야 할 테니까요."

종이도 없었다. 붓도, 먹도 없었다. 하지만 방법이 없는 것은 아니었다. 사도무영은 제갈신운이 핑계를 대기 전에 근처의 나무 하나를 베어 넘겼다. 그리고 손바닥 두 개 넓이의 판판한 판을 잘라 제갈신운에게 넘겼다.

결국 제갈신운은 봉인을 푼 것에 대한 해명 글을 나무판에 새겨야만 했다. 사도무영은 해명 글이 적힌 나무판을 이원적에게 넘기고 제갈신운을 향해 씩 웃었다.

"나중에 뵙죠."

제갈신운은 왠지 많은 것을 손해 본 느낌이 들었지만, 마주 웃어주지 않을 수가 없었다.

"그럼 수고하게."

사도무영은 제갈신운이 어둠 속으로 사라지자 금포쌍괴를 바라보았다.

"계속 같이 가실 겁니까?"

이미 옥룡주가 가짜라는 게 판명 난 터였다. 같이 갈 이유가 없었다. 게다가 중경까지는 열흘은 더 가야 한다. 그것도 험하기로 유명한 이족지역을 통과하면서. 아무리 심심하고 할 일이 없다 해도, 생고생을 하고 싶지는 않았다.

"큿, 싫다. 중경까지 가려면 엄청 고생해야 할 텐데, 우리가 왜 가?"

 무비괴가 콧바람을 일으키며 고개를 젓자, 사도무영이 넌지시 손을 내밀며 말했다.

 "그럼 보수를 줄 수 없다는 거, 아시죠?"

 수중에 남은 돈이라고 해봐야 동전 몇 푼뿐. 금포쌍괴에게 은자 열 냥은 큰돈이었다.

 힘이라도 세면 말도 안 되는 소리라며 우겨보기라도 하겠는데 그럴 수도 없고…….

 무이괴가 머뭇거리며 말했다.

 "그래도 구천신교의 잡놈들과 싸웠으니까 공짜로 받는 것은 아니잖아."

 사도무영은 이원적을 바라보았다.

 "어떻게 생각하십니까?"

 이원적은 웃음이 나오려는 것을 꾹 참고 담담히 말했다.

 "그냥 드리는 게 어떻겠나?"

 "뭐 표두님의 생각이 그렇다면야……. 그럼 오늘의 싸움을 인정해서 보수를 돌려받지는 않겠습니다. 대신 오늘 일에 대해선 입을 다무셔야 합니다. 약속하실 수 있지요?"

 금포쌍괴는 희희낙락하며 어린아이처럼 좋아했다.

 "우헤헤, 물론이네! 우리가 약속 하나는 칼이거든."

 "다음에 만나면 내가 술 한 잔 사겠네."

제7장
의문(疑問)

## 1.

 한 사람이 청운표국의 정문 앞에 서서 현판을 바라보았다.
 실처럼 가느다란 눈. 오동통한 입술.
 안휘성 합비에서 연락을 받고, 한달음에 달려온 단학이었다.
 그는 이 년 몇 개월 전의 모습과 조금 달라져 있었다.
 오동통한 입술에는 부푸러기가 일어났고, 볼은 홀쭉하게 들어가 있었다. 가느다란 눈을 덮은 눈꺼풀에도 주름이 두어 개 더 늘었고.
 꼭 세월 때문만은 아니었다. 그보다는 마음고생이 더 큰 원인이었다.

하지만 그는 이영영을 원망하지 않았다. 오히려 자신의 능력에 대한 회의감을 느끼고, 사도무영을 찾는 일을 포기하지 않았다.

"일단 공자의 변한 모습부터 알아내야겠군. 서신을 취급하는 자가 누군지 알아봐라."

단학이 나직이 입을 열자, 좌우에 서 있던 두 명의 수하가 고개를 숙여 보이고 표국 안으로 들어갔다. 그리고 곧 공한성을 데리고 나왔다.

"무슨 일로 나를 보자는 거요?"

공한성은 웃음을 꾹 참고 단학을 쳐다보았다.

'정말 재미있는 얼굴을 지녔군.'

그는 단학이 누군지도 모르고, 피식거리며 대답을 기다렸다.

단학의 눈이 더욱 가늘어졌다.

그동안 그의 달라진 점 중 가장 큰 것은, 참을성이 약해졌다는 것이었다. 이 년 넘게 보이지 않는 그림자만 쫓다 보면 누구라도 그 정도는 변할 터였다.

'확 목을 따 버려?'

그러나 죽일 때 죽이더라도 물어볼 말은 물어보고 죽여야 했다.

그는 부푸러기가 일어난 오동통한 입술을 벌려 공한성에게 물었다.

"혹시 며칠 전에, 낙양 천보장으로 보낸 서신을 기억하고 있나?"

기억하고 있어야 했다. 살기 위해서라도. 그러지 못하면 천귀살을 모욕한 죄로 목이 잘릴 테니까.

다행히 공한성은 그 일을 기억하고 있었다.

"아, 사영이란 젊은이가 보낸 서신 말이오?"

운이 좋군.

"그의 모습을 설명해 보게."

공한성은 잠시 망설였다. 돈냄새가 맡아졌다. 이런 기회를 그냥 흘려보낸다면 친구들이 그를 놀릴지 몰랐다.

"에……. 지금은 바쁜데……. 내가 놀면, 표국에서 보수를 깎을지 모르거든요."

단학은 그를 노려보며 품속에서 돈주머니를 꺼냈다.

'건방진 놈, 감히 내 앞에서 치졸한 수를 쓰다니. 제대로 된 대답이 나오지 못하면 목을 천천히 따주마.'

눈이 워낙 가늘다 보니, 공한성은 그가 어떤 마음인지 알 도리가 없었다.

단학은 돈주머니 안에서 반 냥짜리 은두(銀豆)를 하나 꺼내고는, 엄지와 검지로 살짝 눌렀다.

은두가 밀가루반죽처럼 납작하게 펴졌다.

"최대한 자세히 말해보도록."

단학은 그렇게 말하며 납작해진 은두, 아니 은편을 건넸다.

의문(疑問) 253

은두든 은편이든 상관없었다. 그저 은이면 되었다. 공한성은 실실 웃으며 은편을 받았다.

"으앗, 뜨거!"

갑자기 소리를 내지른 공한성의 얼굴이 고통으로 벌게졌다. 하지만 그 와중에도 은편은 놓치지 않았다.

'집요하군.'

단학은 뜻밖이라는 표정을 지으며 다시 입을 열었다.

"일단 얼굴부터 말해 봐라."

공한성은 더 이상 웃지 않았다.

은편이 뜨거운 것은, 그것이 순간적으로 펴지는 바람에 충격을 받아 그리된 것이었다.

은두를 손가락으로 눌러서 은편으로 만드는 건 일류무사라면 어렵지 않은 일이었다. 그러나 별 힘을 쓰지도 않고 밀가루 반죽처럼 순간적으로 눌러 펴는 것은 결코 쉬운 일이 아니었다.

상대의 능력을 알게 된 이상 공한성은 그에 맞게 대처했다.

"아예 제가 그림으로 그려드릴까요? 그럼 더 확실하게 알 수 있을 텐데요. 제가 화공 못잖게 그릴 수 있거든요."

눈치 하나는 빠른 놈이다.

단학은 고개를 끄덕이고 눈짓으로 안쪽을 가리켰다.

"이야기를 나눌 수 있는 조용한 곳으로 안내해라."

단학은 한 장의 그림을 받아들고 이마를 좁혔다.

얼굴이 많이 달라져 있었다. 공한성이 제대로 그린 거라면.

그가 의심이 담긴 눈으로 공한성을 노려보았다.

"정말 이 얼굴이었단 말이냐?"

"그 사람은 우리 표국의 임시표사가 되었습죠. 그 그림이 실물과 같다는 걸 증명해 줄 수 있는 사람이 여럿 있습니다요."

임시표사?

단학의 오동통한 입술이 살짝 이지러졌다.

대체 무슨 마음으로 임시표사가 된 걸까?

거기에는 이유가 있을 터였다.

그런데 그가 묻기도 전에 공한성이 먼저 말했다.

"그 사람은 사천성 성도로 간다고 했습죠. 해서 제가 친구를 소개시켜 줬는데, 마침 중경으로 가는 표물이 있어서 그 사람도 임시표사로 따라갔습니다요."

사천성 성도?

단학의 실눈 눈초리가 치켜 올라갔다.

겨우 실마리를 잡았는데, 이제 사천성까지 가야 한단 말이 아닌가?

암담했다.

성도가 수천 리 길이라는 것은 문제될 것이 없었다. 정작 큰 문제는, 성도가 종착지가 아닐 경우였다.

'이러다 중원을 한 바퀴 뺑 도는 거 아냐?'

그렇다고 쫓아가지 않을 수도 없는 일. 단학의 오동통한 입술 사이로 가느다란 한숨이 흘러나왔다.

"휘이이……."

공한성은 단학의 한숨소리를 듣고 고개를 푹 숙였다.

'낄낄낄, 입술이 저렇게 생기니까 한숨소리도 피리 부는 것처럼 나는군.'

하지만 그는 더 이상 웃을 수가 없었다. 단학의 나직한 목소리가 뒤통수에 꽂힌 것이다.

"그냥 목을 따버릴까?"

공한성은 그게 자신에게 하는 말임을 깨닫고, 억지로 고개를 들었다.

단학의 실눈 사이에서 바늘처럼 날카로운 눈빛이 번뜩이는 게 보였다. 살기였다.

공한성은 아랫도리에서 오줌이 찔끔거리는 것을 느끼고 이를 악물었다.

바로 그때, 정문으로 정수평과 양은수가 들어서는 게 보였다.

그는 구세주라도 만난 것처럼 반가워하며 단학에게 말했다.

"대협, 저기 그 사람과 함께 떠났던 사람들이 왔습니다요."

## 2.

"하하하하, 여보!"

사도관은 대소를 터트리며 산 아래로 신형을 날렸다.

마침내 대천화의 이식, 천화무변을 완성한 것이다.

그가 천화무변의 완성을 기뻐하는 것은 단순히 대천화의 이식을 완성했다는 이유만이 아니었다.

어차피 마지막 삼식, 무상일화는 언제 완성될지 모르는 하늘의 검. 죽기 전에 완성이나 할 수 있을까 싶었다.

하기에 이식을 완성하면 여량산을 떠날 생각이었다.

그런데 이 년 만에 천화무변을 완성했으니, 기쁘지 않을 수 없었다.

나민은 사도관의 대소를 듣고 상황을 짐작했다.

그녀는 기쁨과 두려움이 뒤섞인 표정으로 사도관을 맞이했다. 사도관과 함께 강호를 활보하는 것은 가슴이 뛸 정도로 기쁜 일이었다.

그러나 결국은 천보장으로 돌아가야 할 터. 이녕녕이 자신을 어떻게 받아들일 것인지, 그걸 생각하면 두렵기조차 했다.

'이곳에서 저분과 함께 평생 지냈으면 했는데……'

욕심이라 해도 어쩔 수 없었다. 그녀도 행복을 천하보다 더 갖고 싶어 하는 세상의 수많은 여인 중 하나일 뿐이었다.

"하하하, 여보! 드디어 천화무변을 완성했소!"

사도관은 나민을 덥석 끌어안았다. 나민의 마음을 알지 못하는 그로선 그녀와 함께 기쁨을 만끽하고 싶었다.

"축하드려요, 상공."

"이 모두가 당신 덕분이오!"

"그게 어디 제 덕분인가요? 당신이 노력해서 얻은 결과죠."

"뭐 나도 열심히 노력하긴 했지만, 당신이 없었다면 어디 가능키나 한 일이었겠소?"

나민은 밝게 웃으며 사도관의 가슴에 얼굴을 기댔다.

사도관은 나민을 안은 손에 힘을 주었다.

"당신과 함께 강호를 종횡할 거요. 항주, 소주에 가서 재미있게 놀고, 동정호에 가서 멋진 경치도 구경합시다."

"그래요, 상공."

"응? 기뻐서 우는 거요?"

"맞아요. 너무 기쁘다 보니 눈물이 나네요."

"하하하하, 앞으로는 더 기쁘게 해주겠소. 하지만 울지는 마시구려. 남들이 오해할지 모르니까 말이오."

"알았어요. 고마워요, 상공."

"고맙기는? 자자, 오늘은 푹 쉬고, 내일 아침에 짐을 챙깁시다. 뭐 챙길 짐도 별로 없지만 말이오."

열흘을 참은 터다. 나민을 안고 있으니 하초에 절로 힘이 들어갔다.

평소였다면 눈을 흘기며 밀어냈을 나민이었다. 그러나 오늘만큼은, 그녀도 모든 것을 잊고 사도관과 하나가 되고 싶었다.

'앞으로 어떤 고난이 닥쳐도, 당신과 함께 있을 수만 있다면 참을 수 있답니다.'

그녀가 밀어내지 않자, 사도관은 속으로 쾌재를 부르며 그녀를 불끈 안아 들었다.

'나의 진정한 능력을 보여주겠소! 음하하하하!'


## 3.

구월의 마지막 날.

풍도를 출발한 한 척의 배가 장강을 거슬러 올라와 중경의 선착장에 도착했다.

배가 도착하자 인간의 전시장이라도 되는 듯 많은 이족들이 배에서 내렸다. 회족(回族), 묘족(苗族), 토가족(土家族), 그 외에도 소수민족들이 선객의 반은 되었다.

그들이 거의 다 내렸을 즈음, 세 명의 이방인이 무거운 표정으로 땅에 내려섰다.

사도무영과 이원적, 강후였다.

세 사람은 삼협을 육로로 빙 돌아서 풍도에 도착한 후에야 배를 탔다. 며칠간 험준한 산을 타느라 힘은 들었지만, 결국은 잘한 선택이었다.

중간에 큰 비가 내렸는데, 그로 인해 장강의 물이 많이 불어나 있었다. 몸이 편하기 위해 삼협을 뱃길로 이동하려 했다면 중간에 낭패를 면치 못했을 것이었다. 삼협의 거친 물살로 인해 오도 가도 못하는 신세가 되었을 테니까.

배에서 내린 사도무영은 산자락을 따라 길게 늘어선 건물들을 바라보았다.

송(宋)대에 와서야 중경부로 불리긴 했지만, 고대의 상(商), 주(周)시대에는 파(巴)나라의 도읍이었고, 한(漢), 수(隋), 당(唐)을 거치는 동안 익주(益州), 유주(渝州)로 불리며 나름 중요한 위치를 차지한 중경이다.

중경은 오랜 세월 사천분지 동남부의 거점으로 발전한 곳답게 오래된 건물들이 끝없이 이어져 있었다.

배에서 내린 사도무영은 고색이 창연한 건물을 바라보며 차가운 조소를 지었다.

"천구사에서 우리를 반길지 모르겠군요."

"일단 가보세. 가보면 뭔가 말이 있겠지."

이원적이 무거운 표정으로 입을 열고는 걸음을 옮겼다.

이번 일의 책임자는 그였다. 배신감을 가장 크게 느낀 것도 역시 그였다. 그는 알고 싶었다. 누가 이런 일을 벌였는지.

천구사는 장강이 내려다보이는 절벽 아래에 자리 잡고 있었다.

 사찰은 계단식으로 층층이 지어져 있었는데, 그 규모는 크지 않아도 오랜 역사를 지녔다는 게 한눈에 들어왔다.

 표행이 사찰의 입구로 다가가자 세 명의 젊은 승려가 그들을 향해 다가왔다. 그들은 찾아온 사람들이 무인임을 알고 경계하는 표정으로 물었다.

 "어서 오십시오, 시주. 무슨 일로 본사에 오셨는지요?"

 이원적은 솟구치는 감정을 꾹 누르고 딱딱한 목소리로 말했다.

 "주지스님을 만났으면 합니다만."

 "주지스님을요?"

 "우리는 구화산 화성사에서 맡긴 표물을 전하기 위해 안경청운표국에서 온 표사들입니다."

 그제야 승려들의 표정이 조금 풀어졌다.

 셋 중 가장 나이가 많아 보이는 승려가 얼굴이 동그란 승려에게 귓속말로 뭐라고 속삭였다. 둥근 얼굴의 승려는 표행을 힐끔 쳐다보고는 안쪽으로 달려갔다.

 "저를 따라오시지요. 객방으로 안내해 드릴 테니 잠시만 기다려주시길······."

 나이 많은 승려가 그렇게 말하고 돌아서려 하자 사도무영이 불쑥 물었다.

 "스님, 며칠 전에 천구사에서 불상을 새로 만들었다고 들었

의문(疑問) 261

는데, 어디에 모셨습니까? 나중에 구경을 하고 싶습니다만."

두 스님은 어리둥절한 표정으로 서로를 돌아보더니, 그중 한 사람이 대답해 주었다.

"본사에서 새로운 부처님을 봉안(奉安)한 것은 전의 일입니다. 뭘 잘못 아신 건 아니신지요?"

"그래요? 이거 제가 잘못 알았나 봅니다."

담담히 말하는 사도무영의 눈빛이 차갑게 가라앉았다.

대충 상황을 알 것도 같았다.

'결국 처음부터 거짓말이었단 말이지?'

천구사에 와 보면 뻔히 알 수 있는 거짓말을 했을 때는, 그 거짓말을 확인할 사람이 없을 거라는 생각을 했기 때문일 터였다.

표물을 강탈당하거나 모두 죽으면, 천구사에 도착할 사람이 없을 테니까.

그때 문득, 사도무영은 어떤 가능성에 생각이 미치자 눈살이 찌푸려졌다.

'설마……?'


천구사의 주지는 표행을 순순히 만나주었다.

이원적은 표물을 넘기고, 간단하게 인수절차를 밟았다.

주지를 추궁해서 사건에 대한 실마리를 파악하는 게 아무리 급해도, 표행을 마무리 짓는 게 먼저였다.

다행히 천구사의 주지인 오경대사는 봉인이 뜯긴 것을 탓하지 않았다.

오히려 용이 정교하게 새겨진 벽옥 구슬을 보더니, 눈을 휘둥그렇게 뜨고 좋아했다. 비록 진짜 옥룡주의 가치와 비교할 순 없지만, 그래도 황금 열 냥 이상의 값어치가 있는 구슬이 아닌가.

오경대사는 제갈신운이 적어준 해명 글은 대충 읽은 후 한쪽에 던져놓고 가짜 옥룡주가 든 함만 챙겼다.

사도무영은 그걸 보고 속으로 쓴웃음이 나왔다.

'괜히 제갈 대협만 닦달했군.'

그때 이원적이 물표에 서명을 받고 인수절차를 끝마쳤다. 그리고 형식적인 인사를 건넸다.

"저희들의 고충을 이해해주셔서 감사합니다. 이후에라도 표국을 이용할 일이 있으시면 언제든 저희 청운표국을 이용해주시기 바랍니다."

오경대사는 표물을 품안에 고이 집어넣고 기분 좋은 웃음을 지었다.

"허허허, 험한 길을 마다않고 달려온 시주들의 노고를 생각해서라도 필요하면 내 꼭 청운표국을 찾겠소이다."

"감사합니다, 대사."

그렇게 표물 인수가 무사히 끝나자, 기다렸다는 듯 사도무영이 물었다.

"화성사에서 왜 그 물건을 보냈는지 대사께선 아십니까?"

이원적과 강후는 오경대사의 입을 쳐다보았다. 숨을 멈추고, 여차하면 당장 달려들어서 제압할 만반의 준비를 하고서.

오경대사는 그들의 열망을 외면하지 않고 담담히 입을 열었다.

"아미타불, 글쎄올시다……. 화성사에서 이런 귀품을 보내다니. 이유는 잘 모르겠지만 참으로 고마운 일이 아닐 수 없구려."

이유를 모른다고?

이원적과 강후의 입이 반쯤 벌어졌다. 천구사의 주지가 모른다면 누가 안단 말인가?

하지만 사도무영은 어느 정도 짐작하고 있던 터였다.

'안 좋은 예상은 정말 잘도 들어맞는군.'

새로 만드는 불상도 없고, 주지는 가짜 옥룡주가 왜 자신에게 전달되었는지도 모른다는 표정이다. 거짓말이 아닌 것 같다.

빌어먹을!

사도무영은 다시 한 번 확인하기 위해 직접적인 질문을 던졌다.

"혹시 최근에 주지스님을 찾아온 강호인은 없었습니까?"

"허허허, 본사에서 뭐 얻을 게 있다고 강호의 협사들이 찾아오겠소?"

"누군가가 표물에 대해서 언질을 준 적도 없으시고요?"

"시주들이 오지 않았다면, 화성사가 본사에 표물을 보냈다는 것도 알지 못했을 거외다. 한데 왜 그러는 것이오?"

목소리나 표정, 그 어느 것에서도 흔들림이 없다. 만약 저게 거짓된 것이라면 부처라도 속일 능력이 있다고 봐야 했다.

짐작이 확신으로 바뀌자, 사도무영은 한숨이 나오려는 것을 가까스로 참았다.

'제기랄! 결국 처음부터 지금까지 이용만 당한 건가?'

가짜 옥룡주 사건을 주도한 자가 누군지 몰라도 완벽하게 당한 셈이었다.

'그자는 지금쯤 옥룡주를 안전하게 옮겼겠지?'

화성사로 돌아가 처음부터 조사한다면 주모자를 찾을 수 있을지 몰랐다. 하지만 그토록 철저한 자라면, 그곳 역시 뭔가 조치를 취했을 것이 분명했다.

게다가 그는 당장 구화산으로 돌아갈 수가 없었다. 사부님을 찾으러 가야 하니까.


주지의 방을 나온 후로도 이원적과 강후는 여전히 멍한 표정이었다.

"결국…… 진짜 옥룡주를 빼돌리기 위해서 철저하게 꾸며진 일이었단 말인가?"

이원적이 힘없는 목소리로 물었다. 사도무영은 쓴웃음을 지으며 자신의 생각을 말해주었다.

"아무래도 그런 것 같습니다. 놈들은 청운표국에 표물을 부탁하고, 강호에 소문을 낸 후 뒤로 진짜 옥룡주를 빼돌렸을 겁니다."

"만일 자네도 없는 상태에서 우리가 죽었다면……?"

"헛된 죽음이 되었겠지요."

강후가 발끈해서 한 마디 했다.

"화성사가 왜 그런 짓을 했는지 모르겠군. 관의 비호를 받고 있으니 청운표국 정도는 두렵지 않다는 건가?"

"어쩌면…… 화성사도 모를지 모릅니다."

"그게 무슨 말인가?"

"표물을 화성사의 스님이 가져왔다고 했지요?"

"그렇네만."

"표물을 가져온 스님이 확실히 화성사의 스님이었습니까?"

강후는 바로 답을 못했다. 이원적도 눈살을 찌푸리고 입을 꾹 다물었다.

그들은 표물을 가져온 스님이 화성사에서 왔다는 말을 들었을 뿐이었다. 정확한 것은 국주만이 알 것이었다.

"만일 표물을 맡긴 곳이 화성사가 아니라면, 결국 이번 일을 주도한 자가 누군지 알아낼 단서가 아무것도 없다는 말이 아닌가?"

이원적이 답답하다는 듯 말하고 고개를 저었다.

하지만 사도무영의 생각은 조금 달랐다.

"꼭 그렇지만은 않을 겁니다. 이미 당연히 실패할 줄 알았던 표행이 성공한 상탭니다. 그들이 꾸민 일에 금이 간 거지요. 한 번 금이 간 이상, 반드시 또 다른 뭔가가 드러나게 될 겁니다."

"사실 이 정도로 끝났으니 다행이지, 하마터면 가짜 표물 때문에 표국이 곤란에 처할 뻔했네. 나는 국주께 정식으로 요청해서 이번 일을 중원표사회에 알릴 생각이네."

중원표사회는 백대표국이 강호세력의 압박에 대항하기 위해 자구책으로 만든 모임이었다. 그들이 나서만 준다면, 상대가 거대세력이 아닌 이상 한 번 싸워볼 만했다.

힘이 없는 이상, 이원적이 정체불명의 적과 싸울 수 있는 방법은 오직 그것뿐이었다.

그러나 그들의 힘을 빌리려면 한 가지 문제가 먼저 해결되어야 했다.

"실질적인 피해가 크지 않으니, 확실한 증거가 없는 이상 그들이 나서지 않을지도 모릅니다. 그럼 어떻게 할 생각이십니까?"

이원적은 사도무영의 말을 듣고 힘이 빠졌다. 사실이 그랬다.

한 사람도 죽지 않은 일에 중원표사회가 적극적으로 나서줄까?

그럴 가능성은 오 할도 되지 않았다. 사도무영의 말대로 확실한 증거라도 있다면 모를까.

하지만 그는 절대 이번 일을 그냥 넘기고 싶지 않았다. 국주나 중원표사회가 유야무야 한다면, 이번 표행에 나섰던 사람들만이라도 움직여서 이번 일을 조사해볼 작정이었다.

"그럼 별수 없지. 나라도 알아보는 수밖에. 혹시 좋은 생각이라도 있으면 말해보게."

사도무영은 이원적의 의지가 확고하다는 걸 알고 자신의 생각을 말해주었다.

"표행이 성공했다는 걸 알면 그들도 흔들릴 겁니다. 혹시나 자신들에 대한 것이 드러나지 않을까 우려해서 표행에 대한 것을 은밀히 조사해보겠지요."

"사건 현장에 범인이 모습을 드러내는 것처럼 말이지?"

"비슷하다고 봐야겠죠."

일리가 있다 생각했는지 이원적의 눈빛이 조금 살아났다.

"자네 생각으로는 무엇부터 조사하는 게 좋을 것 같나?"

"일단 표물을 맡긴 자가 화성사의 스님이 맞는지, 화성사에서 그 일에 끼어들었는지부터 알아보십시오. 그리고 은밀하게 표국 주위에 사람을 풀어서, 표국에 대한 것을 조사하고 있는 자가 있는지 살펴보시고요. 단, 그들이 나타나더라도 함부로 건들지는 마십시오. 보고도 못 본 척하면서 정보만 모아야 합니다."

"음, 알겠네."

"또 하나, 안경은 물론이고, 일대 큰 성의 옥을 취급하는 상점을 조사해서 옥룡주 크기의 벽옥을 판 곳이 있는지, 벽옥에 용을 조각한 자가 있는지도 알아보십시오. 그 정도 정교한 조각이라면 제법 이름 있는 장인이 조각했을 겁니다."

"그렇게 함세."

"제 일을 무사히 마치게 되면, 시간이 되는 대로 들르겠습니다."

사도무영의 말에 이원적의 눈빛이 완전히 살아났다.

주모자를 알아낸다 한들, 중원표사회가 나서주지 않으면 아무 소용이 없다. 분노를 속으로 삭이는 수밖에.

그러나 사도무영이 온다면 이야기가 달라진다.

"정말인가?"

"그들 때문에 죽어간 사람이 수십 명입니다. 게다가 동료였던 사람들이 크게 다쳐서 무공을 잃을지 모를 상황에 처해 있습니다. 그 대가를 받아야지요."

또한 자신을 농락한 대가까지.

"고맙네. 자네가 올 때까지 최대한 많은 것을 조사해 놓겠네."

강후는 이원적과 함께 청운표국으로 돌아가기로 했다.

사도무영이 중경까지 오면서 내공의 기틀을 다져준 덕에 하루가 다르게 무공이 발전하고 있는 상황이었다. 청운표국에 도착할 즈음에는 이원적보다 강해져 있을 터, 강후가 도와준다면 조사가 한층 수월할 것이었다.

그렇게 두 사람을 안경으로 돌려보낸 사도무영은 곧장 성도로 향했다.

## 1.

 구름이 짙게 끼는가 싶더니, 성도에 들어서자마자 비가 내리기 시작했다.
 사도무영은 일단 가까운 객잔을 찾아 들어갔다.
 비가 오기 때문인지 손님이 많지 않아서 자리를 잡는 것은 어렵지 않았다. 그가 창가 쪽의 빈자리에 가서 앉자, 곧 점소이가 다가와 엽차잔을 내려놓고 주문을 받아갔다.
 엽차로 목을 축인 그는 비가 점점 거세지는 창밖을 바라보며 생각을 정리했다. 중경을 떠난 지 이틀, 마침내 성도에 도착했다. 이제 청성산까지는 이백 리 정도. 한나절이면 충분했다.
 사실 비만 아니었다면 이대로 청성산까지 갔을지도 몰랐다.

위지양을 만나다 *273*

그러나 지리도 모르면서 비오는 날에 청성산으로 들어간다는 것은 고생을 자초하는 일이었다.

청성산은 구화산보다 훨씬 깊고 큰데다, 그가 가고자 하는 곳은 청성산에서도 가장 깊고 외진 곳이었다.

운무마저 끼면 어디가 어딘지 분간조차 못할 것이 분명했다. 그는 비 맞은 생쥐처럼 청성산을 헤매고 싶지 않았다.

'사부님이 그곳에 계셔야 할 텐데……'

우여곡절이 있긴 했지만, 다행히 계획보다 늦지 않게 도착했다. 이제 사부를 찾는 일만이 남았다.

사문의 옛터가 있는 곳을 정확하게 알지는 못하지만 그 점에 대해선 굳이 고민하지 않았다. 고민한다고 해서 해결될 문제도 아니고.

일단 부딪쳐 보면서 하나하나 해결하면 될 일이었다. 정 안되면, 사냥꾼이라도 하나 길잡이로 고용하면 될 것이 아닌가.

중요한 점은, 그가 청성의 코앞까지 왔다는 것이었다.

'청성파에 물어보면 비천봉이 어디에 있는지 알 수 있을지도……'

그가 청성파를 떠올리는데 주렴이 걷히며 누군가가 들어왔다. 들어온 사람은 두 사람이었다. 서른 전후의 장한과 이십대 중반의 청년.

두 사람을 알아본 사람들이 놀란 표정을 지으며 속삭였다.

"당옥과 당환이 아닌가?"

"당가삼호 중 두 사람이 이곳에 무슨 일로 온 거지?"

당가삼호(唐家三虎)란 오대세가 중 하나인 사천당가의 신진고수 세 사람을 말한다. 말이 신진고수지, 그들은 이미 중견고수들을 뛰어넘었다는 평가를 받고 있는 당가의 떠오르는 별이었다.

키가 조금 작고 빼빼한 자가 당옥, 키가 크고 둥근 얼굴을 지닌 자가 당환이었다.

평소에 얼굴 보기도 힘든 그들이 허름한 객잔에 함께 나타났으니 사람들이 놀라는 것도 무리가 아니었다. 그들은 이런 곳에서 술이나 음식을 먹지 않으니까.

사람들의 속삼임을 들었을 텐데도 안으로 들어선 두 사람은 눈길 한 번 돌리지 않고 한 곳으로 향했다. 왠지 모르게 굳은 표정이었다.

그들은 사도무영이 앉아 있는 곳과 반대편으로 갔는데, 두 사람의 눈은 한 사람에게 고정되어 있었다.

사도무영은 그들의 시선이 향하는 곳을 바라보았다.

풀어헤쳐진 머리카락이 얼굴의 반을 덮어 나이를 짐작하기가 쉽지 않은 자가 구석진 곳에 앉아 있었다.

추레한 옷차림을 한 그의 옆에는 한 자루 검이 비스듬히 세워져 있었는데, 얼마나 오랫동안 사용했는지 검병이 닳아서 번들거렸다.

그를 본 사도무영의 눈빛 깊은 곳에서 이채가 번뜩였다.

'누구지?'

위지양을 만나다 275

사도무영이 바라보는 동안 그가 느릿하니 술잔을 비웠다.

거의 동시에 당가의 두 형제가 그의 일 장 앞에서 걸음을 멈췄다.

"귀하가 이걸 보냈소?"

당옥이 먼저 담담한 목소리로 말하며 뭔가를 내밀었다. 그의 손 위에는 작은 옥패가 들려 있었다.

머리카락이 풀어헤쳐진 자는 술잔을 내려놓고 당옥을 쳐다보았다.

"내가 원한 사람은 그대들이 아니네만."

그의 얼굴을 자세히 살펴본 당옥의 눈빛이 잘게 흔들렸다.

"역시 위지 형이었구려. 미안하지만 수연이는 올 수 없소."

"약속을 저버리겠다는 건가?"

당환이 조소를 지으며 답했다.

"여기 올 때 어느 정도 짐작은 했을 거라 보오만, 안 그렇소, 위지 형?"

"결국 없던 일로 하자는 게 당가의 최종 입장인가?"

"그리 생각해도 무방하오. 아버님께 보고를 올린 일이니까."

당옥의 말에 위지 성으로 불린 자가 큭큭대며 웃었다.

"큭큭, 그래도 한 가닥 희망을 품었거늘, 결국 나 위지양만 어리석은 놈이 된 건가?"

"우리로서도 어쩔 수 없는 선택이었소."

"신의를 저버린 추악한 짓이 어쩔 수 없는 선택이었단 말이지?"

당환이 발끈해서 한 마디 했다.

"말을 너무 함부로 하시는군!"

"함부로 말한다고? 크하하하! 형제간의 약속을 저버린 자들이 겨우 그 말에 화가 난단 말이더냐?"

"십 년 전 술자리에서 한 약속일뿐이오. 그걸 너무 심각하게 받아들인 것 같소이다."

"남자의 약속은 입 밖으로 나오는 순간부터 목숨과도 같은 것. 그러지 못할 약속이라면 하지를 말아야 했다!"

탕!

손바닥으로 탁자를 내리친 위지양이 자리에서 일어났다.

그는 술병을 들어 술잔 가득 따르고는 단숨에 들이켰다. 그리고 잔을 바닥에 내던졌다.

쨍그랑!

산산이 부서진 술잔조각이 사방으로 튀었다.

술잔을 내던진 위지양의 풀어헤쳐진 머리카락 사이로 싸늘한 눈빛이 번뜩였다.

"오늘로서 본가와 당가와의 모든 인연이 끊어졌다. 내가 택한 게 아니라 그대들이 스스로 자초한 일임을 잊지 마라."

당옥은 속으로 안도했다.

좀 더 험악한 상황을 예상하고 왔다. 약혼까지 했으니 떼를 쓸지 모른다는 생각에, 눈 딱 감고 단호히 처리할 생각까지 했다. 그런데 의외로 순순히 물러나는 것이 아닌가.

한때 형으로 부르던 사람을 곤란케 하고 싶지 않았는데, 잘된 일이 아닐 수 없었다.

"위지 형 좋을 대로 생각하시오. 우리의 결정은 변함이 없으니까. 그럼 이만 가보겠소."

그는 형식적으로 포권을 취하고는 몸을 돌렸다.

당환도 입가에 조소를 띤 채 포권을 취했다. 그러고는 한마디 남기는 것이 의무이기라도 한 것처럼 위지양을 조롱했다.

"수연이를 만나겠다고 본가 근처에 얼씬거리지 마시오. 본가의 암기는 당신을 못 알아볼지 모르니까."

당옥이 눈살을 찌푸리고 당환을 재촉했다.

"그 정도면 알아들었을 테니 그만하고 가자."

"예, 형님."

위지양은 아무런 대꾸도 하지 않고, 당옥과 당환의 등을 차가운 눈으로 바라보기만 했다. 그리고 두 사람이 완전히 객잔을 나가자, 탁자 한쪽에 세워놓은 검을 집어 들었다.

당가로부터 냉대를 받았는데도, 의기소침과는 거리가 먼 표정, 행동이었다.

사도무영은 그 모습을 지켜보며 속으로 혀를 찼다.

그가 본 위지양은 강했다. 당가삼호 중 두 사람인 당옥과 당환이 비교가 안 될 정도로.

그런 사람을 겉모습만 보고 냉대하다니.

'쯔쯔쯔, 당가가 실수를 하는 것 같군. 저렇게 대해서는 안 될 사람이거늘.'

한데 그때였다. 구석진 곳에서 나와 입구로 향하던 위지양과 사도무영의 눈이 마주쳤다. 위지양은 입구로 향하던 걸음을 틀어 사도무영이 있는 곳으로 다가왔다.

너무 자연스러운 방향전환이어서, 처음부터 사도무영의 자리로 가려 했던 것처럼 보일 정도였다. 그는 사도무영의 탁자 앞에 멈춰 서더니 담담히 말문을 열었다.

"비가 많이 오는군. 지금 나가면 비 맞은 생쥐가 될 거 같고, 그렇다고 술을 한 잔 더 하자니 돈이 없네. 괜찮다면 술 한 잔 사줄 수 있겠나?"

좀 전과 달리 듣기 좋은 나직한 저음이었다. 게다가 앞에서 직접 보니 얼굴의 선이 굵고 눈빛도 맑아서 호감이 가는 인상이었다.

사도무영은, 마치 오래전부터 아는 사람이라도 되는 듯 말하는 그를 보고 눈짓으로 앞좌석을 가리켰다.

"앉으시죠. 제가 술 한 잔 사드리죠."

"고맙네."

그는 당연히 그럴 줄 알았다는 듯, 반말이 입에 밴 사람처럼 짧게 답하고는 자리에 앉았다.

한데도 사도무영은 기분이 나쁘지 않았다. 아니 나쁘기는커녕 왠지 모르게 웃음이 나올 정도로 기분이 좋았다.

"나는 위지양이라 하네."

"사도무영입니다."

사도무영은 성까지 모두 밝혔다.

어차피 고독으로 뭉친 사람이었다. 게다가 낙양까지는 수천 리 길, 알려져도 무방할 것 같았다.

그때 마침 점소이가 요리를 가져왔다. 약간의 양고기와 야채를 볶은 것이었는데, 구수하고 매콤한 냄새가 입맛을 당기게 했다.

요리가 나오자 위지양이 술을 시켰다.

"노주노교(瀘州老窖)가 있는지 모르겠군."

점소이가 힐끔 사도무영과 위지양을 번갈아 쳐다보았다.

노주노교는 노주의 특산으로 값이 제법 비쌌다. 두 사람의 모습으로 봐서 술값을 제대로 계산할 수 있을지 그게 걱정이었다.

"저…… 그 술은 한 근에 동전 백 푼은 내셔야 하는데요."

사도무영이 반 냥짜리 은자를 탁자 위에 올려놓았다. 점소이는 잽싸게 은자를 챙기고는, 그제야 쁘르르 달려가 술을 내왔다. 위지양은 술잔에 술을 따르더니, 눈을 반쯤 감고 향을 음미했다. 그러고는 천천히 술잔을 기울였다.

경건하게마저 보이는 그의 모습에 사도무영도 문득 한 잔 마시고 싶다는 생각이 들었다. 그가 슬며시 손을 뻗어 술잔을 잡자 위지양이 술병을 기울였다.

사도무영은 입에 대고 일단 조금만 마셔보았다.

톡 쏘긴 하지만 마셔도 괜찮을 것 같았다. 더구나 위지양이 이상하다는 눈빛으로 쳐다보고 있는 터였다.

그는 '에라 모르겠다!'라는 심정으로, 단숨에 목구멍 안에다 털어 넣었다.

순간, 목구멍에서 불길이 확 올라왔다.

"콜록, 콜록, 콜록!"

위지양이 피식 웃으며 술잔을 채웠다. 그가 웃으니 웃기 전보다 훨씬 나아 보였다.

사도무영은 벌게진 얼굴로 그를 꼬나보았다.

"왜 웃으십니까?"

위지양의 표정이 다시 가라앉았다. 마치 웃은 것이 큰 잘못을 범하기라도 한 것 같은 표정이었다.

"술이 아깝군. 반쯤 뿜어 버렸으니 말이야."

"술을 처음으로 마시다 보면 그럴 수도 있는 일이죠."

"음? 술을 오늘 처음으로 마셨단 말인가? 그 나이에?"

그 나이 되도록 술도 마셔보지 못하고 뭐했냐는 투다.

사도무영은 입가를 소매로 쓱 훔치고 다시 술잔을 채웠다. 어차피 술을 입에 댔으니 제대로 배워볼 작정이었다.

"그럼 나이 열여덟에 술 마실 기회가 얼마나 있었겠습니까? 더구나 삼 년 동안은 산구석에 처박혀 있었는데."

위지양은 술잔을 잡은 채 사도무영을 빤히 쳐다보았다.

스무 살은 되었을 거라 생각했다. 그런데 열여덟이라니.

"그렇게 보지 마십쇼. 삼 년 동안 죽을 고생을 해서 삭아 보이는 것뿐입니다."

"정말…… 열여덟 살이란 말인가?"

"믿어서 나쁠 거 없으니 좀 믿으시죠."

위지양은 속으로 경악을 금치 못했다.

그가 사도무영에게 억지를 부린 것은 비 때문에 그런 것이 아니었다. 술이 마시고 싶었지만, 그렇다고 꼭 그 이유 때문만도 아니었다.

가장 큰 이유는, 사도무영에게서 느껴지는 기운이 예사롭지 않았기 때문이다. 한데 자신의 발길을 돌리게 한 사람이 이제 열여덟 살이라니.

'표정을 봐선 거짓은 아닌 것 같군.'

사도무영은 위지양이 놀라든 말든 술을 한 잔 더 마셔보았다. 처음보다는 훨씬 나았다.

"크으……. 꽤 독하군요."

위지양은 얼굴이 구겨진 사도무영을 무심한 눈으로 바라보며 질문을 던졌다.

"이곳 사람이 아닌 것 같은데, 어디서 왔는가?"

"구화산에서 왔습니다."

"무슨 일로 그 먼 곳에서 여기까지 왔지?"

사도무영이 위지양을 똑바로 쳐다보고 불쑥 물었다.

"위지 형은 나이가 어떻게 되십니까?"

"서른하나네."

"왜 당가와 말다툼을 한 겁니까?"

"미안하지만 그 이야기는 묻지 말게."

"그럴 줄 알았습니다. 본인 이야기는 다 못하면서 묻는 건 왜 그렇게 많습니까?"

위지양은 바로 대답을 못했다. 그러더니 쓴웃음을 지으며 자책하듯이 말했다.

"내가 그랬나? 그렇군. 나도 결국 내 욕심만 챙기는 사람이었군."

"자책할 필요는 없습니다. 사람마다 다 말 못할 사연이 하나쯤은 있는 법이니까요."

괜히 미안해진 사도무영은 술을 따라주었다.

위지양은 술잔을 물끄러미 쳐다보더니, 갑자기 입을 열었다.

"나중에…… 언젠가 기회가 되면 이야기해 주지. 내 얼어붙은 가슴이 녹으면."

사도무영은 그 정도로 만족하고, 조금 전의 질문에 대답해 주었다.

"제가 사천에 온 것은 청성으로 가기 위해섭니다."

"청성파의 제잔가?"

"아니요. 사부님이 청성산 어딘가에 계시거든요."

지금도 그곳에 있을지 알 수는 없지만.

"청성산은 겉보기보다 훨씬 깊고 험하다네."
"청성산에 대해서 잘 아십니까?"
그냥 지나가는 투로 물어보았다. 별 기대 없이. 그런데 위지양이 뜻밖의 말을 했다.
"비록 청성산은 아니지만, 그 근처에서 십 년 동안 살아왔으니 잘 안다고 할 수 있지."
사도무영은 잔뜩 기대하는 마음으로 질문을 했다.
"그럼 비천봉이 어디에 있는지 아십니까?"
"비천봉? 거긴 오래전에 무너져서 황폐한 곳인데 왜 찾는 건가?"
오오! 비천봉까지 안다.
"그곳에 가려면 어떻게 가야 합니까?"
"걸어가게. 아니면 뛰어가든지. 말 타고는 못 가거든."
"……."
"오랜만에 농담을 해봤더니 별로 웃기지도 않는군."
알긴 아는군. 그렇게 사람 잡을 것 같은 얼굴로 농담하면 누가 웃겠어?
"말하기 싫으면 마십쇼. 청성파에 가서 물어보면 되니까."
"비천봉에 사부님이 계시나?"
"뭐 거기 가신다고 했으니까, 거기 계시겠죠."
"말만 듣고는 찾아가기가 쉽지 않을 거네. 워낙 깊은 곳이어서."

"그럼 위지 형이 데려다 주시든가."

"그럴까?"

그냥 해본 소린데 너무 쉽게 응낙한다.

사도무영은 위지양을 뚫어지게 쳐다보았다.

"정말입니까?"

'농담이네.' 그러려고 하는 건 아니겠죠?

"나는 한 번 뱉은 말을 주워 담지 않는 사람이네. 어떤 자들처럼. 마침 내가 지냈던 곳으로 가서 가져올 것도 있으니 함께 가지."

모든 일이 원만히 흐르면 운명도 거스르려 했다. 그런데 세상이 그걸 원치 않는 것 같다.

'할 수 없지. 그게 내 운명이라면.'

술잔을 목구멍에 털어 넣는 위지양의 두 눈에서 무채색의 광채가 번뜩였다. 정제된 극한의 살기가 담긴 눈빛이.

## 2.

아침 일찍 성도를 출발한 사도무영과 위지양은 곧장 청성산으로 향했다. 위지양의 말에 따르면, 비천봉은 청성산에서도 백 리를 더 안쪽으로 들어가야 한다고 했다.

첩첩산중. 깎아지른 절벽과 암봉이 즐비하고, 이만 척 높이의 사고랑산이 저 멀리 보이는 곳.

그곳은 짐승들조차 발 딛기를 꺼려할 정도로 험해서 접근하기가 쉽지 않다고 했다.

사도무영은 사부님이 왜 공연한 고생을 사서 하는지 한숨이 나왔다. 하긴 회천수혼의 진정한 의미를 모르니 사문의 무공을 얻고자 했을 것이었다.

회천수혼에 조사님 영이 깃들어 있다는 걸 알았다면, 조사님께 사문의 무공을 배울 수 있다는 걸 알았다면 가지 않았을 것이거늘.

그래도 사부님을 원망하지는 않았다. 제자를 위해 수천 리 길을 갔는데 원망하면 자신이 나쁜 놈이었다.

"사부님은 어떤 분이신가?"

정오쯤, 청성산이 바라보이는 숭주를 지나는데 위지양이 물었다.

사도무영은 전날의 복수를 하듯이 대답했다.

"좋은 분이죠."

"그런 것 같군. 제자가 수천 리 길을 달려와 찾으려 하는 걸 보면 말이야."

사부는 제자 때문에, 제자는 사부를 찾아서 수천 리를 마다 않고 청성까지 왔다. 그러고 보니 그 사부에 그 제자가 아닐 수 없었다.

사도무영은 피식 웃으며 위지양에게 물었다.

"위지 형의 사부님은 어떤 분이셨습니까?"
"인품을 묻는 것이라면 딱히 대답해줄 말이 없군."
"예?"
"이미 이백 년 전에 돌아가셨거든."
"아, 그럼 선사의 유물을 얻어서 무공을 익혔나 보군요."
"반은 그런 셈이지."

조금 뜻이 묘했지만, 더 자세히 묻지는 않았다. 자신 역시 사문에 대해 자세히 말해줄 수 없는 사정이 있지 않은가.

'유물만으로 무공을 익혔으면 보통 어려운 일이 아니었을 텐데, 그래도 뭐 나처럼 죽을 고생을 하지는 않았겠지.'

그는 생각지도 못했다. 그보단 덜했지만, 위지양 역시 죽을 고생을 하면서 무공을 익혔다는 걸.

위지양은 뼈를 깎는 고난의 십 년을 떠올리며 그간 자신이 느낀 바를 말했다.

"선사의 무공을 익히면서 알았지. 세상에는 일반사람이 상상조차 할 수 없는 대단한 능력을 지닌 사람들이 많다는 걸 말이야."

사도무영도 그 말은 인정했다. 자신의 의념 속에 자리하고 있는 조사의 능력만 봐도 알 수 있는 일이었다.

아마 세상에는 그와 같은 능력자가 한두 명이 아닐 터였다. 과거뿐만 아니라 현실에서도.

'구천신교의 주인도 그런 능력자일지 모르겠군.'

충분히 가능성 있는 생각이었다.

한데 그 생각을 하자 마음이 심란해졌다. 화설 누이를 구하러 가야 하는데, 자신에게 그들을 감당할 수 있는 능력이 있는지 걱정되는 것이다.

하지만 곧 심란한 마음을 털어내 버렸다.

아직 부딪쳐보지도 않았다. 누가 이길지는 아무도 모르는 것이다.

'아직 조사님의 무공을 완성하지도 못했잖아? 그것만 완성하면 까짓 거……'

사도무영은 스스로를 자극해 자신감을 북돋우고는, 목에 힘을 주고 위지양에게 물었다.

"위지 형, 두고 온 것을 찾고 나면 뭘 하실 겁니까?"

위지양은 청성산을 쳐다보며 무심한 어조로 말했다.

"나에게 주어진 운명에 따를 생각이네."

예상치 못한 애매모호한 대답에 사도무영은 고개를 모로 꼬았다. 그는 상상도 못했다. 위지양이 말한 운명이 무엇을 뜻하는지. 그가 그 운명을 벗어나려 얼마나 발버둥 쳤는지.

## 1.

사도무영과 위지양이 비천봉이 보이는 곳에 도착한 것은 석양이 지기 전이었다.

산이 워낙 험해서 예상보다 시간이 더 걸렸지만, 아침 일찍 출발한 덕에 어둠 속을 헤매는 불상사는 벌어지지 않았다.

사도무영은 이름 없는 봉우리 위에서 비천봉 일대를 둘러보며 혀를 내둘렀다.

"엄청나군요."

비천봉 일대는 위지양의 말대로 산짐승조차 다니기 어려울 만큼 험했다. 백수십 년 전, 지진으로 봉우리가 무너지면서 생긴 수십 장 크기의 엄청난 암반이 여기저기 제멋대로 널브러져 있었는데, 눈에 보이는 드넓은 계곡 전체가 그 모양이었다.

문제는, 그게 전부가 아니라는 것이다.

"저 봉우리 뒤쪽도 마찬가지네. 그야말로 비천봉 주위는 완전히 다 무너졌다고 봐야하네."

'끄응, 사부님이 계신 곳을 찾는 것도 보통 일이 아니겠는걸?'

하긴 망혼진인이 삼십 년 동안 오가며 겨우 찾은 곳이다. 비록 위치를 대충 말해주기는 했지만, 찾으려면 한동안 고생을 해야 할 것은 불을 보듯 뻔했다.

그의 걱정이 태산처럼 커져 가는데 위지양이 말했다.

"내가 가고자 하는 곳에 가려면 아직도 산을 몇 개는 더 넘어야 하네. 곧 어두워질 것 같은데 아무래도 서둘러야 할 것 같군."

어차피 사문의 옛터를 함께 찾으러 다닐 수도 없는 일이었다. 그러나 마음에 드는 사람을 이렇게 떠나보내기는 너무 아쉬웠다.

헤어지면 언제 또 만날지 모르는 일.

사도무영은 한 줄기 연이라도 맺어놓고 싶었다.

"저에게는 여동생만 있고 형이 없습니다. 제가 형이라고 불러도 되겠습니까?"

위지양은 바로 대답하지 않고 물끄러미 사도무영을 쳐다보았다. 그가 바로 대답을 하지 않자, 사도무영이 어깨를 으쓱하며 씩 웃었다.

"뭐 싫다면 하는 수 없고요."

그제야 위지양이 고저 없는 목소리로 대답했다.

"나를 형으로 삼으면, 나중에 후회할지 모르네."

싫지는 않은 것 같다. 그리 생각한 사도무영은 윽박지르듯이 위지양을 밀어붙였다.

"그러니까 싫다는 겁니까, 좋다는 겁니까?"

"십 년을 혼자 살아왔지. 자네 같은 동생 하나 있어서 나쁠 건 없을 것 같군."

"쩝, 형 하나 만들려고 했더니, 골라도 하필 되게 비싼 분을 고른 것 같군요."

"아직은 비싼 사람은 아니네. 하지만 앞으로는 비싼 사람이 되어서 아우가 손해 보지 않도록 해주지."

사도무영은 빙그레 웃으며 포권을 취했다.

"사도무영이 형님을 뵙습니다!"

위지양이 손을 뻗어 사도무영의 손을 감쌌다.

"사정이 이래서 제대로 된 형제의 예를 갖추지 못하는 게 안타깝네만, 하늘과 땅을 증인 삼아 자네를 나, 위지양의 형제로 받아들이겠네. 반갑네, 아우."

"이곳이 복숭아밭이 아니면 어떻습니까? 술이 없으면 어떻습니까? 소제는 평생 형으로 모실 분을 만난 것만으로도 기쁘기 한량없습니다!"

사도무영이 도원결의를 빗대 기쁨을 표하자, 위지양의 무심하던 눈빛도 격하게 흔들렸다.

"나 역시 절대 아우에게 부끄럽지 않은 형이 되겠네!"

"형님!"

"아우!"

청성산 깊은 곳, 비천봉이 바라보이는 곳에서 그렇게 두 사람이 손을 맞잡고 의형제를 맺었다. 그때만 해도 아무도 몰랐다. 그들의 결의가 훗날 강호에 어떤 영향을 미칠지.

사도무영은 한참 만에 격동을 가라앉히고 넌지시 말했다.

"곧 어두워질 텐데, 내일 가지 그러십니까? 저도 어차피 오늘 사부님을 찾기는 틀린 것 같은데, 함께 밤을 보내지요."

위지양도 의형제를 맺자마자 이대로 헤어지기가 아쉬웠다. 거처를 찾아가는 일을 하룻밤 정도 미룬다고 당장 큰일이 나는 것도 아니었고.

"그럼 일단 내려가 보세."

계곡으로 내려가자, 위에서 보던 것보다 상황이 훨씬 더 심각했다. 집채만 한 바위들을 건너뛰어서 이동해야 하는데, 이끼가 낀데다 비까지 내린 터라 보통 미끄러운 게 아니었다. 아마 두 사람이 초절한 경공술을 익히지 못했다면 몇 번은 미끄러졌을 터였다.

두 사람은 잔뜩 신경을 곤두세운 채 바위에서 바위를 건너

뛰었다. 그렇게 오십여 장을 전진하자 조금 평탄한 곳이 나왔다. 그래봐야 이십여 장 정도의 공간이었지만.

그 사이 산 전체가 어스름에 물들고, 여기저기서 산짐승들의 울음소리가 들려왔다.

두 사람은 쉴만한 곳을 찾아보았다.

멀지 않은 곳에, 거대한 암반이 무너질 때 이마를 맞대며 생긴 틈이 있었다. 깊이가 사오 장이나 되고, 높이도 일 장이나 되어서 동굴이나 다름없었다.

게다가 밤이 되면 공기가 한겨울처럼 차가워질 터, 불을 피우려 했는데 운 좋게도 안쪽에는 썩어서 마른 나무들이 잔뜩 뭉쳐 있었다. 아름드리 둥치까지 있는 걸 보니, 절벽이 무너지면서 깔린 나무들인 듯했다.


사도무영이 나무를 대충 잘라서 입구 쪽에 쌓아 놓고 불을 붙이는 동안, 위지양은 산속으로 들어갔다. 저녁거리로 뭐라도 잡아오겠다면서.

그리고 얼마나 지났을까, 그는 양손에 뭔가를 들고 돌아왔다. 제법 큰 새였다.

"그거 까마귀 아닙니까?"

"맞네."

"먹으려고 잡아온 겁니까?"

"그럼 심심해서 잡아온 줄 아나?"

"왜 하필 까마귀입니까? 기왕이면 다른 걸 잡아오시지."
"까마귀밖에 없었으니까. 지대가 높아서 뱀도 없고."
위지양은 짤막하게 대답하고 까마귀를 손질했다.
사도무영은 더 이상 불평을 하지 않았다. 뱀보다는 까마귀가 나을 것 같았다. 위지양은 넓적한 돌을 불 속에 넣고, 그 위에 손질한 까마귀를 얹었다.

두 사람은 고기가 익을 동안 이런저런 이야기를 나누었다.
"그게 정말인가?"
사도무영의 말을 듣던 위지양의 눈이 커졌다. 사도무영이 아버지와 함께 집을 나온 삼 년 전 이야기를 했던 것이다.
"뭐 그 바람에 고생 좀 했죠."
"어머니 마음고생이 심했을 것 같군."
"표국에서 들으니까, 일을 크게 벌이시지는 않으신 거 같습니다. 아직 천보장이 활발히 돌아가는 걸로 봐서 건강도 괜찮으신 거 같고요. 원래 쉽게 흔들리지 않는 분이시긴 하지만."
"그래도 부모의 마음은 그게 아니네."
"저도 알긴 하는데, 지금은 돌아갈 수가 없습니다. 아직 할 일이 남아서요."
"소식이라도 꾸준히 전해주게."
"그건 그래야죠. 그런데 형님, 혹시 구천신교에 대해 아시는 거 있습니까?"

"구천신교? 사마도의 배후라 불리는 그곳 말인가?"
"예."
"워낙 비밀이 많은 곳이어서 나도 그곳에 대해선 잘 모르네. 아마 구천신교에 대해 자세히 아는 사람이 강호에 거의 없을 것이네. 그런데 왜 그곳에 대해 알려고 하는 거지?"
"그곳에 잡혀간 사람이 있습니다. 그런데 어디에 있는지 알아야 찾으러 가죠."
위지양으로서도 마땅히 해줄 말이 없었다.
사도무영도 어차피 큰 기대를 하지는 않았던 터였다. 십 년 동안이나 산속에서 살았다는 사람이 아닌가 말이다.
그때 위지양이 다 익은 까마귀고기를 내밀었다.
그러고는 사도무영에게 마땅한 대답을 못해준 대신, 자신에 대한 걸 담담한 어조로 말했다.
"내 고향은 한중이네. 그리 자랑할 만한 집안은 아니지만, 그래도 나름 한중에서 남에게 욕먹으며 지내지는 않았지. 지금은…… 나밖에 남지 않았네만."
사도무영은 까마귀고기를 받아들고 위지양을 바라보았다.
한 마디로 집안이 몰살당하고 혼자 살아남았다는 말이 아닌가.
안타까우면서도 그러한 이야기를 담담히 하는 위지양의 말투에 가슴이 싸늘해졌다.
"어쩌다 그런 일이……."

사문(師門)의 옛터를 찾아서 297

"모두 한 사람의 욕심이 빚은 일이지."

사도무영은 궁금한 게 많았지만 묻지 않았다.

위지양도 더 말하지 않고 다 익은 까마귀고기를 집어 들었다.

바로 그때였다.

그들이 있는 곳을 향해 한 줄기 기운이 은밀하게 다가오는 게 느껴졌다. 사도무영은 그 기운이 가까이 다가오도록 그냥 놔두었다. 살기가 느껴지지 않는 걸로 봐서 악의는 없는 것 같았다.

위지양도 눈치를 챈 것 같은데 별다른 행동은 보이지 않았다.

곧 기운의 주인이 한 소리 내지르며 나타났다.

"화식이 엄금된 곳에서 누가 감히 고기를 굽는 것이냐?"

허리를 꼿꼿이 펴고 있는데도 다섯 자가 겨우 될 듯 말듯 한 노인이었다. 뾰족한 턱에서 수염이 염소처럼 쭉 한 뼘가량 늘어져 있었는데, 허름하긴 해도 도복을 입고 있는 걸로 봐서 도인인 듯했다.

노도인은 나타나자마자 사도무영과 위지영의 손에 들린 까마귀고기를 뚫어지게 바라보았다.

'청성파의 도인인가?'

사도무영은 망혼진인을 찾으러 온 곳에서 노도인을 보자 반가운 마음이 들었다.

"청성파의 도장님이십니까? 이리 오시죠. 마침 고기가 다 구워졌는데……."

까마귀를 둘로 찢은 사도무영은 노도인을 향해 한쪽을 내밀었다.

"흥! 노도의 분노를 그 따위 걸로 풀 수 있다고 보느냐?"

"싫으면 마시고요."

사도무영은 내밀었던 손을 거두어 들였다.

그러자 노도인의 주름진 두 눈이 가늘어졌다.

어느 누구든 이런 상황이 되면 놀라거나 당황하는 모습을 보이는 게 보통이다. 그런데 두 젊은 놈은 눈썹 하나 까딱하지 않고 너무도 태연하지 않은가 말이다.

"네놈들은 누구냐? 누군데 이런 외진 곳까지 들어와서 고기를 굽고 있는 것이냐?"

"저는 사도무영이라 합니다. 그리고 이쪽은 저의 의형님이시죠. 정말 안 드실 겁니까?"

사도무영은 다시 반쪽의 고기를 내밀었다.

노도인의 울대가 출렁거리는 파도처럼 움직이고, 침 삼키는 소리가 천둥처럼 들렸다. 먹고 싶은 걸 꾹 참고 있는 모습이었다.

노도인은 사도무영과 위지양이 꿈쩍도 하지 않자, 겁주는 것을 포기했다. 대신 눈짓으로 사도무영의 왼손을 가리켰다.

"그쪽 것이 좀 더 큰 거 같은데……. 술은 없냐?"

사문(師門)의 옛터를 찾아서

"썩을, 소금이라도 가지고 다니지. 맛이 이게 뭐냐?"

노도인은 게 눈 감추듯 까마귀 반쪽을 뼈도 남기지 않고 모조리 씹어 먹고는, 입맛을 다시며 불평불만을 늘어놓았다.

위지양이 반쪽을 더 찢어 주었다.

노도인은 당연하다는 듯 날름 낚아채서 오도독 오도독 뼈까지 씹어 먹었다. 그리고 손가락을 쪽쪽 빨고는, 조금 풀어진 표정으로 두 사람을 쳐다보았다.

"험, 그래도 노인을 공경할 줄은 아는 놈들이군. 그도 아니었으면 치도곤을 냈을 텐데."

망혼진인과 조사의 의념을 상대하면서 나름 참는 법에 익숙해진 사도무영이다. 눈앞에 있는 노도장의 변덕 정도는 마이동풍(馬耳東風)식으로 넘길 정도는 되었다.

"도장님은 이 계곡 안에 사십니까?"

"미쳤냐? 이런 곳에 사람이 어떻게 살아?"

"그럼 이 밤에 여긴 무슨 일로 오신 겁니까?"

"불빛이 없었다면 내가 미쳤다고 오냐?"

결국 너희들 미친놈들 때문에 오밤중에 이곳까지 왔다는 말이었다. 솔솔 풍기는 고기 냄새도 한몫 했고.

"그럼 어디 사십니까?"

"저쪽 너머."

그때 위지양이 처음으로 입을 열었다.

"청허암에서 우리를 보고 쫓아오신 모양이군요."

노도장이 움찔 하더니 위지양을 쳐다보았다.

처음에는 장난기마저 보였다. 그러나 곧 표정이 굳어지고, 눈빛도 동지섣달의 한풍처럼 차가워졌다.

"수라 같은 놈. 몸에서 풍기는 냄새가 아주 고약한 놈이로구나. 다른 사람의 눈은 속일 수 있을지 몰라도 노도의 눈을 속일 수 없다. 냉큼 털어 놓아라, 네놈은 누구냐? 사문은 어디더냐?"

위지양은 노도장의 눈빛을 맞받으며 나직한 목소리로 말했다.

"청성에 괴짜 도인이 하나 있으니 풍허(風虛)라 하더이다. 듣기로 풍허도인은 바람처럼 떠돌기를 좋아하고 사람과 어울리기를 싫어해서, 청성에 모습을 보이지 않은 지 이십 년이 넘었다더군요."

"그래서?"

"그러했던 풍허도인이 바람처럼 떠돌기를 마다하고 청성에 돌아왔을 때는, 청성의 품에서 조용히 살아가고자 하는 마음이었을 터, 공연한 궁금증으로 남은 생을 힘들게 하지 마시고 등선에나 마음을 쓰시지요."

"쿵, 네놈에 대한 것을 알아내려다 생고생 할 수도 있다, 그 말이냐?"

"그보다 더한 일을 겪을지도 모르지요."

"그래? 어디 그럴만한 실력인지 볼까?"

사문(師門)의 옛터를 찾아서 301

씩, 노도장의 입가에 차가운 웃음이 걸린 순간이었다.

핑!

노도장, 풍허의 발밑에 있던 불꽃 하나가 위지양을 향해 날아갔다. 위지양은 이마를 향해 날아오는 불꽃을 보며 가볍게 왼손을 들어 저었다.

동시에 오른손이 타오르는 모닥불 위를 쓸어갔다.

찰나였다. 믿을 수 없게도 활활 타오르던 불길이 중간에서 뚝 부러져 위지양의 손바닥 위에 얹어졌다.

그도 잠시, 손바닥 위에 머물렀던 불길이 풍허를 덮쳤다.

"헛!"

풍허의 입에서 헛바람이 새어나왔다.

주르륵, 앉은 채 미끄러지듯이 뒤로 물러선 풍허는 다급히 양손의 검지와 중지를 세우고는 교차하며 휘둘렀다.

화악!

당장 그를 뒤덮어 좀 전의 까마귀 신세를 만들어버릴 것 같던 불길이 폭발하듯이 터져 나갔다.

그리고 고요가 찾아왔다.

언제 그런 일이 있었냐는 듯 세 사람 앞에선 불길이 타오르고, 주위는 고요한 어둠이 내려앉아 있었다.

사도무영은 두 사람의 일수 공방을 흥미 있게 지켜보고는, 두 사람이 더 이상 손을 쓰지 않고 서로만 노려보자 탄성을 터트렸다.

"정말 멋지군요!"

얼굴이 구겨진 풍허도인은 힐끔 사도무영을 흘겨보았다. 기절초풍할 광경을 보고도 여전히 그 자리에 앉아 있는 사도무영이다.

어디 그뿐인가?

곡예단에 구경 온 것처럼 멋지다고 감탄까지 터트린다.

'끄응, 어디서 이런 놈들이……'

그는 구겨진 얼굴을 억지로 펴고 위지양을 노려보았다.

더 시험해볼 것도 없었다. 앞에 있는 놈은 당장 자신이 어떻게 할 수 있는 놈이 아니었다. 오기를 부렸다가는, 놈 말대로 말년에 생고생을 하게 될지 몰랐다.

"노도는 불씨 하나 보냈을 뿐인데 불덩이를 날리다니, 비겁한 놈!"

"청성에서 오래전에 절전된 것으로 알려진 용화신공(龍火神功)이 풍허도인에게 이어진 줄은 미처 몰랐습니다. 그대로 맞았으면 제 이마에 구멍이 뚫렸을 텐데, 어떻게 생각하십니까?"

움찔한 풍허도인은 이마를 좁히며 투덜댔다.

"빌어먹을 놈, 아는 것도 많군. 본파의 제자라는 놈들도 눈치채지 못한 걸 알아보다니."

"그거야 청성의 물이 흐려진 탓이 아니겠습니까?"

"말이나 못하면……"

풍허도인은 말끝을 흐리며 위지양의 두 눈을 직시했다.

분명 지닌 기운은 정심함과 거리가 멀었다. 단순히 먼 정도가 아니라, 살 떨리는 포악함이 느껴지는 기운이었다.

한데 의외로 눈이 맑고, 말투에서도 사악함이 엿보이지 않는다. 의외가 아닐 수 없었다.

"네놈이 얼마나 위험한 기운을 지니고 있는지는 아느냐?"

"천하에 나보다 그놈을 잘 아는 사람은 없을 겁니다. 지난 십 년 중 오 년을 그놈과 싸워왔으니까."

기운을 사람처럼 표현하는 위지양이다. 그러함에도 풍허는 그의 말을 단번에 알아듣고는 눈을 빛내며 물었다.

"이겼느냐?"

"타협을 봤지요."

풍허의 귀에는 그 말이, 사악한 기운과 싸웠는데, 완전히 누르지는 못했다는 말로 들렸다.

갈등이 일었다.

한 목숨 바쳐 앞에 있는 놈을 없애고, 강호에 펼쳐질 살겁을 미연에 방지하느냐, 아니면 상대가 사악한 기운을 누르기를 바라고 놔두어야 하느냐.

하지만 그의 갈등은 오래가지 않았다.

'내가 왜? 결국 그것도 저놈의 운명이고, 강호의 운명인데. 더구나 사악한 기운과 타협을 봤다잖아? 아직 아무 일도 일어나지 않았고 말이지.'

하거늘 미리부터 설칠 이유가 없었다.

대신 그는 충고하는 말투로 위지양에게 한 마디 했다.

"잊지 마라. 네놈이 언제고 사악한 짓을 하고 있다는 소문이 들리면 당장 달려가서 머리통을 부숴버릴 테니까."

'할 수 있으면 해보쇼.'

위지양은 풍허가 조금도 두렵지 않았다. 그러나 더 이상의 말다툼은 하지 않았다.

그런 눈빛으로 풍허를 바라보고는 고개를 돌렸다.

그때 사도무영이 풍허에게 넌지시 물었다.

"언제 청성으로 돌아오신 겁니까?"

"삼 년 되었다. 왜?"

삼 년? 사도무영이 눈을 반짝이며 다시 물었다.

"그럼 그때부터 청허암이라는 곳에 계셨습니까?"

"당연하지. 본산에 가봐야 짜증만 나거든. 귀찮게만 하고."

"그럼 말이죠. 혹시 비천봉 근처에서 어떤 노도장님 한 분 보지 못했습니까? 도복이 회색이라 보셨으면 바로 알 수 있을 텐데요."

"망혼?"

헛!

사도무영은 환호라도 지르고 싶은 표정을 지으며 큰소리로 대답했다.

"맞습니다, 노도장님!"

한데 풍허의 표정이 묘했다.

"그 빌어먹을 늙은이는 왜? 너 혹시…… 그 늙은이 잘 아냐? 아니지, 물어보는 거 보니까 잘 아는 거 같은데?"

"왜…… 그러십니까?"

"왜긴! 그 늙은이가 청허암에 머물면서 내 술 다 훔쳐 먹었으니까 묻는 거다! 너 솔직히 말해, 잘 알지?"

'어휴, 사부님도 참…….'

그래도 어쨌든 사부를 아는 사람이 있다는 것이 어딘가.

사도무영은 기분 좋은 표정으로 솔직히 말했다.

"제 사부님입니다."

"사부?"

"예."

"네 사부 지금 어디 있지?"

"저 안쪽 어디엔가 계시겠죠. 저도 오늘 와서 아직 찾아뵙지 못했습니다."

"무슨 소리야? 이 년 전에 도망쳐서 코빼기도 보이지 않는데, 아직까지 저 안에 있을 리가 있나? 저 안에 있으면 내가 진즉 잡았지."

"예?"

이 년 전에 도망쳤다니, 그게 무슨 소리란 말인가?

그럼 결국 헛걸음 했단 말이 아닌가.

사도무영은 좋았던 기분을 싹 가라앉히고 풍허도인을 쳐다보았다.

"그게 정말입니까?"

"그럼 정말이지, 내가 거짓말을 했단 말이냐?"

"정말 저 안을 다 뒤져보셨습니까?"

"미친놈아, 내가 미쳤냐? 할 일 없이 저 안을 뒤지고 다니게?"

"그런데 어떻게 사부님이 도망쳤다고 확신을 하시는 겁니까?"

"이 년 동안 코빼기도 안 보였다니까?"

사도무영의 목소리가 조금 커졌다. 사부가 이곳에 없다는 생각이 들자, 그것이 꼭 풍허도인 때문인 것처럼 생각되었다.

"그래도 노도장님 눈을 피해서 안에 계실지 모르잖습니까!"

풍허도인은 자신도 모르게 사도무영의 기세에 눌려 그간의 일을 조목조목 설명해 주었다.

"내가 그 늙은이 잡으려고 저 비천봉 위에서 석 달 열흘간 감시를 했다. 그동안 산양을 일곱 마리나 잡고, 호랑이도 두 마리나 잡았지. 하지만 그 늙은이는 그림자도 보지 못했다. 그 정도면 확신할 만하지 않느냐?"

"정말…… 정말 사부님이 떠나셨단 말이죠?"

"그렇다니까?"

"노도장님의 술 때문에 말이죠?"

"꼭 그렇다기보다…… 아마 바쁜 일이 있어나 보지 뭐."

사도무영은 목소리가 낮아지는 풍허도인을 뚫어지게 바라보았다. 거짓말은 아닌 듯했다. 그렇다고 그냥 돌아갈 수는 없는 일. 그는 눈에 잔뜩 힘을 주고, 모른다고 하면 당장 달려들 것처럼 노려보며 나직이 물었다.

"노도장님, 학이 머리를 치켜든 것처럼 생긴 백 장 높이의 바위가 어디에 있는지 아십니까?"

풍허도인은 고개만 끄덕였다.

'내가 왜 이놈에게 추궁을 당해야 하는 거지?' 그런 의아한 표정으로.

사도무영은 풍허도인이, 사부님이 말해 준 학머리바위를 안다는데도 그리 기쁘지 않았다. 사문의 옛터를 가도 사부님이 없을 것이 아닌가 말이다.

그래도 일단 찾아보기는 해야 했다. 혹시라도 사부님이 뭘 남겼을지도 모르니까.

"어딥니까?"

풍허도인은 천천히 오른손을 들더니, 검지를 세우고 머리 위쪽 하늘을 가리켰다.

사도무영이 눈살을 찌푸리며 다시 물었다.

"노도장님에게 손가락으로 학 머리를 만들라는 게 아닙니다. 학 머리처럼 생긴 바위가 어딨냐고 물은 거죠?"

풍허도인이 더 참지 못하고 발끈했다.

"노도가 노망들어서 말귀도 못 알아듣는 줄 아느냐, 이놈아! 저 위에 있잖아!"

위지양이 먼저 고개를 쳐들더니 말했다.

"정말 학 머리처럼 생겼군."

사도무영은, 고래고래 소리 지르며 허공을 쿡쿡 찌르는 풍허도인의 손을 따라 위를 쳐다보았다.

정말 학의 머리처럼 생긴 바위가 천공에서 부리를 삐죽 내밀고 있었다. 사부님이 길잡이라며 말해준 바위가.

'등잔 밑이 어둡다더니.'

그가 어이없는 표정으로 학 머리 바위를 쳐다보고 있는데, 풍허도인이 넌지시 물었다.

"근데 왜 저 바위를 찾은 거냐?"

"몰라도 됩니다."

'싸가지 없는 놈. 저는 실컷 물어봐 놓고……'


## 2.

다음 날 아침, 위지양은 사도무영과 손을 힘껏 맞잡는 걸로 작별인사를 하고는 비천봉 계곡에서 떠났다. 하지만 위지양이 떠난 뒤로도 풍허도인은 어물쩍거리며 떠나지 않았다.

"안 가실 겁니까?"

청성산이 전부 네 거냐?

풍허도인은 그런 눈으로 쳐다보며 담담히 말했다.
"청성의 제자가 청성에 있다는데 누가 뭐라 한단 말이더냐?"
크게 잘못 된 말은 아니었다. 사도무영도 그 말에는 마땅히 대꾸할 말이 떠오르지 않았다.
"그럼 맘대로 하십시오."
'고생 좀 하다 보면 떨어지겠지.'

사도무영은 비천봉을 거의 반쯤 돈 다음에야 걸음을 멈췄다. 그곳에 사부님이 말한, 남자의 성기를 닮은 바위가 뾰족하게 솟아 있었던 것이다.
"바위 참……."
피식 웃은 그는 뒤를 돌아다보았다.
이상했다. 멀찌감치 떨어져서 졸졸 따라오던 풍허진인이 보이지 않았다.
'흠, 이제 포기한 건가?'
말이 그렇지, 벌써 두 시진째다. 높이가 십 장이 넘고, 때로는 칼날처럼 부서진 바위를 뛰어넘으며 누군가의 뒤를 쫓아다닌다는 것이 어디 보통 힘든 일인가? 더구나 팔순은 되었을 노인이. 아무리 고수라도, 미친년 널뛰듯 몇 번 그 짓을 하다 보면 싫증이 날 법도 했다.
사도무영은 홀가분해진 마음으로 주위를 둘러보았다.

거대한 바위들이 불쑥불쑥 솟아 있는 게 마치 돌들의 무덤 같았다.

그렇게 주위를 둘러보던 그의 시선이 한 곳에 고정되었다. 사부가 말씀하신 마지막 특징이 백여 장 정도 떨어진 곳에 있었다.

그는 바위를 박차고, 두 개의 바위가 여자의 젖무덤처럼 봉긋하니 솟아 있는 곳을 향해 신형을 날렸다.

'좀 전의 바위나 저거나, 진짜 희한할 정도로 똑같게 생겼네.'

봉긋한 바위 꼭대기에는 호박만한 돌이 얹어져 있었다. 아마도 누가 장난으로 올려놓은 듯했다.

'혹시 사부님이……?'

그 시각.

삼십여 장 뒤쪽 바위 틈바구니에서는 풍허도인이 고통을 참느라 이를 악물고 있었다.

잠깐 방심한 사이, 이끼기 낀 바위를 밟아 미끄러지며 뒤통수를 바위에 부딪친 것이다. 깨진 것은 그의 머리가 아니라 바위였지만, 그렇다고 아픔까지 바위가 느끼는 건 아니었다.

'썩을, 신음을 내지르면 저놈이 비웃을 게 뻔해.'

그는 최대한 소리가 나지 않게 심호흡을 느릿하니 하며 고통을 삭였다. 그리고 어느 정도 고통이 가시자, 다시 바위 위로 올라갔다.

 그런데 한참을 바라봐도 사도무영이 보이지 않았다.

 '어, 어디 갔지?'

 뒤통수까지 다쳐가며 쫓아왔는데 이대로 포기할 수는 없었다.

 이 년 전, 망혼진인도 사도무영처럼 비밀스럽게 어딘가를 찾아갔다. 그리고 또 그 제자가 와서 어딘가를 찾아가고 있다.

 이곳은 자신의 손바닥이나 다름없는 곳. 한데도 자신은 모르고, 다른 사람만 아는 장소가 있다는 게 말이 되는가 말이다.

 그는 그곳이 지옥으로 들어가는 입구라 해도 찾고 싶었다. 자존심을 조금 접고서라도.

 "소도우, 어디 있는가?"

 그는 최대한 부드러운 목소리로 불러봤다.

 하지만 대답은 들리지 않았다.

 '빌어먹을 놈! 어디로 사라졌지?'


〈3권에서 계속〉

진행 신무협 장편 소설
ORIENTAL FANTASY STORY & ADVENTURE

# 향공열전
# 鄕貢列傳

최고의 작품만을 선보이는 무협의 거장!
『천사지인』,『칠정검칠살도』,『기문둔갑』의
베스트셀러 작가 조진행이 심혈을 기울인 역작!

대림사(大林寺) 구마선사가 남긴 유마경(維摩經)의 기연.
월하서생 서문영, 붓을 꺾고 무림의 길로 나선다!

이제, 과거 시험은 작파하고 무공을 배우겠다!

dream books
드림북스

# 흑마법사 무림에 가다

박정수 판타지 장편소설

FUSION FANTASY STORY & ADVENTURE

『마법사 무림에 가다』의 박정수!
이번에는 흑마법으로 무림을 평정한다.
마교에서 부활한 대흑마법사 마헌의 무림종횡기!
무림인들은 자기 실력의 3할은 숨겨 둔다고?
그렇다면 내가 숨겨 둔 비장의 3할은 바로 흑마법이다!

dream books
드림북스

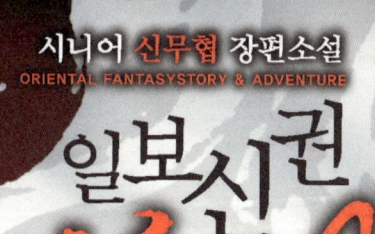